Hauteclaire

Dominique Delplace

Hauteclaire

Roman

NOUVEAUX AUTEURS

Éditions Les Nouveaux Auteurs

16, rue d'Orchampt 75018 Paris
www.lesnouveauxauteurs.com

ÉDITIONS PRISMA

13, rue Henri-Barbusse 92624 Gennevilliers Cedex
www.editions-prisma.com

ISBN: 978-2-8195-07369

Ne perdez pas votre temps…
N'ayez pas peur de l'inconnu…

1

Le diable est un honnête homme, il ne demande rien pour rien…

«Jamais je ne m'étais sentie si bien en un lieu qu'à Hauteclaire. J'avais découvert son existence en décembre. En février, nous l'habitions. Pourtant j'adorais ma petite maison de banlieue parisienne où Alex et moi avions été si heureux, avant et après notre mariage. Eh bien, oui, cela faisait déjà deux ans ! Bien sûr, on y était un peu à l'étroit, nous deux plus Charlotte, sa fille de bientôt huit ans, ça faisait beaucoup de monde pour les quatre pièces minuscules. Rien à voir avec Hauteclaire… Hauteclaire ! C'est Céleste, la mère d'Alex, qui avait prononcé son nom pour la première fois, un dimanche après-midi… »

Céleste était revenue de sa province pour régler une histoire d'héritage compliqué. Le jour tirait à sa fin, un petit jour fade de décembre doux et tout plein de pluie depuis le matin, un jour dont les heures s'égrenaient interminablement. Camille avait laissé tomber la correction de son livre pour accueillir sa belle-mère. Elle ne l'avait vue que de rares fois, toujours brièvement, Alex s'entendait assez mal avec elle. Maintenant, appuyée contre le canapé, envahie par un étrange vague à l'âme, une tasse de thé refroidissant sur ses genoux, la jeune femme l'écoutait parler avec son fils, se laissant bercer par le brouhaha de leur conversation. Des histoires de famille, leur projet mal ficelé encore, à elle et Alex, d'acheter une maison plus grande, à la campagne. Elle en était à contempler la pluie qui coulait lentement le long des vitres qu'elle n'avait pas eu le temps de laver – chic ! Céleste ne remarquerait rien ! pensa-t-elle – quand il y eut un silence soudain. Camille eut l'impression d'être encore écolière, lorsque le maître l'interrogeait en pleine leçon, les sourcils froncés, mais hélas, elle n'avait rien écouté, trop occupée à rêver.

« Vous parlez d'acheter une maison, mais pourquoi ne vous installez-vous pas à Hauteclaire ? » répéta Céleste innocemment, s'adressant d'ailleurs à présent plus à la jeune femme qu'à Alex.

Dieu bon ! Qu'est-ce que c'était qu'Hauteclaire ?

Alex avait pris brusquement un air gêné et surpris, comme si sa mère se mêlait de ce qui ne la regardait pas. Il la foudroya du regard, mais la vieille dame poursuivit, sirotant, imperturbable, son thé qu'elle prenait invariablement brûlant et affreusement sucré :

« Cette maison t'inspire, tu le sais et je n'ai vu que peu de tableaux dans ton atelier ! Et je me demande comment vous faites pour vivre ici tous les trois, les uns sur les autres ! »

Alex ouvrit la bouche, la referma, agita nerveusement les mains et chassa d'un coup Pim, la persane de Charlotte, qui voulait monter sur lui se faire caresser. Il était pourtant un grand amoureux des chats, en particulier de celle-ci qu'il avait offerte à la fillette pour son huitième anniversaire ; c'était *une chinchilla argentée* aux yeux d'émeraude, soulignés de khôl ; un regard prenant et magnifique qui ébahissait toujours Camille. Nommée Ank'setunem et très commodément rebaptisée Pim par la petite, la chatte était, après l'enfant, la petite déesse de la maison. Alex la vénérait comme telle, gardant de petits morceaux de steak dans son assiette à son intention et lui permettant l'accès au lit conjugal, une faveur.

Il se leva, pâle et l'air furieux, ses mains tremblant imperceptiblement. Camille s'en aperçut, cela le troubla. Elle n'avait jamais vu Alex se mettre dans un état pareil au cours de leur courte vie commune, ni bousculer Pim, partie bouder sur une étagère, hiératique, assise immobile sur son derrière, la queue décrivant un demi-cercle magique et protecteur autour d'elle.

« Mon atelier me suffit, maman et tu as raison, je ne peins que peu, mais suffisamment pour gagner ma vie… Je ne vois pas pourquoi tu me parles d'Hauteclaire, je suis très bien ici, avec Camille, même si ça te paraît petit. J'ai été assez malheureux là-bas, tu dois t'en souvenir – sa voix prit un timbre amer. Non, dit-il, je ne retournerai pas à Hauteclaire avant longtemps en tous les cas, peut-être même jamais. »

Le mot « jamais » résonna, sec et définitif aux oreilles de Camille. Le moment était sans doute mal venu, mais la curiosité fut plus forte que toute la volonté de la jeune femme qui risqua une timide entrée en matière, ouvrant délicatement la boîte de Pandore – Hauteclaire…

« Voyons, l'un de vous deux aurait-il la bonté de me dire de quoi vous parlez ? Je ne sais même pas à propos de quoi vous vous querellez… Ce serait gentil de me mettre dans le secret des dieux. »

Pour le coup Alex sembla perdre toute patience.

« Bravo maman, tu as gagné ! Eh bien, raconte à Camille ; moi, je vais me préparer un verre et puis il sera l'heure d'aller chercher Charlotte au centre équestre. Il y avait un jeu en manège, on devait la récupérer vers dix-huit heures… J'y vais. »

Sans attendre de réponse, il partit dans la cuisine où les deux femmes purent l'entendre ouvrir et refermer violemment la porte du frigo pour prendre le goûter de la petite. Puis il grimpa quatre à quatre l'escalier menant à la chambre. On entendit bientôt le premier mouvement du *Requiem* de ce bon vieux Mozart se répandre dans toute la maison. Cela dura quelques minutes, puis Alex coupa la musique, dévala les escaliers, muni de son manteau et claqua très fort, trop, la porte d'entrée.

« Sa messe des morts, il sait que je déteste cela… » murmura Céleste.

Comme si l'altercation avait dérangé sa coiffure, elle passa en soupirant les mains dans ses cheveux bien coupés, tira la jupe de lin de son tailleur de prix sur ses jambes pour qu'elle ne fît pas de plis. Elle avait dû autrefois être une belle femme, soucieuse de sa beauté, elle l'était encore, d'ailleurs… Elle possédait une certaine classe naturelle dont Alex avait hérité, ainsi d'ailleurs que de ses yeux magnifiques, d'un bleu plus profond chez lui, changeant selon son humeur – et Alex en changeait souvent !

À côté de Céleste, Camille se sentait toujours un peu gauche, mal à l'aise. Elle avait essayé un jour de porter une jupe et des talons hauts pour lui faire honneur et même de se friser les cheveux. Mais Alex avait déclaré, un sourire aux lèvres :

« Laisse tomber, bébé, ce n'est pas comme ça que je t'aime. Si j'avais voulu une femme sophistiquée, j'aurais choisi quelqu'un d'autre. Tu es une aristo nature, pas une petite-bourgeoise… »

Gentil, mais un peu vexant. La jeune femme en était revenue à porter des jeans et des pulls confortables, ses cheveux défrisés ramenés sur la nuque en un chignon indiscipliné, pour le maquillage juste un peu de ricil et elle évitait de se rogner les ongles depuis peu. Bourgeoise, certes, elle n'en avait pas la nature. Aristo oui, peut-être, ne serait-ce que par le nom à rallonge un peu ronflant hérité de ses ancêtres, Camille Herbault de la Grimaudière et par son amour invétéré des chevaux allié au goût des vieilles demeures.

Cela, c'était un cadeau de papy Sosthène, le père de sa mère. Jusqu'à plus de quatre-vingt-cinq ans il avait habité seul un vieux manoir délabré sans confort moderne, palais des courants d'air, dont une tour remarquable du XIIe siècle croulait sous le lierre et menaçait ruine. Près des écuries fraîches, dans les prés envahis d'orties, paissaient des pur-sang aux longues jambes, aux doux naseaux, aux yeux de velours un peu fous. Les chevaux de course étaient la vie et le souffle de Sosthène. Camille se souvenait toujours des vacances d'été qu'enfant elle avait passées chez lui jusqu'à presque quinze ans, dans un trou perdu à la campagne du côté de la Bourgogne. Aucune adolescente n'aurait aimé ça, la solitude, pas de télé, un vieux téléphone et le village à trois kilomètres, mais elle, si. Elle attendait juillet avec impatience, rêvant des mois durant de ses cavalcades sur le dos ensellé d'un vieux pur, un champion auquel le papy avait offert une retraite bien méritée, vu tout ce qu'il avait gagné. Le soir, Sosthène la régalait d'histoires du temps jadis, le meilleur, celui de ses vingt ans, de confitures maison incomparables et bien sûr d'épiques histoires de chevaux. Béate, Camille l'écoutait, assise devant le feu flambant dans la cheminée vaste à cuire un veau, toute courbaturée de ses randonnées campagnardes et par l'inconfort de son siège d'époque. Elle retardait toujours le moment d'aller se coucher, appréhendant délicieusement l'instant de se rendre seule à sa chambre à la lueur tremblante de la bougie, Sosthène n'ayant jamais fait installer l'électricité dans l'aile gauche du manoir, là où elle dormait toute seule. Elle aurait d'ailleurs préféré mourir que d'avouer ses craintes au vieil aristocrate. Une de la Grimaudière n'avait qu'une chose à redouter, Dieu, aurait dit sentencieusement le vieil homme. N'empêche, dans le lit à baldaquin couvert d'une courtepointe de velours passé, elle mettait longtemps parfois à trouver le sommeil, écoutant craquer la vieille demeure et ululer sans répit une nichée de chouettes effraies dans le grenier ouvert.

Camille en était à contempler le jeu d'un rayon de soleil égaré sur l'or de la chevalière de Sosthène, qu'elle portait à la main gauche, lorsque la voix de Céleste la fit sursauter.

« J'ai contrarié Alex, c'était maladroit de ma part, mais je voudrais tant qu'il peigne de nouveau dans un cadre qui l'inspire, qu'il redevienne le grand Alexandre d'Estruval d'autrefois, le jeune peintre si prometteur… »

Camille se leva, engourdie d'être restée assise si longtemps.

« Écoutez, si vous me disiez ce qu'est cette fameuse Hauteclaire ? Une maison, je suppose… Mais lorsque vous l'avez évoquée, cela a contrarié Alex, non ? »

Céleste soupira à fendre l'âme.

« Tout cela est une longue histoire. Hauteclaire… Oui, c'est une très vieille demeure qui doit dater du siècle dernier, une grande maison à la campagne, ou devrais-je dire perdue dans la campagne, près d'un charmant hameau et d'une rivière. Claude, mon mari, l'avait achetée une bouchée de pain à l'époque, je vous parle de cela il y a plus d'une quarantaine d'années. À l'époque déjà, plus personne ne voulait de ces grandes baraques difficiles à chauffer et à entretenir… moi la première ! J'ai toujours apprécié le confort de mon petit appartement et de la ville, vous savez…

— Vous vous êtes séparée de votre mari, je crois ?

— Alex vous a raconté… Oui. Je ne m'entendais plus avec lui. Aussi, après la majorité d'Esther, je suis partie. J'ai très peu vécu à Hauteclaire, en fait. »

Sa voix avait eu un sanglot difficilement contenu en prononçant le nom d'Esther.

« Alex et sa sœur aimaient beaucoup le domaine. C'est peu dire. Plus encore que mon mari, qui en était fou, d'ailleurs. Je n'ai jamais rien compris au charme qu'ils trouvaient à cette maison, tous les trois. Enfin, mon mari, malade à la dernière extrémité, a fini par la donner à l'aînée, Esther. Notre fils a reçu une autre propriété, une grosse ferme en héritage. À la mort de Claude, il s'est empressé de la vendre et il est resté à Hauteclaire avec sa sœur. Ils y vivaient dans une complète harmonie, s'adorant, perdus dans leurs rêves d'artistes, parcourant les terres en quête d'inspiration. Esther était une musicienne hors pair, mais elle peignait aussi, divinement, peut-être mieux qu'Alex même, avec une inspiration incroyable. Elle signait toujours ses toiles d'une petite fleur de lys, cachée invariablement à gauche dans le bas du tableau… Il fallait bien la chercher pour la trouver… Sa marque à elle. Et puis Esther est morte tragiquement là-bas, comme Alex a dû vous le dire… »

Non, Camille ne savait pas qu'elle était morte à Hauteclaire, il n'avait jamais évoqué cette maison devant elle et une fois seulement le décès de sa sœur, un accident, un drame, une fille merveilleuse et promise à un si bel avenir, avait-il déclaré… Rien de plus et devant son visage si sombre et si fermé, elle n'avait guère eu le courage d'insister. Il maintenait vraisemblablement Esther – comme Hauteclaire dont elle découvrait à présent l'existence – ensevelie au plus profond de sa mémoire, évitant d'en parler pour ne pas souffrir.

« Cette demeure lui rappelle de mauvais souvenirs si sa sœur y est morte. C'est normal qu'il ne veuille plus y retourner, Céleste. Et puis nous sommes bien ici, vous savez. »

Elle s'était de nouveau assise en face de sa belle-mère. Bien, certes. Mais la terrible imagination de Camille travaillait déjà depuis qu'elle avait entendu le mot « Hauteclaire » tout à l'heure. Avec un nom si arrogant, cette maison devait être extraordinaire.

Si elle pouvait ressembler à celle de grand-père Sosthène… Si elle pouvait retrouver en cette demeure comme un double de la maison de son enfance qui, finalement, avait été vendue aux enchères pour une bouchée de pain, comme les chevaux, en lot, au premier maquignon venu, pour combler les dettes du grand-père entiché de ses pur-sang jusqu'à la ruine… Car tout a une fin, même Sosthène, que Camille avait pensé immortel dans l'inconscience de sa jeunesse. C'était le boulanger, l'un des rares avec le facteur à monter jusqu'au manoir qui, un beau jour de juillet lumineux, s'inquiéta d'entendre hennir les chevaux dans les prés. Il glissa le pain dans le sac pendu à la porte de la cuisine, « s'étonna du raffut que faisaient ces satanés bestiaux » et décida de faire le tour des écuries. Le vieux lui avait souvent offert la goutte en hiver, il pouvait bien aller voir s'il n'avait pas pris un mauvais coup. Aussi, à son âge, « était-ce raisonnable de s'entêter avec ces canassons qui lui avaient bouffé la baraque ? » pestait-il, transpirant déjà sous le chaud soleil d'été. Il eut un haut-le-cœur de surprise en trouvant Sosthène couché par terre, raidi déjà, ses seaux de grains renversés sur le sol, des ficelles de ballots de foin à la main. La mort, violente, imprévue, ne lui avait pas laissé le temps d'aller nourrir ses chers équidés et de murmurer des douceurs à sa poulinière favorite, La Merveilleuse, comme il le faisait tous les jours.

Cette année-là, Camille avait dix-sept ans et avait délaissé pour la première fois la Bourgogne pour des vacances insipides passées au bord de la mer avec des jeunes de son âge. Elle se souvenait encore de son retour vers Paris puis du trajet jusqu'au manoir comme dans un rêve, ou plutôt un cauchemar. Puis l'enterrement de Sosthène, le chagrin qu'elle avait réussi à contenir tout au long de la cérémonie, même au moment où elle avait entendu la terre tomber sur le cercueil au fond du trou, sur grand-père enfermé tout raide là-dedans dans son unique costume du dimanche, luisant d'usure, lui qui aimait tant la liberté, la vie, les bois et les bêtes, un bon verre de vin et ses chers chevaux. Sûrement, le vieil aristocrate n'était pas là. Il devait survivre quelque chose de lui ailleurs. Où, elle ne savait pas trop. En tous les cas, pour elle, il n'était pas sous cette pesante dalle de marbre sur laquelle s'étalait son nom gravé en lettres dorées, luisantes, sinistres, sous l'insolence du soleil d'été. À la fin de la cérémonie, la mère de Camille avait doucement pris la main de l'adolescente pour lui passer la chevalière de l'aïeul à l'annulaire gauche.

« Il voulait qu'elle soit à toi un jour. C'est fait. Garde-la bien, elle est très précieuse. Elle est aux armes de notre famille et nous appartient depuis toujours. Elle n'a jamais quitté sa main… »

Les larmes étaient venues alors, soulageant Camille. Depuis, la jeune femme n'avait jamais ôté le bijou. Outre la chevalière, Camille garda de son grand-père la nostalgie du temps passé, la passion des vieilles pierres et des choses anciennes, des chevaux de race, des récits fantastiques et, constant, éternel, le regret de n'avoir pas été là pour l'assister au dernier moment.

Céleste toucha la main de Camille qui revint brusquement à la réalité, à cette maison, Hauteclaire et à Esther, cette inconnue.

« Bien sûr qu'Alex ne veut plus aller là-bas, Camille. Il chérissait tellement sa sœur, plus que tout au monde… et elle, elle adorait Hauteclaire, vous comprenez… »

Le cœur de Camille se pinça, elle s'en voulut de cette réaction idiote. Céleste avait l'air si convaincue… et convaincante.

Il chérissait sa sœur plus que tout au monde…

L'amour d'Alex pour Esther était-il supérieur à celui qu'il lui portait à elle ? Elle haussa les épaules sans même s'en rendre compte, comme pour signifier qu'elle s'en fichait. On n'aime pas sa sœur de la même façon que sa femme. Puis Esther était morte et elle, vivante, elle possédait cette supériorité sur elle. Morte de quoi d'ailleurs ? Elle allait poser la question à Céleste quand celle-ci revint à la charge, finissant d'un trait sa tasse de thé comme pour prendre des forces.

« Je sais que vous vous sentez bien, ici, c'est très coquet, ce que vous avez fait de cette petite maison… mais voyons ! ce n'est pas comparable à Hauteclaire. Alex pourrait de nouveau y peindre et vous, vous y seriez au calme pour écrire, vous auriez de la terre pour vos deux chevaux... Avec en prime le bon air pour Charlotte. Bien sûr, la maison exige des travaux, mais rien n'est irréparable. »

Elle avait posé sa main sur celle de Camille et la serra avec force, comme pour la convaincre. Camille songea à la serre d'un oiseau de proie qui l'agrippait. Et ce subit intérêt pour leur confort la laissait sans conviction.

« Voyons, Céleste, vous qui n'avez, semble-t-il, jamais trop apprécié Hauteclaire, si vous me disiez vraiment pourquoi vous désirez tant que nous, nous y retournions ? »

Céleste regarda sa bru, lâcha sa main et son sourire d'apparat quitta ses lèvres. Camille remarqua alors combien elle paraissait vieille dans le soir qui tombait.

« Vous seriez près de moi. Je m'ennuie de mon fils et de ma petite-fille. Vous savez, j'ai raté, oh, volontairement je le sais, une partie de la vie de mes enfants et je n'ai pas voulu me charger de Charlotte lors de la rupture d'Hélène avec Alex. Je le regrette. Maintenant je voudrais les avoir près de moi et vous avec. Et puis vous savez qu'Alex a un vrai talent. Ses premières toiles ont eu un succès fou, il y a quelques années. Il est en train de gâcher sa carrière à cause de la mort de ma pauvre Esther d'abord et de la disparition d'Hélène ensuite... »

Elle lança un nouveau coup d'œil à la jeune femme, mais elle devina qu'elle ne l'avait pas convaincue complètement encore. Alors elle abattit son jeu d'un coup, comme un joueur fatigué.

« Écoutez, c'est difficile à dire, mais je suis très malade. D'après le médecin, il arrivera un moment où je ne vais plus pouvoir voyager. Je voudrais me sentir près d'Alex.

Il ne me reste que lui, comprenez-vous ? J'habite à une quarantaine de kilomètres d'Hauteclaire, c'est tout près. J'aimerais que les erreurs du passé, notre mésentente, enfin... tout soit réparé. »

La nouvelle de la maladie de Céleste étonna Camille. Elle paraissait bien, pourtant. Mais en l'observant discrètement, la jeune femme nota que sa belle-mère avait abusé de la poudre pour cacher des cernes ; son beau tailleur de marque flottait un peu sur elle, aux épaules surtout.

« Je suis sincèrement désolée pour vous, Céleste. Quant à Alex, j'avoue qu'il ne peint que peu, juste de quoi vivre... Parfois il part un jour ou deux et revient avec une toile... Il ne peint que rarement ici, il lui faut l'air libre.

— Vous voyez... Écoutez, je connais vos goûts, cette maison est faite pour vous. Avec le TGV et Internet, vous ne seriez pas loin de Paris et de votre éditeur. Alors pourquoi ne pas essayer ?

— Évidemment, cela me plairait, plus que vous ne pouvez l'imaginer. Et puis Charlotte ne rêve que d'avoir son poney à la maison. Mais il faudra convaincre Alex, ce qui ne m'a pas l'air évident, même si vous me dites qu'il arrive à peindre sans problème à Hauteclaire ; ce qui devrait être un bon argument pour le décider. Au fait, pourquoi est-il plus inspiré là-bas à votre avis ?

— Cela, ma petite, je l'ignore ! Mais il a peint ses meilleures toiles dans cette maison, il y puise son énergie créatrice sans doute. Vous savez bien que des tas de poètes, de peintres, d'écrivains, ne se réalisaient jamais aussi bien que dans leur lieu fétiche ! »

Elle marqua une pause.

« Il vous aime, Camille. Vous finirez par le convaincre, j'en suis persuadée... Mais je vous demande une seule chose, ne lui parlez pas de ma maladie pour le décider.

Il n'est pas au courant et je ne veux pas qu'il revienne à Hauteclaire à cause de cela. Ce sera notre petit secret.

— Il faudra bien lui en parler un jour.

— Pas maintenant, promettez-moi. »

Camille hésita un instant. Mais la vieille femme paraissait si tendue que, finalement, elle ne put que lui donner sa parole.

« D'accord, je vais faire mon possible pour le persuader, au moins de m'emmener voir la maison une fois… On décidera après. »

Ce fut à ce moment que la porte d'entrée claqua de nouveau et Charlotte, dite La Terrible, entra dans le salon en coup de vent.

« Bonjour mamie ! Mamie, reprit-elle, Camille, j'ai gagné l'épreuve des poussins avec Rusty, mon poney et le moniteur a dit que j'étais la meilleure !

— Bravo, ma chérie. Mais comme tu as grandi depuis ma dernière visite ! » dit Céleste en souriant.

Charlotte ôta une botte d'équitation, sautilla gracieusement sur un pied pour enlever l'autre, secoua son pull fétiche auquel s'étaient accrochés des brins de paille et vint enfin coller son petit nez glacé au hasard sur le visage de Céleste. Elle se jeta sur le canapé et se mit à bavarder avec l'entrain qui la caractérisait, un vrai moulin à paroles. Ses yeux bleu clair, d'un bleu unique, transparents et purs comme un fjord norvégien, étincelaient de bonheur tandis qu'elle racontait ses exploits. Elle dénoua ses cheveux nattés pour être plus à l'aise, d'épais cheveux noir de jais qui encadrèrent aussitôt son fin visage d'enfant. Charlotte serait une beauté plus tard, au caractère tempétueux peut-être – d'où son surnom de La Terrible – mais enfin, une vraie beauté dotée en plus d'une grande sensibilité.

Camille nota qu'Alex paraissait plus calme que tout à l'heure, mais il consulta furtivement sa montre à plusieurs reprises, les mâchoires serrées. Il finit par dire :

« Bien, maman, si tu ne veux pas rater ton train, il faut que nous y allions. Il y a une circulation infernale ce soir dans Paris… »

Céleste soupira, embrassa la petite qui faisait un câlin à Camille, rassembla ses affaires et murmura en serrant très fort la main de la jeune femme :

« À bientôt, Camille. N'oubliez pas Hauteclaire. »

Curieusement, Camille pensa à la pomme que la sorcière avait déposée pour Blanche-Neige. Céleste n'avait rien d'une sorcière ni la jeune femme de Blanche-Neige. Mais la tentation était là, trop belle, trop idéale pour qu'elle essayât seulement de lui résister.

2

Seuls le diable ou ta femme peuvent te faire goûter à l'enfer.

Ce fut Charlotte qui évoqua Hauteclaire la première.

Comme les enfants sont curieux et attentifs à tout ! Camille avait décidé de ne pas reparler de la maison à Alex avant que lui-même n'abordât le sujet. Inutile de le forcer. Choix difficile, car ce dernier semblait avoir occulté complètement la visite de sa mère et l'évocation du domaine. Il avait repris son visage impassible, beau comme une médaille romaine. Seulement, depuis la visite de Céleste, Camille y voyait passer des ombres de contrariété. Puis il s'était mis à mal dormir la nuit, chamboulant le lit, pris d'insomnie. Envolée, la belle sérénité que la jeune femme lui connaissait depuis leur rencontre.

C'était un mois après la venue de Céleste.

Le temps avait brusquement viré de la pluie au grand froid, givrant d'un seul coup la terre sous une épaisse croûte de glace. Alex avait décidé de faire une balade en forêt du côté de Fontainebleau, à la grande joie de La Terrible. Camille en avait frissonné d'avance. Elle n'aimait pas l'hiver, ni le froid et ne trouvait rien d'apaisant au silence mortel des grands bois endormis. Sous les arbres dépouillés, au milieu des allées désertes, toute vie semblait figée, on n'entendait rien, pas même le sifflement d'un oiseau. Camille songea qu'ils devaient sûrement être les seuls à être sortis par ce temps-là. La petite, qui ressemblait à un Esquimau rondouillard tellement Camille l'avait emmitouflée, cheminait entre son père et la jeune femme, leur racontant par le menu les dernières frasques de Gaspard, une forte tête de sa classe, les farces de Rusty, son poney préféré, puis elle s'était nonchalamment attardée sur la critique du dernier ouvrage en commande de Camille, *Guillaume et les loups*. Celle-ci lui faisait toujours lire ses livres, cela lui donnait une idée des réactions de son jeune public. Un court silence succéda à son bavardage, puis Charlotte, après avoir fait craquer avec volupté une flaque glacée sous son pied, prit son air le plus innocent et lança, sautant du coq à l'âne :

« Papa, c'est quoi Hauteclaire ? Grand-mère a dit à Camille au moment de partir l'autre jour de ne pas oublier Hauteclaire... »

Alex s'arrêta brusquement de marcher, regarda alternativement sa fille et Camille, les fusilla toutes deux du regard et remonta nerveusement le col de son manteau. Cependant Charlotte n'avait pas baissé les yeux et l'observait attentivement, insistant, même :

« Alors, dis-moi ! »

Visiblement Alex hésitait entre répondre à la petite et se mettre en colère. Le regard innocent de l'enfant rivé au sien finit par le faire céder.

« Petite curieuse ! On ne t'a jamais dit de ne pas écouter les conversations des grandes personnes ? Hauteclaire, c'est une maison. Une vieille maison chargée de mauvais souvenirs. Tu ne la connais pas. »

La petite baissa le nez un instant et revint à la charge.

« Elle est à toi ? Et où elle est ?

— Elle est à moi, oui et elle est dans le centre de la France, près d'une petite ville qui s'appelle Issoudun. Elle est très belle… »

Il se mordit les lèvres comme s'il regrettait d'avoir laissé échapper cette appréciation sortie du fond de son cœur…

« Alors on va aller y habiter ? poursuivit Charlotte, son petit nez rougissant sous la morsure du froid et de l'émotion. Changer de maison, quelle aventure ! »

Camille vit Alex faire apparemment un gros effort sur lui-même pour ne pas perdre patience.

« Tu n'es pas bien ici ? Si on partait, tu perdrais ta copine Isabelle, ta maîtresse d'école si gentille et Rusty… »

Charlotte réfléchit un instant, mais elle avait réponse à tout.

« Isabelle pourrait venir me voir aux vacances et puis tu sais, je me ferais plein de copines là-bas. Et les maîtresses d'école, y en a partout et je travaille bien, alors elles m'aiment toutes ! Mais, papa, dis, on emmènerait Rusty, c'est mon poney au club, tu me l'achèteras, hein ? » ajouta-t-elle, vibrante d'inquiétude.

Si Camille n'avait pas perçu Alex aussi mal à l'aise, elle aurait applaudi à l'esprit pratique de Charlotte.

« Écoute, Charlotte, pour l'instant, il n'est pas question d'aller là-bas, donc, ne te fais pas de souci pour ton poney… »

La petite baissa le nez et lança ce que Camille mourait d'envie de dire elle-même :

« Mais on pourrait aller la voir, ta maison, une fois, dis… »

La jeune femme sentit le bras d'Alex se durcir sous ses doigts.

« Je vais y réfléchir… » promit-il.

La Terrible se tut, devinant bien à présent, à l'intonation de la voix paternelle, qu'insister encore ne servirait à rien… sinon à provoquer une punition aussi insupportable que la privation de poney durant une semaine au moins. C'est ce qui lui était arrivé un jour parce qu'elle avait répondu à son père. Elle partit donc en sautillant ramasser des pommes de pin gelées et des petits cailloux, trésors qu'elle engrangeait précieusement dans ses poches. Plutôt garçon manqué, Charlotte… Camille l'entendit parler seule, faire une révérence à un arbre comme s'il s'agissait d'un prince charmant. C'était sa manie. Elle se racontait des histoires, parfois même parlait à des personnages invisibles. Si on lui demandait à qui elle s'adressait, elle prenait un air grave : « Mais à la bonne fée bleue. »

C'était la fée bleue, une vilaine sorcière, un copain invisible, tout ce qu'un imaginaire d'enfant pouvait contenir. Camille s'était inquiétée au départ. Cette attitude trahissait peut-être un manque affectif, une peur, autre chose peut-être ? Alex l'avait rassurée. La petite avait toujours eu une imagination débordante. Elle était gaie, épanouie, sans cesse en activité. Inventer des personnages, cela lui passerait avec l'âge.

Alex regarda la petite s'éloigner et se remit à marcher, entraînant sans ménagement Camille qui lui donnait toujours le bras.

« Allons, dit-elle, ne te contrarie pas, c'est une enfant.

— Pourquoi ma mère t'a-t-elle dit de ne pas oublier Hauteclaire ? »

Sa voix vibrait de colère contenue à grand-peine.

« Apparemment, elle voudrait que nous retournions vivre là-bas, près d'elle en somme. Elle se fait vieille et aimerait nous voir plus souvent, je pense. Elle a pensé que je pouvais te convaincre, me démontrant que la maison nous offrirait pas mal d'avantages... Voilà toute l'histoire...

— Pas mal d'avantages... Elle est drôle. Maintenant elle veut que nous nous rapprochions d'elle, mais quand j'étais petit, elle a bien quitté Hauteclaire ! Elle m'a laissé, avec ma sœur ! Et au départ d'Hélène, c'est Nana, enfin Annabelle, sa sœur, qui a bien voulu prendre l'enfant et l'a élevée parce que moi, je ne pouvais pas... Et pas elle, que je sache !

— Écoute, c'est du passé, tu ne vas pas lui en vouloir toute ta vie, non ? Elle semble regretter tout ça maintenant et voudrait nous avoir à proximité. Peut-être pour rattraper le temps perdu... »

Alex haussa les épaules.

« Continuons la promenade, nous allons prendre froid. »

Il avait pris un air buté et méchant de gamin contrarié, allongeant délibérément le pas. Camille se dit qu'il valait mieux ne pas insister aujourd'hui. Elle lui jeta un coup d'œil, intriguée, puis s'appliqua à le suivre en évitant les mottes de terre durcies par le gel qui l'avaient déjà fait trébucher. Elle ne lui connaissait pas cet air-là, qui le rendait presque laid. Envolée, cette beauté presque sans défauts qui l'avait frappée lors de leur première rencontre. Grand, un visage parfait, il aurait pu être mannequin. Naturellement élégant et souriant, c'était un vrai charmeur. Le genre de type auquel Camille ne trouvait aucun intérêt avant. La jeune femme se souvenait de leur première rencontre avec une précision parfaite.

Fran, enfin Françoise, sa meilleure amie, l'avait accompagnée à une séance de dédicaces au Salon du livre pour enfants. Elle lui avait soudain donné de grands coups de coude en voyant le bel inconnu s'approcher du bureau où la jeune femme signait ses livres depuis des heures.

« Il te regarde depuis un bon bout de temps, je te jure, avait-elle glissé à l'oreille de Camille, je l'ai vu ! Il était là-bas près de l'entrée avec la petite fille… »

Il faisait chaud, il y avait foule, Camille ne se sentait guère à son avantage. Mais l'homme s'était frayé un passage jusqu'à l'écrivaine, entraînant une fillette pâlotte derrière lui. Fran s'était enfin tenue enfin tranquille, espérant. Son rêve était de caser sa copine avec un mec bien. La pauvre n'avait jamais eu beaucoup de chance en amour. Ici ça partait mal, l'apollon avait un enfant de toute évidence. Qui disait enfant, disait femme… Fran soupirait. Il fallait voir. Un divorcé peut-être ?

L'homme avait tendu le livre à Camille en souriant.

« Pour Charlotte, s'il vous plaît… » avait-il dit en plaçant la petite devant lui, ses mains fines et soignées posées sur les épaules de l'enfant. Fran avait noté avec intérêt qu'à la main gauche de l'homme ne brillait aucune alliance.

Charlotte paraissait fatiguée, mais avait fait risette quand même. La jeune femme avait dédicacé son livre et l'inconnu avait entamé avec elle une brève conversation dont elle n'avait rien retenu. Derrière, les gens s'impatientaient. Il avait fait une petite grimace et lui avait glissé avant de disparaître dans la foule :

« J'offre un chocolat chaud à Charlotte, au café au coin de la rue. Si vous voulez vous joindre à nous après votre séance… Entre artistes, je suis peintre, j'ai oublié de me présenter, Alexandre d'Estruval, enfin Alex, personne ne m'appelle Alexandre, nous avons certainement un tas d'idées à échanger ! »

Il s'était éloigné de sa démarche féline, ses vêtements de prix beiges et amples mettant en valeur sa silhouette mince.

Enfin, les dédicaces s'étaient achevées et Camille avait réussi à s'éclipser devant le regard dubitatif de Fran. Ce type-là, il était trop beau pour être honnête, mais quoi, Camille ne risquait rien à discuter un peu avec lui…

Camille se souvenait avoir marché d'un pas très rapide vers le troquet, comme en ce moment dans la forêt. À l'époque, elle se demandait s'il l'avait réellement attendue car il s'était écoulé plus d'une demi-heure depuis son invitation. Elle se souvint avoir poussé la porte du bistrot enfumé un peu trop fort.

Il était là. Et elle avait bien vu à son imperceptible sourire et à l'éclat de ses yeux qu'il ne doutait pas de sa venue et la savait déjà prise dans ses rets.

3

Pose-moi comme un sceau sur ton cœur comme un sceau sur ton bras. Car l'amour est fort comme la Mort, la passion inflexible comme le Shéol…

Cantique des cantiques.

Comment résister au charme d'Alex ?

Camille se trouvait plutôt timide, appliquée, pas spécialement belle, son plus grand atout étant ses cheveux blonds, abondants, si longs qu'ils ressemblaient à une crinière de soie mouvante. Rêveuse, elle aimait le silence et la nature, les bêtes actives et secrètes, ses chevaux, la page blanche devant elle où glissait sa plume. Après une enfance heureuse et une adolescence sans histoires, son diplôme de journaliste en poche, elle s'était laissé aller à son penchant naturel : écrire. Des contes, des nouvelles, des petites histoires pour les enfants… Toutes inspirées de son imagination débordante et des récits de papy Sosthène. Elle en était à la publication de son douzième livre pour les jeunes. Elle travaillait aussi pour *La Cravache*, un mensuel équestre, rédigeant des articles ou des portraits de personnalités du monde du cheval. Finalement elle gagnait sa vie en faisant ce qu'elle aimait, que demander de mieux ? Elle était simple et sans apprêt, sans attrait même pour quelqu'un comme Alex, elle le pensait. Des plus belles, mieux dessinées, brillantes, affirmées, certes, il en existait. Pourquoi elle ? Pourquoi l'avait-il choisie ?

« Tu es calme et limpide, tranquille comme une rivière, lui avoua-t-il un jour, tu es sans méandres. Ton regard me fait penser à une eau vert clair. Je peux lire en toi… »

Cela étonnait toujours Camille, ce papillon étincelant amoureux d'elle. Elle voyait bien, lors des vernissages où ils étaient invités, certaines petites minettes couler un regard incrédule vers leur couple. Elles se demandaient sûrement ce qu'Alex faisait avec elle… Même Fran, au fond, n'en revenait pas. Elle restait sur la défensive, d'ailleurs, cherchant la faille en Alex.

Elle ne trouva rien.

Pour une fois, Camille songea que c'était elle, l'héroïne du conte ! Elle se revit avec lui le premier jour de leur rencontre, au café. Il l'avait littéralement bluffée, elle avait été subjuguée par son esprit, sa culture et son sens de l'humour. Il n'était pas seulement beau comme une idole païenne, il possédait une personnalité énigmatique, ce qui ne le rendait que plus attrayant. Il n'avait que très peu parlé de lui. Beaucoup de la peinture, de la petite Charlotte, des dernières nouveautés au cinéma, d'antiquités dont il raffolait, comme Camille… Celle-ci comprenait à présent tout le sens des mots « coup de foudre » et « passion ». Subir, supporter un amour… La suite coula de source. Il lui avait proposé un autre rendez-vous avant qu'elle ne quittât le café, puis d'autres encore. À chaque fois, Camille, la tête tournée comme une collégienne amoureuse, ne faisait qu'attendre le soir, penser à lui et même redouter qu'il ne téléphonât dans la journée pour se décommander. Mais jamais il ne l'avait fait. Il semblait bien, en sa compagnie. Détendu. Les soirs, tous les autres soirs et toutes les fois où il l'avait invitée, elle éprouvait la même joie secrète à penser qu'il était amoureux d'elle. Sorties cinés, restaurants, salons des antiquaires, balades en forêt ou à la mer, il trouvait toujours une nouveauté pour lui plaire. Souvent ils emmenaient Charlotte avec eux et on aurait pu les prendre pour une famille, tant ils paraissaient unis.

Alexandre cependant ne se décidait guère à lui parler de son passé. Il fallut que naquît entre lui et Camille une certaine complicité pour qu'il se livrât un peu. Quelques détails de son enfance, des souvenirs de vacances et un soir triste, un soir où il pleuvait tellement que l'on aurait pu croire que ces trombes d'eau grises et froides n'allaient jamais s'arrêter, il avait brièvement évoqué la disparition d'Esther en quelques mots douloureux. Ce soir-là pour la première fois il avait fait l'amour à Camille avec une intensité de désespoir presque palpable. La jeune femme n'avait pas dormi de la nuit, ou si peu, se demandant ce qui pouvait le torturer ainsi. Était-ce seulement Esther ? Au petit matin, comme elle parvenait enfin à sommeiller un peu, elle avait eu l'impression qu'une ombre silencieuse quittait la chambre et le lit ravagé comme un champ de bataille. Ce n'était qu'Alex qui allait préparer le café. Il revenait bientôt et déposait le plateau sur les genoux de Camille.

« Si nous nous consacrions à l'avenir ? » avait-il dit.

Délicatement, il avait poussé près de la tasse de la jeune femme un écrin de velours. Camille, incrédule, l'avait ouvert, le cœur battant à tout rompre. Dedans, une opale laiteuse s'irisait de veines de feu fugaces sous la lumière.

« C'est une bague de famille, avait-il murmuré. Je voudrais que tu la portes et que tu acceptes de devenir ma femme… »

Camille avait un instant songé que les choses allaient vite, peut-être trop vite aussi, après tout, ils ne se connaissaient que depuis trois mois. Mais comment lui dire non ?

À présent la pierre magique luisait au doigt de Camille à côté de son alliance. Le mariage avait été fait dans la plus stricte intimité, les parents de la jeune femme, fille unique, étant décédés tous deux dans un accident de voiture peu après la mort de papy Sosthène. Quant au reste de la famille, elle ne le côtoyait plus guère depuis son adolescence.

Elle en était à présent à regarder Alex de plus en plus souvent, du moins son dos, essoufflée par cette marche effrénée qu'il lui infligeait dans la forêt glaciale, espérant qu'il allait enfin retrouver son calme, lui tendre de nouveau son bras pour la promenade… Pas une fois il ne s'était retourné pour voir si elle suivait. Camille faillit l'appeler, lui dire de l'attendre. Mais elle était trop fière et elle se tut. Ce fut lui qui se retourna brusquement vers elle, stoppant net leur course sur le chemin glissant. Il faisait vraiment froid dans cette forêt. Camille souffla un instant, se moucha, frotta son jean pour essayer de réchauffer ses jambes qui se glaçaient horriblement. La jeune femme sentit la mauvaise humeur la gagner, elle aussi.

« Oublie cette maison, nous n'irons jamais, Camille ! » dit Alex en lui relevant le menton pour qu'elle le regardât.

Camille se dégagea sèchement mais fixa son mari.

« Eh bien, soit, c'est comme tu veux, nous n'irons jamais, répliqua-t-elle en haussant les épaules, fatiguée de ce conflit dû à la seule évocation d'une maison. Mais j'aurais bien aimé que tu me parles d'Hauteclaire et de tout ce qui te fait peine comme… comme la mort d'Esther. J'aurais pris cela pour une preuve de confiance. Je pense que c'est vraiment dommage pour nous trois que tu veuilles laisser Hauteclaire à l'abandon et c'est tout… »

Alex saisit alors violemment le poignet de Camille et le serra jusqu'à lui faire mal. Mais elle ne dit rien, ne grimaça même pas de douleur, stupéfaite de la réaction d'Alex. Elle se mordit les lèvres et soutint le regard de son époux où une lueur étrange s'était allumée. Camille crut qu'il allait la frapper. Charlotte heureusement était revenue en les entendant hausser le ton. Elle se pendit au manteau de la jeune femme et se mit à pleurer. Aussitôt Alex lâcha Camille.

« Tu veux vraiment aller là-bas ? Tu veux cela ? Eh bien alors, je t'y emmènerai. Et un jour, tu verras, tu me supplieras de quitter cet endroit maudit. Mais il sera trop tard. »

Il fit demi-tour et repartit vers la voiture à grandes enjambées. Camille massa son bras douloureux tandis que Charlotte, toujours appuyée contre elle, sanglotait à petits coups. La jeune femme prit le temps de consoler tendrement la petite avant de rejoindre cet homme qu'elle avait eu la vanité de penser si bien connaître. Personne ne parla en voiture. Camille pensait toujours à la lueur dans ses yeux perçue quelques instants auparavant. L'aurait-il frappée ? Elle se rendit compte brusquement qu'elle ne savait pas grand-chose de lui. Charlotte avait enfin cessé de pleurer. Camille l'entendit chuchoter des choses à un vilain sorcier durant tout le trajet de retour.

Le jour, soudain, lui parut triste et gris ; une angoisse indéfinissable s'inséra en elle pour ne plus la quitter.

4

Ne fais pas le mal et le mal ne sera pas ton maître... Sache que tu es entouré de pièges et que tu marches sur les remparts...

Le voyage dura presque cinq heures avec les embouteillages pour sortir de Paris. Le lendemain de leur dispute dans la forêt, Alex avait jeté d'un geste sec un trousseau de vieilles clefs sur les genoux de Camille qui lisait dans le canapé.

« Demain, nous irons là-bas, à Hauteclaire, lui avait dit-il. Prends des bottes, c'est toujours humide en cette saison. » Camille avait ramassé les clefs, voulu parler avec Alex, mais il était déjà reparti dans la pièce minuscule qui lui servait d'atelier.

Ils arrivèrent dans l'Indre à neuf heures du soir et, bien sûr, il ne fallait pas compter dormir à la maison, précisa Alex, elle n'était guère en état, il ne devait plus même y rester un lit. Il ne souhaitait pas non plus aller chez Céleste, il préféra passer la nuit dans un petit hôtel déniché dans un village avoisinant. La petite était ravie, Camille ne tenait plus d'impatience, mais Alex gardait son visage des mauvais jours. L'idée traversa l'esprit de la jeune femme qu'après tout, la querelle était peut-être vaine, qu'elle pouvait ne pas aimer Hauteclaire. L'affaire serait ainsi vite entendue... Elle effectua les derniers kilomètres la séparant de la maison dans une sorte d'attente anxieuse car le paysage la décevait plutôt. Il lui parut morne, juste composé d'immenses champs s'étalant à perte de vue ponctués parfois de la tache plus claire formée par quelques fermes en pierre, énormes, repliées sur leurs cours carrées. On était là dans de vastes domaines céréaliers. Où était Hauteclaire dans ce désert agricole ? Était-ce une ferme aussi ? Où était-elle perdue ? Rien n'arrêtait l'œil, pas de forêts, pas même un arbre, pas un ruisseau ni âme qui vive. Camille n'osa questionner Alex qui roula encore un moment sans mot dire. Enfin, il finit par indiquer de la main un trait sombre à l'horizon, comme un trait de pinceau noir égaré au loin entre deux champs à la terre rougeâtre.

« Voilà l'allée de marronniers, la maison est tout au bout, expliqua-t-il enfin. À un petit kilomètre sur la droite, c'est le village, Brives. Tout près d'Hauteclaire, il y a une belle forêt. Aucun commerce à la ronde, mais je te ferai voir l'église de Brives, qui est charmante et les ruines romaines. Ah oui, devant l'église, on a des raretés, toi qui aimes les vieilles pierres, un front baptismal du Moyen Âge et la pierre tombale d'un évêque... »

Il avait engagé la voiture dans l'allée de marronniers longue à n'en plus finir. Enfin, comme Camille désespérait d'arriver, aussi énervée que Charlotte à genoux sur le siège qui parlait sans arrêt, Alex tourna à gauche à une patte d'oie, poursuivit sa route sur un chemin qui devenait de plus en plus mauvais et stoppa enfin le moteur de son petit coupé rouge, un cadeau de sa mère pour leur mariage, aussi inconfortable que rapide.

Hauteclaire !

Devant eux, une haute grille noire ornée de fleurs de lys dont la peinture s'écaillait. À droite et à gauche s'étendait un mur de pierres infranchissable, surplombé de branches d'arbres qui parurent énormes à Camille, même dans la nudité de l'hiver. Épuisé par la force de la végétation devenue sauvage et toute-puissante depuis plusieurs années, le mur avait cédé par endroits, laissant échapper ses pierres. La maison, elle, restait invisible.

« Nous y sommes, descendons, dit Alex d'une voix rauque, je dois laisser la voiture ici, le chemin est trop défoncé, nous marcherons. »

Camille vit qu'Alex avait pâli, très mal à l'aise. Elle crut qu'il n'allait pas consentir à poursuivre la visite, qui sait ? – elle l'en devinait capable à présent ! – peut-être allait-il même exiger de repartir sans les laisser approcher de plus près la propriété... Elle chercha sa main, la trouva, la serra. Elle fut soulagée de sentir qu'il répondait à la pression de ses doigts.

« On y va, Camille. »

Il s'extirpa de la voiture et Camille et Charlotte, silencieuses, le suivirent. C'était une belle journée d'hiver, froide et claire avec un ciel bleu pur. Charlotte galopa vers la grille.

« Ouvre, Camille... » dit encore Alex, s'efforçant de sourire.

La main un peu tremblante, la jeune femme essaya fébrilement les clefs du fameux trousseau.

« Non, pas celle-là, la grosse ! » lui jeta Alex.

Clic-clac, c'était elle, oui... Camille poussa les grilles, trop lourdes pour elle seule, avec Alex et la petite et à force de « han » d'efforts, de coups de pied et d'épaule, les gonds rouillés des géantes cédèrent un peu, s'écartant assez pour livrer le passage à la petite famille dans un « iiian » plaintif... La Terrible ne demanda pas son reste et fila sans attendre sur le chemin qui s'ouvrait devant elle, pierreux par endroits, mangé de mauvaises herbes, assez défoncé pour être en effet impraticable par une voiture. Au loin, on devinait la toiture bleutée des ardoises de la maison. De part et d'autre de l'allée cabossée qui y menait, le sous-bois étalait ses beautés hivernales : vieux arbres aux branches noueuses étreints par le lierre toujours verdoyant, odeur d'humus humide et de douce pourriture des feuilles mortes accumulées là depuis longtemps, jasmin d'hiver en petites fleurs odorantes, chant solitaire et mélancolique d'un oiseau sautant de branche en branche, trompé par les rayons du soleil.

« Oh, un lapin ! »

Charlotte se mit à courir après la petite bête et disparut bientôt aux yeux de Camille et d'Alex. On entendait juste sa course légère sur l'allée humide.

« Camille, papa, je vois la maison... »

Sa voix résonna à travers les airs, irréelle, lointaine, venue d'ailleurs ; elle voyait la maison !

Camille eut envie de courir aussi vers Hauteclaire pour aller plus vite, mais Alex referma ses doigts sur les siens. L'allée s'était élargie, toute parsemée de flaques récentes. Soudain Camille eut un coup au cœur ; elle venait d'apercevoir une masse blanche encore informe à travers les arbres vénérables. Quelques pas encore et Hauteclaire se dévoila lentement à eux, noyée dans la beauté sauvage de son parc retourné à l'état naturel. Le sourire avait quitté les lèvres d'Alex.

Hauteclaire !

Enfin Camille la voyait dans son ensemble, pouvait la contempler tout à loisir. Comme elle était grande ! Et blanche ! Ce fut son éclat qui la frappa tout d'abord. Ses pierres, lui apprit Alex, avaient la propriété de blanchir et durcir au fil du temps. Ainsi, Hauteclaire, au lieu de voir sa beauté se faner et flétrir sous le coup des ans laissait tranquillement couler le temps sur elle ; il renforçait, en ami, sa grâce immaculée. Camille nota que la maison n'avait rien à voir avec le manoir de Sosthène, si aristocratique. Elle, elle tenait plutôt de la grosse maison bourgeoise, un peu massive, heureusement allégée par une élégante toiture bleutée, surmontée de trois lucarnes très ouvragées. Deux arrogants épis, l'un représentant un pigeon posé prêt à s'envoler, ailes déployées et l'autre, les points cardinaux retombant en une gerbe à quatre branches, couronnaient les deux extrémités de son toit. Certes Hauteclaire ne sortait pas indemne de ses années d'abandon. Des volets rouillés pendaient, à moitié arrachés pour certains, aux fenêtres de la maison, défigurant la façade. Un grand nombre de vitres avaient été brisées, le vent et la pluie avaient dû s'engouffrer par là, pourrissant le plancher. Camille vit que l'élégant double escalier à rampe de pierre menant à l'entrée principale, juste au centre de la maison, était vert de mousse et glissant, des herbes folles poussaient sans retenue dans ses jointures. La porte d'entrée à laquelle menait l'escalier, était en chêne épais, imposante avec ses moulures et son heurtoir en bronze, mais se trouvait ridiculement surmontée d'une laide marquise de verre brisée par endroits.

Alex avait retrouvé la maîtrise de ses nerfs. Même il paraissait furieux. Il l'était en effet.

« Il faut que je t'explique qu'après le départ d'Hélène, ma mère s'est chargée de louer la maison. Elle m'a dit que le locataire avait causé pas mal de dégâts avant de quitter les lieux et elle a décidé de ne plus relouer Hauteclaire.

Mais le mal est fait, il a, paraît-il, transformé la propriété en stand de tir… On fait le tour avant d'entrer ? »

Ses lèvres tremblaient imperceptiblement. De crainte ou parce qu'il était ému de voir combien Hauteclaire était pitoyable ?

« Si tu veux, bien sûr… Charlotte, viens ! »

Avant de tourner le dos à Hauteclaire, Camille lui jeta un dernier coup d'œil. La maison comportait un étage et un grenier : un œil-de-bœuf en pierre, sale et voilé de toiles d'araignées, l'éclairait. Elle avait hâte de la visiter, mais Alex l'entraîna sur le chemin qui partait vers le parc. Charlotte avait abandonné les escargots qu'elle avait dénichés sur la margelle du puits près de la maison, un puits où l'on avait toujours de l'eau, même pendant les sécheresses, avait précisé Alex… Elle se retourna encore pour voir la maison de plus loin.

Elle n'aurait avoué pour rien au monde à Alex qu'elle était déjà tombée sous le charme d'Hauteclaire. Parfois on imagine un être, un meuble, un objet, un amour, puis la déception est immense quand on se trouve confronté à la réalité. Camille, elle, n'était pas déçue par Hauteclaire – avec un nom pareil, pouvait-elle être seulement laide ou décevante ? Non, elle était juste différente de ce qu'elle avait fiévreusement imaginé… Elle séduisait, non pas par une stupéfiante beauté, mais par un charme rare. Pourquoi Camille en tomba-t-elle amoureuse dès le premier regard, elle n'aurait su le dire, d'ailleurs explique-t-on l'amour ? Elle était déjà sous l'emprise de la maison, elle en aimait, palpable, la sérénité profonde, son air de grande dame laissée à l'abandon. Hauteclaire, c'était un tout ; la blancheur vénérable de ses pierres, la beauté du parc où trônaient, royaux, des arbres d'essences rares et plusieurs fois séculaires, l'impassibilité de l'étang où s'ébattaient les canards, son âme, enfin, sa personnalité, les vastes pièces au parquet craquant, la vague odeur des feux de bois dans les cheminées éteintes, ses recoins pleins de mystère… Du moins, Camille l'imaginait ainsi.

Hauteclaire !

Elle avait attendu Camille longtemps, avant même que celle-ci ne la connût, patiente, posée comme un bijou précieux sur le velours sombre de son parc. Elle semblait à la jeune femme aussi solide qu'un roc sur lequel il ne lui restait plus qu'à construire sa vie…

5

Quand un sorcier vous donne à manger quelque chose, il existe un moyen de s'exécuter sans qu'il arrive malheur. C'est de jeter la première bouchée par terre en pensant: celle-ci est pour le diable !

Alex entraîna d'abord Camille vers les dépendances.

Elles se situaient assez loin sur le côté gauche de la maison et semblaient encore en bon état général. Les écuries étaient vastes et accueillantes, mais la toiture avait un urgent besoin de la visite du couvreur. Les stalles d'autrefois avec leur boule élégante pouvaient encore servir pour loger les chevaux. Camille jeta un coup d'œil satisfait au grenier à foin, encore solide, puis Alex lui montra d'autres petites dépendances près de la maison. Il évita soigneusement une très belle grange, située près des écuries, accessible par un petit chemin pavé. La porte, deux immenses vantaux de bois, était fermée à l'aide d'une épaisse chaîne et d'un gros cadenas. Camille se fit la remarque qu'il semblait tout neuf, posé récemment. Par qui ? se demanda-t-elle. Sans que Camille eût eu le temps de l'interroger, Alex dit très vite, comme s'il voulait se débarrasser :

« Cette grange, on ira plus tard, viens voir les prés. »

De la maison, on ne pouvait y accéder que par une allée longue environ d'une centaine de mètres, parsemée de gravillons, qui menait à un pont de pierre étroit enjambant lestement la Théols, la rivière du pays. C'était un pont antique, caressé par les branches nues de deux immenses saules et sans autre rambarde que son muret où les lézards devaient aimer prendre le soleil l'été. Camille se pencha par-dessus. Les eaux de la petite rivière couraient, grosses d'une pluie de la veille, vers quelle destination ? Celle-ci rentrait-elle se perdre sous terre ? Se jetait-elle dans une autre, plus importante qui l'emportait vers un fleuve puis dans la mer grouillante de vie et de créatures ? Cheminait-elle doucement, tout au long de son voyage, bordée mollement de joncs et d'arbres, miroir tranquille des vieilles maisons de pierre d'un village paisible ?

Alex posa une main sur le bras de Camille comme elle se penchait encore au-dessus du muret et attrapa la main de Charlotte qui l'avait imitée.

« Attention, le pont n'est peut-être plus aussi solide qu'autrefois… Regarde, Camille, comme les eaux de la Théols ont une couleur particulière… verte, mais d'un vert si spécial ! George Sand qui a habité Nohant, qui n'est pas loin d'ici, s'en était déjà inspirée pour l'un de ses livres. Et quand l'orage approche, cette petite rivière si calme peut devenir une vraie furie, ses eaux claires deviennent presque grises, elle devient mauvaise, elle peut inonder en une seule nuit toutes les terres d'Hauteclaire, emportant les branches et les petites filles trop téméraires comme Charlotte… »

Charlotte explosa de rire. Visiblement, l'effet qu'avait voulu produire son père sur elle n'était pas probant.

Camille songea en écoutant Alex parler qu'effectivement les eaux de la Théols étaient d'un beau vert foncé, claires en même temps, étranges. De longues herbes flottaient comme des cheveux au gré du faible courant. Les arbres, peupliers et bouleaux, masquaient les méandres de la rivière aussi loin que le regard portait, inclinant sur elle leurs branches nues comme sur le passage d'une altesse.

Charlotte se lassa vite du spectacle et s'élança en courant sur le chemin ; Camille s'arracha à la contemplation de la rivière pour la suivre à pas lents.

« J'aime l'eau, Alex, les rivières surtout, les petites et les sources. Les étangs, eux, me font peur, on n'en voit pas le fond, les eaux sont immobiles et je m'imagine toujours que des choses, des plantes, vont m'empêcher de nager, si je tombais dedans, me tirer vers les profondeurs...

— Tiens, en parlant d'étang, voici celui de la maison, Camille... Il n'est pas bien profond, lui, aucune chose ne te tirera par les pieds si tu y nages, d'ailleurs on ne peut pas y nager, il est plutôt vaseux et on s'y enfonce assez facilement jusqu'aux genoux. Il sert surtout de refuge aux oiseaux migrateurs et à quelques silures. Je ne sais pas si les lavandières viennent y laver leur linge la nuit, moi je le trouve plutôt sympathique... »

À une centaine de mètres après le pont environ, l'étang déroulait une nappe liquide couleur plomb d'un petit hectare. C'était en effet un bel endroit grouillant de vie, même en hiver. Un héron, surpris, s'enfuit soudain, d'un vol lent et un peu gauche ; après avoir poussé un cri rauque et désagréable. Des canards, une cinquantaine environ, se contentèrent de s'éloigner vers l'abri sûr des joncs qui envahissaient les bords de la pièce d'eau. En face de celle-ci, de l'autre côté du chemin, Camille découvrit une mare d'eau claire, des sources en fait, aux eaux limpides et glacées. Un faisan lança des cris d'effroi et s'enfonça rapidement dans les hautes herbes mortes, mécontent d'être dérangé. Une sorte de lande ceinturait les terres d'Hauteclaire, trop marécageuses pour être cultivées, véritable aubaine et réserve naturelle pour le gibier.

« C'étaient des marais avant, tout cela, lui apprit Alex. Il n'y a pas si longtemps, avant que la Théols ne soit curée régulièrement, ça doit faire environ dix ans, on trouvait encore quelques endroits dangereux, avec des sables mouvants… Les paysans du coin racontent des tas d'histoires d'autrefois là-dessus, de chariots engloutis avec les chevaux, de Malnoue, enfin, bref, tu vois bien le genre de racontars. Maintenant, il ne reste plus que ces terres un peu tourbeuses où, tu vois, les bêtes se plaisent malgré les vestiges du ball-trap.

— La Malnoue, qu'est-ce que c'est ? »

Alex haussa les épaules.

« Une sorte de rivière souterraine, la mère de toutes les rivières, des fleuves, des ruisseaux, des fontaines, la mère nourricière, mais aussi une puissance très ancienne, dangereuse, un peu maléfique… Le Berry, tu sais, est une terre de sorcellerie et de légendes, tu en trouveras des tas ! »

Camille écoutait, fascinée et aurait posé d'autres questions si Alex n'avait pas brusquement changé de conversation.

« Regarde les guérites, comme c'est laid ! »

Des guérites, en effet, étaient plantées de part et d'autre de l'étang, bien dissimulées et avaient sans doute servi aux chasseurs du dimanche à se dissimuler pour mieux tirer le gibier d'eau.

« Après l'étang, voici les prés ! Et là-bas, ces haies au bout du chemin matérialisent la fin de la propriété... » ajouta Alex, entraînant rapidement Charlotte et Camille à sa suite.

Toutes les terres étaient en friche. Camille quitta le chemin pour descendre dans la première pâture. Une douce odeur de menthe écrasée charma ses narines. Elle se baissa, arracha une touffe d'herbes entre deux pieds d'iris d'eau qui poussaient à foison un peu partout ; la terre au bout des racines était noire, bonne sûrement, Camille l'écrasa entre ses doigts avec délectation, comme une paysanne.

Il faudrait tout labourer, semer du gazon, refaire les clôtures pour les chevaux, abattre ces horribles guérites jalonnant les abords de l'étang, enlever les douilles et la ferraille. Un gros travail, mais l'endroit en valait la peine. Les chevaux seraient sûrement très bien l'été, à l'ombre des grands arbres en bordure de rivière... Les prés, avec autant d'eau, devaient être toujours verts. Bien sûr, pas question d'y laisser les chevaux l'hiver, puisqu'ils étaient inondables mais... Camille haussa les épaules. Inutile de s'emballer. Restait la maison. Et même si la maison était comme elle la devinait, restait encore à convaincre Alex de revenir vivre ici...

Lentement, Camille rejoignit son mari, qui n'avait pas voulu mouiller ses chaussures dans l'humidité de l'herbe. Camille était ravie de ce qu'elle avait découvert, mais n'osait pas discuter librement, ignorant comment Alex allait réagir. Il paraissait serein, mais elle ne se fiait plus à cela. Il restait la maison à visiter. Elle brûlait d'envie d'accélérer le pas, de revenir plus vite, mais elle se contint une nouvelle fois, admirant une fois encore le paysage hivernal.

« Papa, Camille, venez voir, j'ai trouvé des allées... »

Charlotte avait déjà parcouru tout le petit chemin en sens inverse et revenait, infatigable, courant vers le couple, les joues rouges d'excitation. Elle agrippa le manteau de son père d'une main et de l'autre celui de Camille, les obligeant à marcher plus vite. Elle les guida vers le parc, ou plutôt vers ce qui en était un autrefois. Camille avait bien remarqué, avant de franchir le petit pont sur la Théols, des restes de pelouse disposés géométriquement. En observant bien et grâce à l'hiver qui avait détruit une bonne partie des herbes, on devinait qu'autrefois s'étendaient près d'Hauteclaire des allées, tracées en ellipses, noyées à présent dans une brousse de ronces et de lianes rampantes, des allées impraticables pour tous, sauf pour La Terrible qui s'y coulait avec l'aisance et l'intrépidité de la jeunesse. Un cèdre et un if magnifiques émergeaient, très haut, des vestiges de ce parc. Des peupliers immenses et d'autres saules s'étendaient tout le long de la berge de la Théols. Qui se promenait là autrefois, dans les chemins dégagés, doux sous les pieds ?

« Regarde, Camille ! »

La petite avait saisi la main de la jeune femme et n'entendait pas la lâcher. Camille la suivit donc au bord du parc, entre deux arbres, des noyers sans doute, au tronc énorme. Là, mangée de lierre et de mousse, elle montra du doigt sa trouvaille à la jeune femme ; une statue aussi haute que nature, une sorte d'Aphrodite qui, d'un geste gracieux, remettait de l'ordre dans sa chevelure de déesse.

« Elle était déjà ici quand mon père a acheté la maison. Elle est très ancienne... » lança Alex qui ne s'était guère aventuré aussi loin, redoutant de laisser aux ronces des morceaux de son manteau.

Camille gratta le flanc de la statue, la mousse tomba, on pourrait sauver l'Aphrodite.

« Elle est très belle, Charlotte. Venez, toutes les deux, ajouta Alex, il faut visiter la maison… »

Camille et Charlotte devancèrent Alex, pressées de découvrir l'intérieur d'Hauteclaire. Il ne leur fallut pas longtemps pour regagner les abords de la maison et le perron glissant.

« Ouvre, Camille ! » dit Charlotte.

Alex hésitait à les suivre. Camille avait bien remarqué qu'au fur et à mesure de leur retour vers la demeure, il avait encore ralenti le pas.

« Je ne suis pas revenu ici depuis le départ d'Hélène, articula-t-il péniblement.

— Tout va bien se passer, Alex. C'est un endroit merveilleux. Mais reste dehors, si tu ne veux pas nous accompagner…

— Non, je viens, sinon, ce n'est pas la peine… » murmura-t-il.

Clac.

La clef tourna sans effort, comme si la serrure avait été huilée récemment. La porte était ouverte.

Un froid de glace saisit Camille au moment où elle pénétra dans la maison et la fit frissonner.

Son premier frisson à Hauteclaire.

6

En présence de tout événement surnaturel, ou du moins qui paraissait tel, les vieux disaient autrefois à voix haute :

— Si tu es bonne âme, éclaire-moi, si tu es mauvaise, retire-toi !

D'autre part, il était considéré comme très dangereux de sortir entre minuit et le chant du coq.

Cela sentait l'humidité. Une mauvaise odeur de vieille maison abandonnée.

La porte s'était ouverte sur une entrée sans doute vaste autrefois, mais qui avait été coupée en deux dans la longueur par une cloison recouverte d'un affreux crépi épais. Ainsi, la partie droite servait d'appartement au locataire, l'autre, à gauche, faisait office de club house pour les chasseurs du stand de tir. Une porte fermée, encastrée là-dedans, garnie de carreaux de couleur, y donnait accès. Mais aucune du trousseau que possédait Camille ne lui correspondait. L'escalier de bois massif, devant eux, qui menait à l'étage, était tout décoloré. Alex regarda encore une fois la cloison, la frappa de son poing fermé. De gros éclats plâtreux s'en détachèrent et tombèrent sur le sol. L'anxiété avait quitté le visage d'Alex. Y montait à présent une belle colère, le laissant tout blanc de rage, les mâchoires crispées. Camille se dépêcha de saisir Alex par le bras et de l'entraîner vers la seule issue possible, celle de droite, qui menait à la cuisine et la salle à manger.

« Tu as vu ce qu'il a fait, ce c… ce crétin de locataire, Camille ? se reprit Alex en voyant Charlotte qui l'écoutait. Ma mère m'avait dit qu'il avait fait des transformations malheureuses… mais de là à imaginer des choses comme ça, jamais ! Il faudra trouver une solution pour rentrer dans le salon et je n'en vois qu'une puisque aucune clef ne semble convenir à cette porte ; ressortir, faire le tour et accéder par l'entrée de service. Je te suis, oui, allons voir par ici et après, on fera un tour à l'étage. »

Alex n'était pas au bout de ses surprises pourtant, lui qui avait connu Hauteclaire dans toute sa splendeur… Outre la cloison crépie, tout l'intérieur de la demeure avait été sabordé. Camille le suivit, notant que la crainte de retrouver Hauteclaire semblait avoir quitté complètement Alex et pour cause ! La colère noire, silencieuse, terrible, qui l'avait saisi tout à l'heure à son entrée dans Hauteclaire le tenait un peu plus à présent, à chaque fois qu'il ouvrait une pièce et découvrait un nouvel outrage infligé à la maison. La salle à manger, avec ses belles boiseries anciennes, avait été barbouillée d'une peinture bleue, brillante, criarde, collante. Le haut plafond était lézardé et s'écaillait sur toute la partie droite, « à cause sans doute à une fuite d'eau dans la salle de bains juste au-dessus » murmura Alex entre ses dents. Par endroits, près des murs, le carrelage avait été cassé et maculé lui aussi de peinture, un très beau carrelage blanc à cabochons noirs hexagonaux, datant sûrement de la construction de la maison. La cuisine, vaste, avec ses poutres en chêne se trouvait dans un état de répugnante saleté, enduite de crasse du sol au plafond. L'évier de pierre, très beau, avait été cassé comme avec une hache.

« Viens ! » dit Alex.

Il retraversa la salle à manger et entraîna Camille et Charlotte au pas de charge vers l'escalier de l'entrée. Imposant, il menait au premier étage à l'aide de larges marches de chêne, mais pleines de coups, à croire qu'en déménageant, le locataire avait traîné ses meubles plutôt que de les porter ! Fulminant tout seul, Alex atteignit bientôt le palier et suivit un petit couloir assez sombre qui desservait l'étage. Il ouvrit une à une les cinq portes des chambres. Comme Camille le supposait, elles ne pouvaient avoir été épargnées et ne l'avaient pas été, en effet ; de la moquette murale ornait les murs, jaune, bleue et verte, une couleur pour chaque chambre, un vrai festival. Les beaux parquets en chêne d'Hauteclaire, eux, étaient maculés de larges taches de peinture assorties à la couleur des murs.

« Oh… » murmura juste Alex.

Sans ajouter autre chose, il prit le trousseau des clefs d'Hauteclaire des mains de Camille et ouvrit une dernière porte qui fermait le couloir tout au fond, près de la dernière chambre.

« Ici, c'est à l'abandon depuis longtemps, précisa-t-il, mais au moins rien n'a été touché… Je comptais faire une bibliothèque un jour, de cette partie de la maison. Mais cela demandera beaucoup de travail. Autrefois, nous nous servions de ces chambres comme d'un grenier pour remiser les meubles et les cartons… »

Camille le suivit à travers trois grandes pièces qui lui semblèrent d'une tristesse absolue avec leurs tapisseries moisies et leurs fenêtres sales envahies par d'épaisses toiles d'araignées. Les vitres brisées avaient laissé entrer le vent et la pluie et le parquet, par endroits, était si pourri qu'il fallait faire attention où poser les pieds. L'œil-de-bœuf filtrait à travers les toiles d'arachnides une lumière ténue. Charlotte, à vrai dire, n'était pas rassurée et ne lâchait guère la main de Camille.

« Bien, sortons et on ira voir le salon… » dit Alex.

Camille et Charlotte ne se le firent pas dire deux fois. Elles dévalèrent les escaliers à la suite d'Alex qui claqua sur eux la porte d'Hauteclaire et fit le tour de la maison en quelques minutes. Il s'arrêta bientôt devant l'entrée plus modeste de la façade arrière, qui devait être joliment envahie de vigne vierge à la belle saison.

« Viens, Charlotte. »

La petite, qui poursuivait sa quête d'escargots de couleur, suivit le couple à contrecœur dans l'aile gauche de la maison. Manifestement elle aurait préféré continuer à fureter dehors, mais son père donna un tour de clef à la porte et la poussa devant lui.

« C'est mieux ici… » murmura Camille.

Ils étaient entrés de plain-pied dans une vaste pièce attenante au salon. À part une tapisserie criarde tombant en lambeaux, l'espace n'était pas très abîmé, comme si le locataire s'était enfin fatigué de ses rénovations dégradantes. Alex respira et son visage se détendit un peu.

« Peut-être n'a-t-il pas trop touché au salon… » espéra-t-il, poussant doucement l'épaisse porte qui l'en séparait.

Alex avait décrit à Camille cette pièce comme la plus belle d'Hauteclaire, donnant sur le parc, parquetée de chêne, dotée d'un magnifique plafond, sculpté sur son périmètre d'une corniche de fleurs et de feuilles délicates et ornée d'une haute et élégante cheminée en pierre Louis XV. Un lustre de cristal, chef-d'œuvre du

XVIIIe siècle et des boiseries d'époque, orgueils d'Hauteclaire, complétaient la décoration de la pièce.

Camille cependant suivit Alex sur la pointe des pieds, craignant le pire.

La stupeur leur ôta les mots de la bouche.

Le salon était encore un peu comme Alex l'avait décrit du temps de sa splendeur.

Du moins, pour la corniche. Pour le reste…

En plein milieu du salon trônait un bar. Un bar ! Alex faillit s'étouffer de rage. Un bar en parpaings rivés sans égard dans le parquet ancien, haut d'au moins un mètre trente et d'où l'écoulement des tuyaux rouillés de l'évier se faisait directement sous les lattes de bois, les faisant pourrir par endroits. La cheminée d'origine, quant à elle, avait été arrachée et remplacée par une horreur en bois teinté et béton, basse, longue, laide. Le lustre, le beau lustre de cristal où devaient trembler les flammes des bougies autrefois, était désormais dans un état pitoyable avec ses fines pendeloques en majorité cassées ou arrachées. Quant aux boiseries, elles avaient été peintes, non plus en bleu criard, mais dans un vert très chasse assorti à une tapisserie feuillue recouvrant les murs. Le tout devait rappeler les sous-bois aux tireurs de pigeons d'argile…

« Ce n'est pas possible ! dit Alex, les yeux lançant des éclairs. Si je tenais ce… »

Il n'acheva pas sa phrase, préféra sortir prendre l'air plutôt que d'exploser dans une inutile colère contre qui ? Le locataire ? Céleste, qui avait installé ce dernier dans les lieux ? Ou lui-même qui avait abandonné la maison de son enfance ?

Camille erra seule quelques minutes dans l'immense salon massacré, le cœur empli de tristesse pour Alex. La lumière d'un rayon de soleil éclairait une perle de cristal du lustre, faisant naître sur le sol un petit arc-en-ciel de couleur poussiéreuse. La jeune femme soupira en songeant à la maison. Pas d'isolation, beaucoup de travaux à réaliser, des quantités même – c'était peu dire ! – avant de décroûter Hauteclaire de ses hideuses transformations... Un travail de titan, demandant énergie, argent et amour. Alex relèverait-il ce défi ? Le silence était profond, épais. Malgré l'état lamentable de la pièce, Camille s'y sentait bien, très bien, comme si elle était chez elle depuis toujours. Elle caressa du doigt les boiseries étouffées par la peinture, marcha lentement sur le parquet craquant. Cela sentait encore les feux de bois éteints dans la cheminée, la vie passée, murmurante, le souffle des siècles enfuis et des gens disparus. Cela n'avait rien de triste de penser à ceux qui avaient vécu ici avant. Ils étaient comme un trait d'union entre hier et aujourd'hui.

« Camille, tu viens ? »

La Terrible était revenue chercher la jeune femme, la tirant sans ménagement de sa songerie.

« J'arrive, Charlotte. Dis-moi, avant de rejoindre ton papa, est-ce que tu aimerais vivre ici ? »

Un sourire éclaira le visage de l'enfant, mais timide, comme gêné.

« Oh, oui ! c'est très grand et dehors, c'est bien et puis je pourrais avoir Rusty... »

Elle se tut finalement, se dandinant imperceptiblement d'une jambe sur l'autre. Camille s'agenouilla, lui prit les mains en la regardant.

« Mais quoi ? Dis-moi, tu sais que tu peux tout me dire. Alors, pourquoi tu ne parais pas vraiment contente ? »

La petite jaugea Camille d'un regard.

« Je ne sais pas. Tout à l'heure j'ai parlé avec ma fée, tu sais, la bleue, la gentille, en cherchant des escargots.

Elle m'a dit qu'il ne fallait pas venir ici, c'était pas bien. Alors j'ai un peu peur. Dans le grenier, j'ai même eu très peur. On aurait dit que des yeux nous regardaient, tu n'as pas senti ? »

Camille serra fort la main de l'enfant. Elle songea qu'effectivement elle s'était, elle aussi, sentie très mal à l'aise dans les pièces à l'abandon.

« C'est normal, la maison est bien plus grande que celle de Paris et elle est abandonnée depuis longtemps et très sale, alors ça fait un peu bizarre. Imagine qu'elle soit repeinte et tapissée, ce serait superbe, non ? »

La petite fille acquiesça vaguement de la tête. Camille se releva, entraînant l'enfant avec elle au-dehors. Alex les attendait. Il avait repris des couleurs, trouva même le courage de leur sourire, jouant machinalement avec la ceinture de son manteau. Charlotte, aussitôt à l'air libre, se remit en quête de nouveaux trésors à engranger dans ses poches, oubliant ses craintes.

« Retournons voir le parc, proposa-t-il, nous pourrons discuter un peu... »

Charlotte leur ouvrit la route une nouvelle fois, infatigable. Midi approchait cependant et elle se retourna plusieurs fois vers Camille pour lui demander « si on mangeait bientôt ».

« Bientôt, répéta Alex, nous allons au petit restaurant de Brives, tu vas voir, tu vas te régaler... La patronne, Nicole, y fait un pâté merveilleux. »

Pendant qu'Alex entraînait de nouveau Camille vers le pont de la Théols, il ne cessa de maudire le locataire, ce monstre qui avait rendu la maison méconnaissable... Camille, elle, remerciait plutôt cet homme-là. Grâce à lui, Alex n'avait rien reconnu de l'endroit où il avait vécu avec Esther et Hélène. Il appartenait au couple de construire quelque chose de neuf, de différent, en somme *leur* Hauteclaire. Camille le lui expliqua doucement tandis que Charlotte poursuivait sa course à travers les allées.

« Tu aimes cet endroit ? » finit-il par demander à Camille à la fin de son monologue.

Camille jeta un œil vers la maison, là-bas. Malgré ses fenêtres tristes, ses terres en friche, son intérieur saccagé et sinistre, elle lui plaisait, oui. Elle restait majestueuse, drapée dans son charme désuet comme dans un dernier rempart avant la décrépitude.

« Je l'adore, cette maison, Alex. Je pense même que je l'adorais et que je la désirais avant que ta mère ne m'apprît son existence. Elle cristallise tous mes rêves de jeunesse... »

Elle ne put s'expliquer plus avant. Il comprit. Lui aussi se trouvait de nouveau prisonnier de son charme puissant et de sa beauté. Il avait oublié combien Hauteclaire était magnifique, l'air si tranquille, bercée du murmure incessant de la Théols, comme hors du temps, indifférente aux cycles de la vie et de la mort se déroulant autour d'elle sans relâche. Curieux sentiment d'éternité en la contemplant. De fragilité aussi. Elle semblait rude et faible à la fois, posée là comme une dame du temps jadis dans son fauteuil, évanouie, attendant qu'on la ranimât de caresses et d'attentions. Il sembla à Camille qu'elle pouvait, avec Alex, lui rendre son lustre et sa fierté d'antan. Elle deviendrait leur maison, sa maison, celle dont elle avait toujours rêvé. Ils lui donneraient une âme nouvelle. Alex l'aimait aussi, elle le savait, elle avait lu sur son visage ses joies secrètes, mais aussi ses colères lorsqu'ils avaient fait le tour du propriétaire. Encore maintenant il respirait avec volupté l'air frais et les senteurs endormies des herbes et des arbres du domaine.

« Elle appartenait à un maître des forges autrefois. Elle a été bâtie, paraît-il, à l'emplacement d'un château. C'est une maison noble, tu sais, Camille… »

La jeune femme n'en doutait pas. Il ne restait plus qu'à la réhabiliter, y ramener le bonheur qu'elle contenait autrefois, pensa-t-elle, ne doutant de rien.

Charlotte revint vers eux en chantonnant, un bouquet de feuilles rousses et jaunes à la main. Elle n'en finissait pas de faire des découvertes et d'appeler Camille et Alex à tour de rôle pour les leur faire partager. Alex finalement pressa la main de la jeune femme en signe d'interrogation. Elle dit très vite :

« Alex, si tu te sens prêt, Hauteclaire est faite pour nous. C'est tout ce que je peux te dire… »

La paix – la résignation ? – s'était faite sur son visage. La fureur qui l'avait agité quand il avait découvert le saccage de la demeure s'était dissipée. Il haussa les épaules, dominé par l'irrésistible magie d'Hauteclaire, vaincu.

« Tu ne la connais pas, cette maison. Elle attire, charme irrésistiblement et puis…

— Tu en parles comme s'il s'agissait d'une personne ! Une femme, même… »

Alex sourit, mais son sourire n'avait rien de gai.

« Ce n'est pas une femme, c'est Hauteclaire. C'est bien plus… Faisons l'essai de vivre ici, si tu y tiens tant. D'ailleurs il faut que je me remette à peindre et je ne le fais jamais mieux qu'ici, ma mère a raison sur ce point… »

Bien plus qu'une femme ? Que voulait-il dire par là ?

Charlotte tira le manteau de Camille.

« Camille, on va habiter là, dis ? Papa va m'acheter Rusty, hein ? et on l'emmènera avec nous ?

— Toi, tu as de la suite dans les idées ! dit Alex en riant. Mais ça te plairait, hein, cette maison ? Allez, venez, nous allons manger ! Et toi, petite, je vais réfléchir à ton poney… »

Charlotte partit en chantant, martelant les syllabes :

« Pa-pa va m'acheter mon poney, pa-pa va m'acheter mon poney… »

Alex détacha les cheveux de Camille et l'embrassa.

À pas lents, le couple revint vers la demeure. Le soleil avait disparu. Le toit de la maison ne luisait plus gaiement sous ses rayons. Les fenêtres béaient, grimaçantes, assombries. Un corbeau croassa dans l'hiver frileux. Le silence était revenu, glacial, imposant. Camille frissonna de nouveau. Une hésitation l'effleura. Doute ou pressentiment ?

Elle se tut.

Un mois plus tard, fin février, ils étaient à Hauteclaire. Elle leur appartenait. À moins que ce ne fût déjà le contraire.

7

Pendant la guerre, Lord Dowling, maréchal de la Royal Air Force – RAF anglaise – cédant aux instances d'une médium de Wimbledon, put entrer en contact avec certains de ses pilotes morts et obtenir d'eux des renseignements précieux.

— Ces morts se trouvaient, dit Lord Dowling, dans un état proche de la vie terrestre. La mort était venue si brusquement qu'ils ne se savaient pas morts. Ils erraient entre l'état physique et l'état astral…

À bien y penser, le couple ne fut jamais aussi heureux que dans l'effervescence du déménagement – pour le moins épique – et lors des premiers mois qui suivirent l'installation à Hauteclaire.

Alex et Camille étaient plutôt mal organisés. Cependant, début février, leurs caisses étaient fermées et prêtes à partir. Et jamais depuis leur unique visite à Hauteclaire, Alex ne remit en cause le fait de retourner vivre dans sa maison d'enfance. Sa mauvaise humeur et ses craintes semblaient apaisées ; il paraissait juste penser à la disposition de son nouvel atelier de peinture à l'étage de la maison. Il ne semblait plus guère préoccupé que par l'idée de peindre de nouveau, convaincu de retrouver à

Hauteclaire l'inspiration qui lui faisait tant défaut à Paris. Pour un temps, il redevint l'homme charmant que Camille avait connu.

Le programme était simple ; d'abord réhabiliter quelques pièces de la bâtisse pour que la petite famille pût vivre au moins au chaud, puis rapatrier les deux chevaux de Camille et Rusty, bien sûr, qu'Alex avait finalement acheté pour Charlotte, aux anges… Cependant, malgré la joie du départ imminent de Paris, Camille, elle, eut un gros pincement au cœur en annonçant la nouvelle à Fran. Les deux femmes se retrouvaient souvent pour déjeuner dans une petite brasserie toujours en effervescence. Toutes deux s'aimaient beaucoup, étant des amies fidèles l'une pour l'autre depuis des années. Fran embrassa Camille, trop émue et trop fière pour pleurer à l'annonce du déménagement, mais elle recommanda à Camille de faire attention à Alex « qu'elle ne sentait pas » et lui fit promettre de l'appeler au moins une fois par semaine.

***

Chevaux et humains campèrent d'abord à Hauteclaire. Ce fut le meilleur temps. Pour les chers équidés, il fallut contacter le paysan du coin afin que les deux grands prés soient nettoyés et les clôtures refaites au plus vite. Quinze jours après que le dernier piquet avait été posé et la nourriture, paille, foin, orge, livrée, Camille et Charlotte lâchaient les chevaux en pâture et les rentraient au chaud des écuries la nuit… Un moment de bonheur rare pour Rusty, seulement habitué à tourner en rond dans la sciure du manège et les juments, hésitantes devant tant d'espace. Les trois animaux galopèrent longtemps, ivres de liberté, avant d'enfouir le nez dans les herbes qui avaient résisté au gel, puis de repartir, calmés enfin, faire le tour de leur domaine au petit trot, cueillant des touffes de menthe sauvage du bout des dents.

Ensuite et là le délai fut notoirement plus long, Camille prit rendez-vous avec les artisans locaux. Il fallut d'abord attendre leur visite, ensuite leurs devis. La jeune femme avait sagement sélectionné les travaux les plus urgents à faire car le budget du couple n'était pas illimité, même si Céleste avait promis de contribuer financièrement aux travaux. En priorité, il fallait penser au chauffage – indispensable – et à la réhabilitation d'une pièce après l'autre. En attendant la révision de la chaudière et de l'installation d'eau chaude, la laide cheminée du salon et de petits poêles à pétrole sur roulettes servirent à réchauffer un peu Hauteclaire. Se laver était une autre affaire et Charlotte réussit à esquiver la toilette du soir assez souvent. Heureusement le temps avait viré à la douceur depuis l'arrivée des Parisiens et avec un bon chandail, tous supportaient assez bien la fraîcheur hivernale…

Le gros du travail commença par un nettoyage en règle, un bon décapage de la peinture sur les murs et les parquets de la salle à manger et de deux chambres. Pour les extérieurs et le travail des prés, Camille avait trouvé en se rendant à la ferme du coin, c'est-à-dire la plus proche d'Hauteclaire, un paysan à la retraite, Léon, qui accepta de lui prêter main-forte.

Camille ne risquait pas d'oublier la première journée de travail qu'il effectua à Hauteclaire ! Ce jour-là, elle avait mis une casserole d'eau à chauffer dans la cuisine, une vieille casserole retrouvée dans la cuisine de la maison et discutait avec le vieil homme. Voyant l'eau bouillir violemment, elle éteignit le gaz et saisit le manche de la casserole pour en vider le contenu dans la bassine de l'évier.

« Aaah ! » cria Camille, lâchant l'ustensile et le renversant, faisant gicler une partie de l'eau brûlante sur elle.

Léon saisit une serviette, essuya comme il le pouvait la dame qui tenait son avant-bras, les larmes aux yeux, souffrant beaucoup.

« Aaah, saleté de casserole, le manche n'est pas isolé, je me suis bien brûlée… »

Elle se précipita au robinet, fit couler l'eau fraîche sur sa main, ce qui n'apaisa rien, au contraire.

« Et Alex qui est chez sa mère aujourd'hui, marmonna-t-elle, les dents serrées et je n'ai même pas de tulle gras… Désolée pour le dérangement, Léon… pouvez-vous m'emmener chez le médecin, ou au moins à la pharmacie ?

— Venez, je vous emmène voir une personne qui va vous faire passer ça… »

Camille, dans sa douleur, ne prêta pas vraiment attention aux paroles du vieux, qui se précipita dehors, lui ouvrit la portière de la voiture et la referma sur elle en téléphonant à quelqu'un. Puis Léon appuya sur le champignon de sa vieille 4L et aussi vite qu'il le put, entra bientôt dans la cour pavée d'une vieille ferme aux murs mangés de vigne vierge. Si elle n'avait pas autant souffert, Camille aurait apprécié la beauté des vieilles pierres et l'intérieur de la ferme nantie d'objets et de meubles anciens. Un gros matou rayé presque noir, qui dormait dans un fauteuil, leva la tête et considéra les étrangers qui perturbaient son sommeil. Une vieille comtoise martelait les heures qui passent en un lourd tic-tac.

« Il habite ici, le docteur ? Je ne savais pas, murmura Camille, les larmes aux yeux tant elle avait mal.

— C'est pas le docteur, dit-il, c'est le rebouteux, Anselme, il barre le feu, vous allez voir…

— Quoi ? dit Camille, mais je ne veux pas… »

Elle n'eut guère le temps de poursuivre. Anselme avait ouvert la porte de la pièce où il recevait ses patients et avait pris Camille par les épaules.

« Madame Camille ? Léon m'a appelé, venez, on va vite arranger ça… vous devez souffrir beaucoup. »

Camille se tut, impressionnée par la haute taille de l'homme, subitement calmée par sa voix grave et sa présence rassurante. Il était mince et sec, fort encore, bien qu'il eût passé sûrement les soixante-dix ans, le nez courbe comme celui d'un empereur romain ou le bec d'un oiseau de proie, les mains burinées par le travail du dehors, pourtant douces. Il lui apprit plus tard que sa famille maternelle était sarde, ce qui n'étonna pas Camille. Ses yeux gris sombre étaient calmes comme ceux d'une eau dormante, mais s'éclairaient parfois d'une lueur malicieuse.

« Eh bien, que vous est-il arrivé ? » demanda-t-il en l'installant sur une chaise en paille dans son bureau et en ôtant avec précaution la serviette qui entourait la main de la jeune femme.

Il examina les brûlures avec soin.

« Je me suis battue avec une casserole au manche brûlant et remplie d'eau bouillante, sourit Camille en serrant les dents.

— Et à ce que je vois, la casserole a gagné… ironisa gentiment Anselme. On va vous soulager la douleur tout de suite… Fermez les yeux, détendez-vous… »

Puis il se tut, ôta ses sandales, posa ses pieds bien à plat sur le parquet, plaça ses mains à quelques centimètres des brûlures de la jeune femme. Elle l'entendit murmurer quelque chose, tout au moins le début de ce qui devait être une prière.

Feu de Dieu perds ta chaleur
Comme Judas jadis perdit sa couleur
Quand il trahit notre Seigneur au mont des Oliviers
J'enlève le feu avec la main
Que cela redevienne froid comme avant...

Je rêve, se dit-elle, non mais pourquoi Léon m'a-t-il emmenée ici ? Je ne crois pas à ces trucs-là, comment vais-je pouvoir lui dire...

Mais elle sentit qu'elle se détendait. La brûlure intense et les picotements terribles qui lui dévoraient la main se firent moins vifs. Ce fut léger d'abord, puis la vague de douleur se retira pour laisser place à une sensation de frais. Camille respira profondément et ouvrit les yeux. Elle fut frappée par la sérénité de la pièce, une sensation de bien-être absolu. Elle vit une croix au mur, dans le fond de la pièce, un guéridon tripode voilé d'une nappe en dentelle. Le bureau d'Anselme était chargé de livres. En entendant ce soupir, Anselme sourit à Léon. Il se rechaussa.

« Je n'ai plus mal... murmura Camille, stupéfaite, en regardant sa main et son avant-bras rougis par les brûlures.

— Vous pouvez passer à la pharmacie, mais vos plaies vont guérir normalement et surtout rapidement, sans douleur pour vous... »

Camille se leva, un peu saoule.

« Merci infiniment. Et, oh, je suis désolée, je n'ai pas pris mon sac tout à l'heure, mais je reviendrai, combien est-ce que je vous dois, monsieur ?

— Anselme, personne ne m'appelle monsieur. Rien, je ne demande rien pour ce genre de choses. Je passerai juste vous voir, vous dire bonjour. Ah, ajouta-t-il en leur ouvrant la porte d'entrée, madame Camille, faites attention à vous, là-bas... »

Camille se demanda pourquoi il lui avait dit cela. En tous les cas, elle fut assez étonnée de la réaction d'Alex quand elle lui raconta son aventure le soir. Il prit un air mystérieux.

« Oh, c'est super qu'il ait pu te soulager… Ce vieux est réputé et on vient de loin pour le consulter. Magnétiseur, rebouteux, passeur d'âmes, barreur de feu… tu es dans le Berry, ici, tu sais, c'est encore une terre de sorcellerie, même au XXIe siècle… Pour barrer le feu, on ne sait pas comment ils font, ces gens-là, c'est un don dont ils ont hérité, paraît-il, mais leurs services sont même utilisés dans les hôpitaux… Anselme aurait fini sur le bûcher autrefois. C'est une espèce de sorcier… blanc, enfin pour le bien. Il y a la magie noire aussi.

— Je sais, c'est pour faire le mal, jeter un sort, pactiser avec le mauvais… »

Camille soupira et se promit de lire à propos du Berry. Et de jeter la casserole en premier lieu… Alex quitta la pièce en sifflotant.

***

Décrasser la cuisine prit une semaine entière à Camille, mais elle fut assez satisfaite des murs redevenus propres qu'elle passa à la peinture blanche, avec une seule main bien sûr. La cheminée nettoyée de son amas de cendres fut rallumée et la pièce sembla reprendre vie. Léon récupéra d'on ne savait où un évier presque aussi vaste que l'ancien, brisé et le posa pour la dépanner… Mais il y avait tant à faire ! Camille se mit à attendre les ouvriers avec impatience. Anselme, à sa grande joie, était passé la voir une semaine après son accident avec la casserole et ils avaient lié amitié. Depuis, quand il avait le temps, il passait voir la jeune femme et l'aider avec Léon à l'occasion.

Au début, Alex, Camille et Charlotte vécurent dans une sorte d'euphorie à Hauteclaire, la jeune femme et l'enfant surtout, subjuguées par la beauté du domaine qui s'éveillait déjà à la faveur d'un printemps précoce. Charlotte avait confectionné pas mal de bouquets de jonquilles et de crocus cueillis qu'elle posait dans des vases partout dans la maison et Camille ne se lassait pas de courir avec l'enfant, comme une sauvageonne, dans le secret des terres d'Hauteclaire pleines de vie et de bêtes sauvages. Leur plus grand plaisir consistait aussi à contempler inlassablement les feux de bois allumés dans la laide cheminée, à imaginer la nouvelle décoration des pièces et à écouter, du chaud de la maison, la Théols qui, rageuse, charriait des eaux sales sous le coup d'une crue printanière due à d'interminables journées de pluie...

Malgré tout, le travail avançait, Camille pressa le maître d'œuvre pour les devis, abattit seule l'horrible cloison de plâtre qui étouffait l'entrée, grattant inlassablement le crépi qui couvrait les murs. La maison, au bout d'un moment, retrouva l'unité de ses pièces et sembla respirer. L'impression fut complète une fois que le bar fut abattu. C'est avec joie et comme avec soulagement pour Hauteclaire que Camille tapa dans les parpaings, arrachant ensuite avec application les énormes pointes enfoncées dans le cœur dur du parquet de chêne. Alex s'était même décidé à donner un coup de main à Camille, lui qui n'était guère adepte des tâches manuelles. Le salon, une fois déblayé, parut encore plus vaste et majestueux. Pour finir ses journées, Camille passa un temps infini, le soir, à rénover le lustre, ayant enfin retrouvé à Paris des pampilles de cristal presque identiques à celles d'origine.

Sa satisfaction fut complète lorsque les artisans vinrent retaper les cheminées qui menaçaient ruine sur le toit d'ardoise et entreprirent la révision de la couverture de la maison. Le chauffagiste, enfin, envahit la bâtisse avec ses ouvriers et bientôt la chaudière ronfla, dispensant une chaleur que l'on sentait à peine tant la maison était vaste, les pièces hautes et les murs humides.

« Faut qu'ça sèche… » dit Anselme, méditatif.

Le vieux était parfois difficile à comprendre tant son accent berrichon était prononcé. Charlotte ouvrait de grands yeux à l'entendre, tout comme Léon, mais s'adapta très vite. Camille aussi d'ailleurs. Décidément à toutes mains, Léon sortit bientôt son tracteur et aida Camille à défricher le parc à la mi-mars « avant que la sève n're-monte ». Dans les allées moussues, ils découvrirent de grosses pierres blanches abandonnées, de beaux arbres dont il était temps de s'occuper, le lierre allait finir de les étouffer. Débarrassée de ses herbes grimpantes et la mousse ôtée de son corps de marbre souple, l'Aphrodite, toute blanche, sembla à Camille plus belle qu'une sculpture de Rodin…

Il fallut toutefois suspendre la démolition et l'installation de la nouvelle cheminée. Les fonds s'épuisaient. Alex avait déclaré que l'argent qu'il possédait sur des livrets épargne, placé, n'était pas disponible dans l'immédiat. Bientôt. On changerait la cheminée en été, pour la prochaine saison froide. La maison, déjà, présentait un tout autre aspect. Et on pouvait faire autre chose, en attendant la réfection complète du salon. Tant de choses ! Les journées passaient vite. Camille aimait se lever très tôt pour écrire car elle adorait profiter de la paix de la maison et de l'aube naissante. Ensuite, elle savourait comme une gourmandise le plaisir d'aller dire bonjour aux juments et au poney dans les prés couverts de rosée. Elle rentrait ensuite préparer le petit-déjeuner et réveiller Charlotte qui ne devait pas louper le car pour l'école du village voisin. Déjà, La Terrible s'y était fait des amies et s'y sentait aussi à l'aise qu'une vieille Berrichonne. Elle avait appris quelques mots du patois local avec Anselme qu'elle répétait avec délectation à la jeune femme, le soir. Une *chieuvre*, c'était une chèvre ; une *loche*, une limace ; *chagner*, c'était râler. Bref, cela rentrait très vite dans le vocabulaire de la petite qui en vint à traiter Rusty de « grosse loche » et à goûter avec du fromage de « chieuvre » sur ses tartines à cinq heures. Camille y ajoutait un petit verre de Reuilly pour elle, un vin blanc sec parfumé d'un village pas très loin et une poignée de noix. Leur régal était complet et Anselme, qui l'avait enseigné à Camille comme un remontant au bout d'une dure journée de labeur, le partageait souvent avec elle. Jamais Alex, qui dédaignait cette restauration campagnarde et frugale. Qu'importe, Camille était contente de ses journées, du travail abattu sur le domaine, des idées qui germaient en elle pour le scénario de son roman, le grand.

Anselme s'était mis à parler un peu, après le travail, lors de leurs fins de journées. Il avait raconté à Camille un tas d'histoires du pays, des histoires du « bon vieux temps », bien sûr, le meilleur, celui de sa jeunesse... Cependant, Camille le sentit mal à l'aise lorsqu'elle lui demanda de lui parler d'Hauteclaire. Elle devait bien avoir une histoire, cette maison...

Il fallut toute l'espèce d'amitié et de considération qu'il avait pour la jeune femme, une « de » qui, ne craignant pas de mettre ses mains dans la terre ni de soulever des choses lourdes, une dame de la ville aimant la nature et ce coin perdu du Berry, oui, il fallut tout cela à la fois pour qu'il consentît à parler d'Hauteclaire à Camille.

8

Un homme passait souvent par un chemin où il y avait à terre une grosse souche. Une nuit, il dit tout haut :

— Il y a longtemps que tu es là, souche, moi je t'emporterai.

Il se baissa pour la charger. Mais quand il l'eut sur l'épaule, il ne put se lever, ni la laisser retomber. Il resta ainsi jusqu'au matin.

« C'est un lieu bâti sur d'anciens marais, c'est pour cela que cette maison porte malheur. La Malnoue, la mère de tous les fleuves, de toutes les eaux, l'eau originelle, passe sous les terres d'Hauteclaire, la fille du diable.

— Voyons, vous n'allez pas me dire que vous croyez en des bêtises pareilles ? »

Anselme ne répondit pas, se coupa un bout de fromage, essuya posément avec son bout de pain la lame de son couteau et la replia. Cela fait, il posa le fromage sur sa tartine, glissa le couteau dans sa poche et retira sa pipe de sa bouche, l'examinant comme s'il la voyait pour la première fois. Il avait d'habitude un regard pétillant, aimant se moquer doucement, l'air de ne pas y toucher, des bêtises d'apprentie paysanne de Camille, mais là elle vit bien qu'il ne plaisantait pas. Il croyait dur comme fer à ce qu'il disait.

« Moi, j'ai été élevé dans le pays. Le Berry, c'est une terre de sorcellerie et je sais de quoi je parle. J'en ai entendu des histoires de magie noire ou blanche, les deux s'affrontent depuis la nuit des temps, vous savez, de fantômes ou de mauvais sorts. J'en ai vu aussi des choses étranges. Des vaches qui ne donnent plus de lait, des moutons qui crèvent tous, on ne sait pas pourquoi… Et tous ces gens qui viennent me voir et me racontent des choses, si je vous disais… Ne souriez pas, madame Camille, même à notre époque avec vos ordinateurs et vos bricoles de téléphones portables, il y a des faits qu'on n'explique pas. Tenez, je vous raconte une petite histoire, j'étais gamin à l'époque, mais ça a orienté ma vie… Un maléfice jeté sur le tracteur. Attendez, attendez, que je vous raconte, je vous vois un p'tit sourire aux lèvres… Donc c'était une machine toute neuve, mon père en était tout fier. Il l'avait testé au garage, il démarrait au quart de tour. V'là que Fred, le garagiste, y livre le tracteur et le met sous notre hangar. Mon père l'invite à boire un coup, puis dès que l'autre a tourné les talons, il va essayer l'engin. Il met le contact. Rien. Mon père fait le tour, vérifie tout dans le moteur, rien d'anormal. Il essaie de nouveau… des dizaines de fois. Jamais, il n'a pu faire démarrer le tracteur et pourtant, il y a passé l'après-midi ! Il a rappelé Fred. Tous les deux ont passé la soirée et le lendemain à jurer contre cette damnée mécanique, mais ils n'ont jamais réussi à la faire tourner…

— Alors ? dit Camille, captivée malgré elle par le récit d'Anselme.

— Alors, mon père a enlevé sa casquette, s'est gratté la tête et a regardé l'Fred d'un air entendu. Il m'a dit d'aller chercher le père Alphonse. Tous les gamins du village le connaissaient et moi aussi. Il habitait à la sortie du village, près de la forêt. Il ne serait venu à aucun de nous l'idée d'aller chaparder des pommes dans son verger. Nous en avions trop peur. Il barrait les brûlures, savait les tisanes pour remettre d'aplomb bêtes et gens et quantité d'autres choses encore dont il ne fallait pas parler… Un sorcier, quoi, mais un qui aidait les gens. J'ai trouvé le courage de cogner à sa porte et de m'expliquer. Il m'a écouté sans prononcer un mot et il est venu avec moi après avoir pris un gros livre ancien avec une couverture toute noire. Il a salué le père, a fait le tour du tracteur. Il a murmuré dans sa moustache des mots que je ne connaissais pas, a tourné trois fois autour de la machine et a finalement dit à mon père : « Quand celui qui t'a jeté l'sort sera à côté de toi, y pourra pas tenir, y se sauvera en courant, tu l'reconnaîtras et le sort sera levé. » Tout ça s'est fait comme le sorcier l'avait dit… »

Le vieux avala une rasade de vin.

« Le coupable, c'était un des ouvriers de la ferme, un p'tit gars qui ne vous regardait jamais en face. Mon père lui avait donné congé pour le mois suivant « parce qu'il ne faisait rien de bon, toujours à boire et à traîner les filles ». Il s'était vengé en jetant un sort. Mais un sort, ça se lève et le tracteur de mon père tourne toujours depuis ce temps-là… »

Il bourra sa pipe d'un tabac odorant tiré d'une poche de sa vareuse et conclut comme si le début de leur conversation lui revenait à l'esprit :

« Pour votre maison, ce n'est pas vraiment pareil, c'est un mauvais lieu. »

Camille le regarda d'un air sceptique. Mon Dieu, cette histoire de maléfice sur un tracteur… Elle préféra ne pas épiloguer et revenir à l'avertissement du vieux.

« Anselme, vous devez connaître les histoires qui sont à la base de la mauvaise réputation d'Hauteclaire ? Des maisons soi-disant hantées, ou maudites, il en existe partout. Il y a toujours un fond de vérité à la base, une histoire, un événement tragique. Voyons, que s'est-il passé ici, le savez-vous ? Si vous dites que cette maison porte malheur, il doit bien y avoir une raison... »

Le vieux haussa les épaules, marmonna très vite quelque chose qui ressemblait à :

« Si ce n'était que cela... porter malheur ! »

Mais il enchaîna immédiatement :

« Quand j'étais gamin, je me souviens que mon père disait de ne pas venir jouer ici, mais il faut dire que la lande était dangereuse avec les sables mouvants. Y ne se passait pas une année sans un accident et bien sûr, on ne retrouvait jamais les corps... Y a pas longtemps que la Théols a été endiguée et que les sables mouvants ont disparu. Je me demande quand même s'il n'y en a pas encore au cœur des marais d'Hauteclaire. Les vieux du village racontent qu'autrefois un attelage qui avait coupé à travers les landes a été englouti tout entier pas loin de la maison... Les deux chevaux de trait, la charrette pleine de paille et le meneur, qui a sans doute voulu sauver ses bêtes... C'est peut-être une légende. Enfin, Hauteclaire a été vendue plusieurs fois. Les gens n'y restent pas longtemps. Je me souviens de la propriétaire du temps de mes parents, madame d'Orgival. Oh, une dame de la ville. Elle venait chercher son lait à la ferme, toujours bien habillée, avec une belle robe de soie. J'étais encore gamin, mais je crois que j'en étais bien un peu amoureux, surtout quand elle me faisait la bise, toute parfumée délicatement, pas avec de l'eau de Cologne comme ma mère le dimanche, mais avec du vrai parfum. Tout ça a duré un bon moment, elle nous aimait bien, je crois. Et un jour, j'ai entendu parler mes parents, y pensaient que j'étais sorti. Ils disaient que la dame voulait partir d'Hauteclaire, que c'était comme une obsession pour elle, qu'elle voulait se débarrasser de la propriété, la vendre même pour une bouchée de pain, même pour rien s'il le fallait, mais elle avait trop peur de rester dans la maison. La dernière fois où elle est venue poser son pot à lait sur la table de la cuisine, je l'ai vue, elle était pâle comme une morte, l'air complètement terrifié, ça m'a marqué, car elle s'occupait toujours un p'tit peu de moi, mais pas ce jour-là. »

Le vieux passa la main dans ses cheveux gris encore fournis. Une main osseuse et dure aux doigts décharnés, mais encore puissants. Il haussa les épaules, ne terminant pas l'évocation de la séduisante madame d'Orgival.

« Mon père, un gaillard ne craignant pas grand-chose en ce monde et puis les vieux du village me racontaient qu'il valait mieux ne pas traîner du côté de votre maison, que c'était un endroit maudit. Enfin, c'est toujours un endroit maudit. »

Il avait insisté sur le présent.

Camille le regarda, presque moqueuse. Mon Dieu que les gens sont donc influençables ! Il suffit de peu de chose pour les effrayer, en l'occurrence des contes de bonnes femmes. Elle revint à la charge. N'avait-il que cela à proposer sur Hauteclaire ? Elle en doutait. Il devait savoir autre chose.

« Maudit, pourquoi ? C'est idiot. Si la mauvaise réputation du domaine n'est bâtie que sur une vague réputation et sur la terreur de madame d'Orgival, une femme qui vivait seule dans une maison aussi grande que celle-ci, permettez-moi de penser que ce n'est pas grand-chose, Anselme. »

Le vieux l'observa en silence. Elle ne croyait pas à ce fatras de sorcellerie et de maison hantée. Il l'avait compris. Ce fut Camille qui reprit, brisant le silence dans lequel il s'était emmuré :

« Que lui est-il arrivé de si terrible d'ailleurs, à cette dame ? Elle a quitté Hauteclaire ? » demanda-t-elle, curieuse malgré tout de savoir.

Il tira lentement sur sa pipe, ne lui répondit pas directement.

« Elle disait que la maison vivait et *l'épiait*. Qu'elle entendait des pas la nuit et même qu'avec le lever du soleil, elle ne se sentait pas tranquille. Un matin, le lendemain où elle est venue chercher son lait en ayant l'air d'avoir si peur, ça m'a marqué, sa femme de ménage l'a retrouvée morte dans son lit… »

Camille haussa les sourcils.

« Dans son lit ? Elle est morte dans son lit ? De sa bonne mort, sûrement ? Qu'y a-t-il d'étrange à cela ? »

Il y eut de nouveau un silence pendant lequel le vieux la fixa avec beaucoup d'indulgence. Enfin, il articula doucement, comme pour ne pas lui faire peur :

« Oh ben, je ne dirais pas ça, qu'elle est passée de sa bonne mort, non. »

Il ménagea son petit effet et reprit enfin, plantant définitivement son regard aigu dans le sien :

« Elle est morte écrasée par la cheminée du premier. »

Camille ouvrit de grands yeux.

« Comment ça ? Dans son lit ?

— Comme je vous le dis. La cheminée est tombée du mur du premier et a traversé le plancher pourri. Le lit de cette pauvre femme était juste en dessous. Avouez que c'est une drôle de façon de mourir dans son lit, non ? »

Effectivement…

Touchée.

Camille avait frémi involontairement.

Une fraction de seconde, elle se dit : et si c'était vrai ? Si Hauteclaire était vraiment un lieu maudit ?

9

C'était une nuit de grande lune, Paul fut cloué de surprise en apercevant dans la prairie des dames qui jouaient, folâtraient, dansaient en rond, une douzaine peut-être de demoiselles. Elles étaient pâles et fluettes comme faites de lait de lune. Quelque chose qui n'était pas de cette terre…

Camille se ressaisit très vite. Sa raison reprit vite le dessus. Madame d'Orgival avait connu une mort, certes peu ordinaire, mais c'était un accident dû au mauvais entretien de la maison qui aurait même pu se reproduire à l'heure actuelle, vu l'état lamentable de la bâtisse. Pour le reste, juste des rumeurs sur un domaine soi-disant malfaisant pouvant aisément s'expliquer par la proximité des marais, sources de bien des légendes et sans doute par quelques accidents sur les terres, comme pour le charroi disparu dans les sables mouvants. Assez pour frapper l'imagination de gens crédules, influencés par des siècles de superstition et d'ignorance, surtout ici en Berry, région pauvre entre les régions pauvres autrefois, âpre, avare de bonnes récoltes et peuplées de légendes et de traditions séculaires.

En somme, Camille ne croyait pas que la maison fût hantée. Pour la simple et bonne raison qu'elle était intimement persuadée qu'il n'y avait *rien*, après la mort. Les histoires de revenants et d'au-delà ne lui avaient jamais fait peur. Aucun mérite à cela, elle savait que la mort, c'était le néant. Malgré l'éducation religieuse qu'elle avait reçue, elle avait perdu la foi de son enfance. Elle conservait juste le respect des vieilles églises paisibles, de leur histoire, des statues naïves de la Vierge et des Saints, mais elle redoutait, quand il lui arrivait d'en visiter une, leur froid et leur silence absolu, antichambres de la mort et du vide inimaginable *d'après*. Comment concevoir qu'un jour on ne sera plus ? Qu'il fera beau et tiède dehors, mais que l'on ne sentira plus rien ? Le corps, l'esprit, rien ne subsistera que le souvenir du défunt chez d'autres personnes, un pâle souvenir voué à disparaître à jamais avec elles… Ainsi en sera-t-il pour Sosthène lorsqu'elle, Camille, disparaîtra.

Un pli amer marqua la bouche de la jeune femme. Le vieux l'observait. Il lut clairement sur son visage qu'elle n'était guère convaincue par ses paroles et qu'elle était trop polie pour le lui avouer.

Il enveloppa le pain et le fromage dans son grand mouchoir à carreaux, fourra le tout dans sa poche en bon paysan qui ne gâche rien et surtout pas la nourriture. Il vida le fond de son verre et s'essuya les lèvres d'un revers de main. Camille semblait toujours pensive. Elle se sentait contrariée ; si ces histoires de maison porte-malheur parvenaient aux oreilles d'Alex, c'en était fini de leur tranquillité à Hauteclaire… Anselme se leva, enfila sa veste et, comme s'il craignait brusquement d'être allé un peu trop loin, tenta de la réconforter.

« Enfin, cette maison n'a pas que des mauvais côtés, vous savez. Pour en revenir aux d'Orgival dont je vous ai parlé de la femme, le mari, lui, il a fait fortune en s'installant ici en 1937. Rien qu'en plantant des lentilles cette année-là.

— Des lentilles ?

— Ça paraît bête, hein ? Et pourtant, il a eu du nez. Il a planté soixante hectares de lentilles. Personne, à croire, n'avait réussi dans la région, ni ailleurs en France cette saison-là. Résultat, il a vendu sa récolte une fortune. Puis il a créé sa petite entreprise qui s'est mise à très bien marcher...

— Voulait-il, comme son épouse, vendre le domaine ? »

Elle lui servit un nouveau verre, pour la route.

Anselme leva son verre à sa santé, avec un petit sourire en coin.

« Oh, il avait laissé la maison à madame d'Orgival, après les lentilles. Lui, avec son argent neuf, vous savez, l'argent qui brûle les doigts, il l'a quittée pour une jeunesse. Il se fichait pas mal de la maison et de sa femme. Il a divorcé et elle est restée propriétaire d'Hauteclaire. Vous voyez, on trouve de tout à Hauteclaire, bonheur et malheur. C'est comme ça.

— Comme dans toutes les maisons, toutes les familles.

— Vous, vous êtes une forte tête, hein ? Vous verrez, un jour, vous me croirez. Un jour, vous me croirez, répéta-t-il. Et vous supplierez le Ciel de n'être jamais venue ici. Oui, vous prierez pour quitter ces lieux le plus vite possible... »

Camille pensa à ce que lui avait dit Alex. Un jour, elle le supplierait de quitter ce lieu maudit. Cela ne lui faisait pas peur. Elle aimait trop Hauteclaire.

« À la vôtre, Anselme ! Mais vous savez, des accidents comme il en est arrivé à madame d'Orgival ou, tenez, plus proche de nous, à la sœur d'Alex, cela peut arriver dans n'importe quelle maison ! »

Le vieux posa sèchement son verre sur la table et ne put s'empêcher de dire, scrutant intensément son visage, en se rasseyant devant elle :

« Un accident, la mort de mademoiselle D'Estruval ? »

Elle se sentit mal à l'aise, avec l'étrange sensation d'avoir poussé une porte qui aurait dû rester fermée.

« Un suicide, si vous préférez. Alex a fini par me dire qu'on l'a retrouvée morte dans la grange. Elle était malade, enfin, psychologiquement. Dépressive, sans doute, au dernier degré... »

Anselme baissa les yeux, secoua le culot de sa pipe dans le cendrier devant lui... Il regarda Camille, la fixa, la jaugea, l'estima. Il lâcha d'un coup comme avec soulagement :

« Mademoiselle Esther, on l'a retrouvée dans la grange, c'est vrai. Cette pauvre fille, elle était pendue à la plus grosse poutre du bâtiment. J'étais là. Je le sais. J'ai aidé à la décrocher. Elle pesait pas plus qu'une plume. Et vous voulez qu'j'vous dise ? C'est cette maison qui l'a dévorée. Oui, elle et personne d'autre. C'est tout. Ce n'était pas un suicide, c'était un meurtre et c'est votre maison qui l'a tuée. Alors, retournez à Paris pendant que vous le pouvez encore. »

Le vieux sortit et Camille l'accompagna. Il se baissa et gratta un peu de terre avec son canif, là où étaient plantés des rosiers. Il prit la terre dans sa main et la déposa au creux de celle de Camille.

« Vous savez, le père Alphonse, celui du tracteur que je vous ai raconté tout à l'heure ? »

Camille murmura :

« Oui, le sorcier de votre enfance...

— Eh bien, un jour, il m'a enseigné. Puis presque tous les jours de mon enfance et de mon adolescence.

Tout ce qu'il savait. J'étais réceptif, qu'il me disait. Avant de mourir et qu'il m'arrive quelque chose qui scelle ma foi de rebouteux, si je puis dire et comme il n'avait pas d'héritier, il m'a passé son don. Ses dons. Et aujourd'hui, sentez la terre comme je la sens... »

Camille regarda Anselme. Il serra la main de Camille dans la sienne tandis que la terre coulait entre leurs jointures. Des picotements tièdes parcoururent les doigts de la jeune femme.

« Vous n'sentez donc point ? Vous devriez sentir, vous êtes réceptive... La terre chauffe. Votre maison est maudite. »

Et il s'éloigna rapidement laissant Camille songeuse, le poing fermé sur la terre qui coulait encore de ses doigts crispés. Elle avait senti.

10

Un jour, mon défunt père est passé avec défunt Bois-Martin devant la tombe de celui dont personne ne sait le nom. Bois-Martin dit :

— Ah, voilà un gars qui devrait avoir dormi tout son saoul depuis des années qu'il dort ici.

Au même moment, il tomba mort aux pieds de mon père. Il faut, surtout, laisser les morts en repos.

Il restait beaucoup à faire à Hauteclaire.

C'était parfois un peu écrasant, mais la maison semblait embellir de jour en jour. Camille songeait parfois aux paroles d'Anselme. Retourner à Paris ? Il était trop tard pour ça… La vie était si paisible, le cours des choses si reposant à Hauteclaire. Magique.

Lorsque les soirées étaient un peu frileuses, Camille faisait flamber de grosses bûches dans la cheminée et elles s'y retrouvaient toutes les deux, elle et l'enfant, serrées l'une contre l'autre dans le vieux canapé, prisonnières de la beauté des flammes et de leur chaleur engourdissante. Pim parfois les rejoignait, mais en chatte libre de vagabonder à présent, sa royale fourrure semée parfois de brindilles ; il faut dire qu'elle consacrait ses journées à traquer le mulot, le loir et les lézards des murailles qui commençaient à se réveiller de leur trêve hivernale. Elle n'était pas avare de câlins cependant et cherchait toujours la compagnie de Camille, l'attendant le matin derrière la porte de la cuisine, assise par terre près d'elle à chaque repas, fixant sur elle son regard d'émeraude, magnifique, mystérieux comme celui du dieu Ptah, créateur d'éternité. Elle était son chat bien plus que celui de La Terrible, qui lui préférait Rusty. Quant à Alex, il était si peu présent… Sûre de l'amour de Camille pour elle, Pim ne s'inquiéta même pas de l'arrivée du chien à Hauteclaire… Car huit jours environ après la conversation d'Anselme sur la maison, le vieux revint un beau matin, à l'heure où il savait que la jeune femme et la petite prenaient leur petit-déjeuner, le mercredi. Il s'assit à l'invitation de Camille, surprise de le voir tenir à une main sa vareuse, du côté gauche. Elle poussa néanmoins devant lui un bol de café. Dès que le vieux fut assis, une boule de poils sable à grosse tête cloutée de deux yeux noirs pétillants de gaieté surgit de sous le vêtement tiède et regarda autour de lui. C'était un labrador d'environ trois mois. Charlotte faillit tomber de sa chaise et se précipita vers le chiot.

« Ma chienne en a fait huit. Si celui-là vous plaît, je vous le donne. Y a du terrain ici. »

Camille avait craqué, elle aussi, devant la frimousse du chiot, mais hésitait cependant à répondre à Anselme malgré le regard suppliant de Charlotte qui serrait déjà le chien contre elle. En fait, elle redoutait la réaction d'Alex, elle le savait amoureux des chats, mais pas des chiens. Charlotte, cependant, rayonnait…

« C'est bon, soupira-t-elle, adopté, mais si seulement ton père est d'accord aussi… »

Alex, devant les yeux suppliants de La Terrible, fut forcé de s'incliner, mais de mauvaise grâce. Il prédit que le chiot mangerait les pieds des meubles et ferait des saletés partout. Camille voulut lui réserver une place devant la cheminée du salon, mais Alex exigea que la petite bête se tienne à la cuisine. Jamais encore, il n'avait interdit.

Seul Pim trouvait droit d'asile dans tout Hauteclaire. Mais elle restait la préférée d'Alex. Charlotte accepta la décision de son père en maugréant. Elle courait dehors avec insouciance, le chiot sur ses talons, le temps s'écoulait, vite, si vite. Oubliée, la télé. Camille et la fillette ne la regardaient plus. Hauteclaire leur suffisait, les absorbait. Seul le téléphone sonnait encore régulièrement. L'éditeur, Céleste, Fran surtout, tout de même bien perturbée par le départ de son amie. Elle l'interrogeait beaucoup sur Alex. Camille la rassurait comme elle le pouvait. Oui, tout allait bien. Oui, il avait recommencé à peindre. Cela s'était fait tout doucement, il s'était d'abord enfermé de plus en plus longtemps dans son atelier, parfois jusque tard dans la nuit, après y avoir monté quantité de caisses et de toiles vierges. Le matin, Camille retrouvait l'évier encombré de chiffons sales et les mains d'Alex gardaient parfois la trace de couleurs difficiles à nettoyer. Elle n'avoua pas à Fran qu'Alex ne lui montrait rien de son travail et, pire encore pour elle, lui avait interdit l'accès de son atelier. Elle avait découvert cela un jour. Il était parti voir sa mère et Charlotte avait laissé le chiot sortir de la cuisine. Évidemment, le petit animal s'était empressé de courir dans le salon.

« Vas-y, Charlotte, rattrape-le vite… »

Quelques minutes plus tard, La Terrible revenait, portant le chiot. Elle avait l'air gênée.

« Camille, il a fait pipi sur la porte de papa. »

Elle voulait dire sur la porte de l'atelier.

« J'y vais, remets-le dans son panier dans la cuisine. »

Camille inspecta les dégâts. Effectivement, Titan avait levé la patte sur la porte de l'atelier d'Alex. Lorsqu'elle voulut l'ouvrir pour nettoyer en dessous, elle résista. Elle était fermée à clef.

C'est à ce moment qu'Alex revint de chez Céleste, le visage morose. L'état de santé de la vieille dame ne s'améliorait guère. Ce jour-là, elle avait fini par avouer à son fils qu'elle était très malade. Contrarié sans doute, il fit une belle scène en découvrant Camille en train de nettoyer la flaque sous sa porte. Il menaça de mettre le chiot à la chaîne s'il le trouvait ailleurs que dans la cuisine.

« Ce n'est pas bien grave, Alex, il n'y a presque rien, ouvre juste la porte, tu l'as fermée à clef…

— Exact. Et elle le restera. Je vais nettoyer moi-même. Je ne veux pas que tu entres là-dedans ; mes toiles, c'est mon jardin secret. Je ne montre jamais rien de mon travail avant de l'avoir achevé, tu le sais bien. »

Fin de la conversation. Vexée, Camille se tut et ne lui adressa plus la parole de la journée. C'était facile d'ailleurs car il fit comme de coutume et s'enferma dans l'atelier jusque tard le soir.

Camille n'avait pas avoué non plus à Fran qu'elle faisait chambre à part avec Alex, sauf lorsqu'il décidait de venir la rejoindre pour une brève étreinte. Il vivait en artiste – ou en pur égoïste, aurait dit Fran – peignant, mangeant, écoutant la musique à n'importe quelle heure du jour ou de la nuit. Il réveillait systématiquement la jeune femme lorsqu'il se levait la nuit ou montait se coucher. Finalement ce fut lui qui lui proposa de ne plus partager son lit, s'excusant même « de vivre comme un bohémien ». Camille comprit qu'il avait vraiment retrouvé la flamme perdue de la peinture et que l'autre, celle de leur amour, baissait peut-être à mesure que le génie de la peinture le possédait de nouveau. D'ailleurs, en retrouvant le feu sacré, l'humeur d'Alex, un moment stabilisée, se mit à changer imperceptiblement. Après un bref apaisement lié peut-être à son retour à Hauteclaire, il lui arrivait de nouveau de se fâcher violemment et de bouder toute une journée, enfermé dans son atelier. Parfois gai comme un pinson, il pouvait tout à coup sombrer brusquement dans la plus noire mélancolie, sans la moindre raison apparente. Il partait arpenter les terres du domaine et n'en revenait que le soir, l'air égaré, sa veste de chasse déchirée par les ronces, son chapeau enfoncé de travers sur sa tête. Ses excès de caractère inquiétèrent une nouvelle fois Camille.

« M'aimes-tu ? lui demandait-il parfois en la serrant très fort contre lui. Resteras-tu toujours avec moi ?

— Bien sûr, répondait la jeune femme, bien sûr que je t'aime… Et pourquoi voudrais-tu que je te quitte ? »

Il enfouissait voluptueusement son visage dans son cou parfumé. Il avait besoin d'une présence aimante et toujours disponible pour lui. Camille avait parfois l'impression d'être un objet. Il pouvait vivre trois jours sans presque la remarquer ou pouvait devenir tellement envahissant qu'il la fatiguait vraiment. Ainsi l'accompagnait-il à Paris chaque fois ou presque qu'elle le devait pour son travail. Il ne lui laissait guère le temps de revoir ses amies, surtout Fran et Camille se sentait parfois prisonnière de cette possessivité maladive. Les rares fois où il n'avait pu venir avec elle, il l'avait appelée sans cesse sur son portable. Si possessif. Si jaloux.

Un jour, il se fâcha terriblement contre l'un des ouvriers qui restaurait le parquet du salon rongé d'humidité à l'emplacement de l'ancien bar. Camille en était, quant à elle, à décoller vaillamment la tapisserie vert chasse de la grande pièce, à demi empêtrée dans son échelle, ses racloirs et l'éponge humide trempant dans un petit seau qu'elle tenait d'une main. Elle fit tomber l'éponge, tenta de la rattraper et vacilla dangereusement sur son escabeau. L'ouvrier, un jeune gars aux yeux de velours, prenait au même moment sa pause, tirant sur sa cigarette, regardant Camille travailler quelques minutes. Il eut le réflexe de la saisir par le bras en la voyant prête à tomber, l'aida à restaurer son équilibre, ramassa et lui tendit l'éponge en lui souriant.

Alex emmena immédiatement Camille dans la cuisine et lui fit une scène terrible, arguant que ce type n'avait pas cessé de la regarder de tout l'après-midi. La jeune femme éclata de rire. Alex était donc vraiment jaloux ? Elle fit semblant de croire qu'il plaisantait. Cependant, ses mâchoires crispées et sa blancheur de cire interrompirent sa gaieté. Vraiment, il était jaloux. Terriblement. Elle dut l'apaiser, justifier… Quoi, Seigneur ? Que cet ouvrier n'avait rien fait de mal. Qu'il se faisait des idées. Elle ne l'avait pas vu l'observer tout l'après-midi, d'ailleurs elle travaillait depuis seulement deux heures dans le salon. Alex finit par se calmer. Il exigea cependant de l'entreprise que le gars ne revînt plus. Le parquet resta en plan longtemps avant que le patron ne renvoyât l'un de ses ouvriers. Camille se demanda si Fran n'avait pas vu juste. Pourquoi Alex devenait-il comme ça ? Parfois les soirs, très rares, où il la retrouvait devant la cheminée, il se mettait à contempler les flammes et son regard s'y perdait. Camille pensait alors qu'il songeait à Esther ou Hélène, à le voir si triste, si absent, perdu dans de sûrement très sombres souvenirs. Les fois où elle avait essayé de le consoler, le prendre dans ses bras, il l'avait repoussée, parfois sèchement.

« Tu ne peux pas comprendre ! » disait-il en gagnant l'escalier comme poursuivi par une armée de démons, ses souvenirs à Hauteclaire.

Il revenait une heure après en s'excusant de son emportement. Bien sûr, Camille pardonnait. Mais elle savait bien que la magie de leur rencontre et de leur amour s'était brisée depuis ce fameux soir de décembre où Céleste avait parlé d'Hauteclaire. La belle entente des débuts s'effilochait comme une soie fragile, rongée par le caractère impossible de son artiste de mari. Elle ne cherchait plus à comprendre, ni à le comprendre. Il était comme ça. À Hauteclaire, les sentiments et les impressions d'Alex semblaient exacerbés, encore plus qu'à Paris. Camille se fit une raison et s'absorba de plus en plus dans son travail d'écriture et dans la restauration du domaine, sans négliger pour autant Charlotte. Devoirs, carnet scolaire à signer, goûter d'anniversaire à préparer... Tout juste si la jeune femme trouvait le temps de l'accompagner parfois en promenade à cheval. Ici, sur le domaine, le temps s'écoulait différemment d'ailleurs...

Le printemps s'installa définitivement à Hauteclaire, merveilleux avec les rosiers en fleur, le chant des oiseaux le matin, les senteurs des tilleuls, la Théols claire et plus verte que jamais. L'été lui succéda sans peine avec son beau mois de juin, impatiemment attendu par Charlotte car il était synonyme de grandes vacances. Chaud, merveilleusement chaud, juillet fut une splendeur. Charlotte se baigna dans la rivière, sous le pont, là où l'eau n'atteignait pas une soixantaine de centimètres, avec la complicité de Titan qui barbotait joyeusement avec elle. Du pont, Camille leur lançait le ballon qu'ils allaient rechercher en nageotant, Charlotte étant battue d'avance à ce jeu par le chien aussi à l'aise dans l'eau qu'une loutre. Le rire de l'enfant résonnait haut et clair sous la voûte des arbres, se perdait dans le murmure des saules qui caressaient la rivière. Les fesses bleuies par l'eau glacée, Charlotte s'obstinait à convaincre Camille de la rejoindre – ou papa… – les rares fois où il ne peignait pas et était venu observer quelques minutes les ébats nautiques de sa progéniture. Finalement, devant leur refus prudent et obstiné, elle se contenta de se moquer d'eux en les traitant de « poules mouillées ».

En sacrifiant une partie de son compte épargne, Camille décida de profiter de l'été pour faire réparer le toit de l'écurie qui fuyait et de faire poser de nouveaux volets aux fenêtres, en bois, à l'identique de ceux d'autrefois dont elle avait retrouvé quelques exemplaires vermoulus dans les greniers de la maison. Alex, quant à lui, put enfin débloquer de l'argent et – ô bonheur – il fut enfin possible de rappeler les ouvriers pour démolir et remplacer la laide cheminée du salon. En chinant chez les revendeurs de vieilles pierres de la région, Camille en avait retrouvé une très ancienne, blanche et simple, droite, austère, qui conviendrait bien à la maison.

C'est en achevant leur travail de démolition que les ouvriers firent une découverte : une plaque de cheminée, à première vue très ancienne, recouverte par des briquettes posées pour réduire le foyer et favoriser le tirage de l'horrible construction du locataire. C'était une grande plaque de fonte solidement fixée au mur, incrustée même, à ce qu'il sembla à Camille, excitée comme une puce. Il aurait fallu démolir une partie du mur pour réussir à l'ôter de là, dirent les ouvriers, dubitatifs.

« Elle représente quoi, Alex, à ton avis ? Elle était là du temps de tes parents ? »

Alex rentrait d'une séance de peinture près de l'étang, il ne pouvait peindre qu'à l'extérieur durant les travaux et il y prenait goût, disparaissant des journées entières. Il semblait de belle humeur. Il jeta un œil à la plaque, partit dans la cuisine et revint armé d'une lampe de poche.

« On verra peut-être un peu mieux avec ça ! dit-il en se penchant sur les gravats. »

La plaque présentait une petite brèche et était surtout très sale. Camille la regarda mieux, aidée par le pâle faisceau de la lampe. Une maison haute. Un cercle sur la toiture et dans ce cercle, une étoile à cinq branches. Aux pointes de chaque branche étaient gravés un chiffre et un signe dans une langue qu'elle ne connaissait pas. L'arbre, près de la maison, ressemblait à l'if du parc aux branches souples, trônant sur la pelouse. Dans les coins de la plaque, elle crut déceler d'autres signes. Peut-être y en avait-il encore, sous la crasse ?

Alex balaya l'âtre de sa lampe et répondit enfin :

« Effectivement elle était là quand mes parents ont acheté la maison, mais je n'avais jamais fait attention aux dessins, je t'avouerai. Je ne sais pas ce qu'ils signifient. La maison ressemble un peu à celle-ci. Pour le reste... Tiens, un bruit de voiture ?

— On a de la visite, on dirait. »

Camille abandonna les ouvriers en leur donnant la consigne de ne pas toucher à la plaque, elle devait, comme l'if et certains arbres du parc, dater de la fondation de la maison. Elle resterait dans le foyer de la nouvelle cheminée.

Alex détestait recevoir des visites imprévues et observait déjà derrière la vitre l'arrivée d'un couple de leur âge, habillé de clair. Ils avaient reçu quelques personnes depuis leur arrivée, quelques fermiers des alentours et un ou deux notables, gros propriétaires terriens soucieux de découvrir Camille et de suivre les travaux réalisés à

Hauteclaire. Les visiteurs d'aujourd'hui entraient parfaitement dans cette dernière catégorie.

« Qui est-ce, Alex ? »

La jeune femme tapa sur les jambes de son pantalon pour en décoller la poussière, arrangea ses cheveux et lissa sa blouse un peu chiffonnée. Bah ! elle était en train de travailler. Et puis on n'arrive pas chez les gens sans prévenir…

Alex fit une grimace.

« Ce sont nos voisins les plus proches, leurs terres touchent les nôtres, mais ils possèdent trois cents hectares. Nous, douze, ma pauvre chérie. Mais cela suffit à ton bonheur, n'est-ce pas ? Tu vas voir, ils sont un peu suffisants, mais bon, il faut bien les recevoir… »

Camille haussa les épaules en allant les accueillir.

Après les politesses d'usage, un café bien fort et quelques gâteaux secs, les Malou s'extasièrent sur l'avancée « extraordinaire, vraiment ! » des travaux de cette maison qui tombait en ruine il y a peu… La conversation dériva sur les métiers tellement « originaux » de leurs hôtes.

« Alexandre, vous peignez toujours ? »

Le visage d'Alex prit un air ennuyé.

« J'ai repris depuis peu et je compte exposer en début d'hiver prochain. Je n'ai jamais cessé de peindre, pour tout vous dire, mais en pointillé, comme dirait ma mère, au gré des événements de ma vie. Quand j'avais le cœur de revenir à Hauteclaire, qui est ma muse… »

Il se leva soudain, estimant avoir amplement répondu à la curiosité des visiteurs et proposa une visite des extérieurs.

Une muse, Hauteclaire, oui, à n'en pas douter. Il travaillait inlassablement, possédé par une ardente soif créatrice. On aurait dit qu'il voulait rattraper le temps perdu. Il avait maigri, ses yeux semblaient plus grands dans son visage. Mais le travail ne lui apportait pas d'apaisement. Camille, qui dormait parfois très mal, l'entendait descendre les escaliers la nuit ou arpenter sa chambre. Une fois, elle ouvrit la porte pour aller aux toilettes et le croisa en haut des escaliers. Sous son bras il tenait sans doute une paire de toiles enveloppées d'un linge blanc. Il grimaça à Camille :

« Que fais-tu debout à cette heure-ci ? »

Et sans attendre de réponse il fila vers l'atelier.

Pourquoi était-il si étrange ?

11

Un bruit effrayant réveilla, une nuit, des jeunes mariés. Ils crurent avoir entendu tomber une bûche dans le foyer de la cheminée. L'homme alla voir. Il n'y avait rien. Une autre fois, la porte du cellier, fermée par un énorme madrier, s'ouvrit, mais personne n'apparut…

Dehors, il faisait bon.

Alex sortit le premier. Il montra le parc et les prés, la Théols aux eaux claires, les chevaux et le parc bien dégagé par les travaux. L'homme, Bruno Malou, marchait les yeux rivés par terre. Il devait avoir la quarantaine, l'air assez arrogant, il est vrai, sûr de lui, de la réussite de son nom et de sa famille qui possédait depuis des générations un domaine envié, de vastes terres céréalières, terres qu'il prenait plaisir à traiter parfois… en hélicoptère. Au fond, Camille le trouvait assez gentil sous sa carapace de gros propriétaire terrien. Son épouse, timide comme une souris, brune et petite, pas vraiment jolie, se contentait d'approuver de la tête tout ce qu'il disait. Soumise parfaitement. Soudain, Bruno Malou, qui marchait les yeux rivés au sol depuis un petit moment, se baissa pour ramasser quelque chose par terre, un caillou visiblement.

Il engagea aussitôt la conversation sur un sujet qu'il semblait maîtriser parfaitement.

« Regardez, voici le laitier, ce résidu de fer que l'on trouve exclusivement sur votre domaine... »

Camille songea à ces cailloux assez lourds que Charlotte lui avait rapportés en quantité lors de leur arrivée ici. Celui-ci était identique aux trésors de La Terrible.

« On exploitait le fer, ici, au XIXe siècle, poursuivit l'homme qui devait être féru d'histoire locale et aimait briller dans ce domaine. C'était une maison de maître, enfin, si l'on peut dire. Puis la propriété est passée de main en main, s'est dégradée et abîmée jusqu'à ce que vos parents, Alexandre, la rachètent au dernier propriétaire, dans les années 1947. Il ne restait déjà plus grand-chose des trois cent soixante hectares d'origine. Mais vous avez bien du courage de vous lancer dans sa restauration ! Surtout après ce qu'en a fait votre locataire ! »

Alex avait écouté attentivement et Camille plus encore.

« Comment pouvait-on exploiter du fer à Hauteclaire ? dit-elle. Le domaine ne ressemble pas à une mine. Je n'ai pas vu de carrière, ici. »

Bruno Malou sourit avec fatuité.

« Tout a été rebouché, bien sûr. Vous n'avez jamais vu les gravures de l'époque ? J'en ai à la maison, je pourrai vous les montrer si cela vous intéresse. Imaginez... là, à quelques mètres de votre if se dressait un haut-fourneau de neuf mètres de haut ! J'ai les plans de la construction. Cela étonne, n'est-ce pas, un haut-fourneau chez vous ? Et le plus grand de la région encore...

— Un haut-fourneau ? À quoi servait-il ? »

Il eut un sourire compatissant devant tant d'ignorance.

« Mais à chauffer le minerai, bien sûr. Pour le débarrasser d'une partie de ses impuretés. Le laitier est ce résidu du fer que vous trouvez ici. »

Il mit le caillou qu'il avait ramassé dans la main de Camille, désigna la grange d'un geste de la tête, ce qui fit baisser les yeux d'Alex.

« Aussi, ce que vous prenez pour une grange n'en est pas une. C'était une halle à charbon. On y stockait la quantité nécessaire pour alimenter le fourneau. Le minerai ainsi traité était ensuite acheminé jusqu'à Issoudun, soit en barque sur la Théols, soit par la route, c'était selon. Il existait aussi un moulin sur votre propriété, il a été actif jusqu'au début du siècle et détruit à cette époque, comme le fourneau, d'ailleurs…

— Fascinant, murmura Camille.

— Votre domaine employait plusieurs dizaines de personnes. Il a fait la fortune de ses premiers propriétaires… »

Les paroles d'Anselme revinrent à la mémoire de la jeune femme. *Bonheur et malheur*, Hauteclaire distillait les deux dans le savant dosage d'une vie passée entre ses murs.

« Quand l'exploitation du fer a-t-elle cessé ? »

Ce fut Alex qui répondit à la question de son épouse, à la grande surprise de celle-ci d'ailleurs.

« Au début du XXe siècle. Cela n'était plus rentable. Après avoir été la propriété d'un roi, le domaine est devenu une simple maison bourgeoise…

— La maison d'un roi ? » répéta Camille, roulant des yeux ronds.

Bruno Malou acheva :

« Parfaitement, votre mari a raison. Ce domaine a été créé pour être donné en apanage à Robert, comte d'Artois, futur Charles X, le monarque de la Restauration. Il avait également hérité d'une autre forge à Vierzon, à une cinquantaine de kilomètres d'ici. Il n'est sûrement jamais venu ici, bien sûr.

— Fabuleux, nous habitons un lieu historique. Alex, tu savais tout ça ? »

Il eut un sourire énigmatique.

« En partie, seulement. Mes connaissances sur l'historique de la maison sont bien moins complètes que celles de Bruno Malou…

— Oh, Alex, ce domaine est fantastique… »

Il eut un sourire si amer que la joie de Camille s'évanouit.

Bruno Malou aurait volontiers poursuivi la conversation sur le sujet d'Hauteclaire, mais Alex s'impatientait. Son visage avait changé. Il écourta poliment la visite, regagna son atelier en s'excusant vaguement d'avoir un travail à terminer. Camille essaya de relancer le sujet sur Hauteclaire, mais les visiteurs, étonnés sans doute du comportement d'Alex, prirent bientôt congé en priant néanmoins Camille de venir les visiter à la Gravolle, leur domaine, « quand Alex aurait moins de travail ».

Camille regagna la maison que les ouvriers avaient désertée, ayant achevé leur journée. Elle prit la lampe de poche, regarda de nouveau la plaque, murmura : « La maison d'un roi… » puis se releva et se décida à poursuivre un peu l'écriture de son nouveau livre pour enfants. Cependant ses pensées bouillonnaient et il lui fallut un moment avant de pouvoir se concentrer sur ce qu'elle faisait. Le soir tomba sans même qu'elle ne s'en rendît compte et la trouva attablée à l'ombre du vénérable marronnier dont la frondaison ombrageait la façade arrière de la maison. Elle avait installé là une table et une chaise pour écrire à son aise la journée. Un frisson passa sur ses épaules, elle s'aperçut enfin que le jour déclinait. Charlotte vint la rejoindre au moment où Camille rassemblait ses papiers et refermait son ordinateur portable. La Terrible et Titan sur ses talons se mirent à tourner autour de la table pour jouer, Charlotte n'étant pas le moins du monde fatiguée par la longue promenade qu'elle venait de faire dans les prés avec Rusty et le chien.

« Va te débarbouiller un peu, Charlotte, je mets la table et on va manger… »

La petite s'éclipsa et Camille savoura la paix du moment. Des tourterelles, amoureuses, roucoulaient dans les hautes branches des peupliers. C'était l'heure divine où tout semble calme et magique, où les odeurs d'herbe écrasée, de fleurs, d'arbres, sont plus fortes, presque étourdissantes. L'heure exquise où la terre exhale son haleine profonde et secrète. La nuit s'étendait, allongeant ses ombres sur le sol, à peine troublée par le vol silencieux des chauves-souris. Camille s'étira, levant les bras vers le ciel étoilé. La soirée s'annonçait magnifique. C'était celle de son anniversaire. Un an de plus.

À cette pensée une angoisse légère l'étreignit un instant. Le temps filait si vite, jeune, elle se croyait éternelle… Mais le visage blanc d'Hauteclaire la rassura un peu. Vieillir au creux de cette maison, ce serait différent. Camille haussa les épaules, se décida à gagner la cuisine pour préparer le repas en l'honneur de ses trente-huit ans. À sa grande surprise elle y trouva Alex, le sourire aux lèvres, qui la chassa galamment :

« Ah, ah ! tu pensais que j'avais oublié ton anniversaire, hein ? Eh bien non… Interdiction de venir dans la cuisine, va t'asseoir, ce soir, c'est la soirée des surprises qui t'attend… »

12

Si quelqu'un meurt loin des siens, ses parents entendent des coups frappés, le bruit de gens qui marchent dans le grenier, des mains les étreignent ou tirent les couvertures, des chandelles se promènent dans la cour…

La Terrible eut vite fait d'installer la table pour dîner. Des papillons de nuit, attirés par la lueur des flambeaux de jardin, que Camille venait d'allumer, tournoyaient autour et s'y brûlaient les ailes, grésillant sous le regard attentif de Pim. La chatte sautait ensuite sur les petits cadavres frémissants et faisait de longues parties dans le gazon, lançant ses proies en l'air pour mieux les rattraper, comme avec les mulots. La chouette, comme tous les soirs depuis le début de l'été, poussa son cri de guerre avant de partir à la chasse de son vol silencieux. Au début ce hululement avait terrifié Charlotte dans son ignorance de petite citadine. Maintenant, elle n'y prêtait même plus attention. Pour l'heure elle se contentait de piocher dans les deux plats de petits fours salés que Camille avait déposés sur sa plus jolie nappe, à côté de la bouteille de champagne bien fraîche et des coupes gravées de sa grand-mère. Alex se décida à servir le champagne.

Il était de très bonne humeur depuis quelques jours, sans que Camille en connût vraiment la raison. Il avait concocté tout le repas à la grande surprise de la jeune femme qui ne l'avait seulement jamais vu faire la cuisine une seule fois depuis qu'ils se connaissaient. Le dîner comprenait un melon au porto, des gambas grillées en brochettes avec poivrons et ananas accompagnées d'un riz juste un peu trop cuit, mais bien épicé. Un très beau gâteau, une génoise légère couronnée de fraises, acheva le régal.

« Eh bien, le riz et les gambas étaient cuits à point, dit Camille à Alex qui sourit, parfaitement détendu. Tu m'avais caché que tu savais faire la cuisine…

— J'ai beaucoup de talents cachés, ma chérie, dit-il en levant sa coupe à la santé de la jeune femme, les yeux pétillants. Mais j'avoue que ma mère a confectionné le gâteau et préparé les brochettes. Je me suis juste occupé du melon et du riz… Aujourd'hui est un jour plein de surprises, tu vas voir… Plutôt que de t'acheter un cadeau, j'ai confectionné quelque chose moi-même, je pense que ça devrait te plaire ! »

Camille pouffa de rire.

« Non, tu tricotes aussi ? Tu m'as fait un dessus-de-lit en crochet ?

— Presque. Cela m'a demandé autant de temps, mais je pense que cela te plaira davantage. Je vais le chercher…

— Moi aussi ! dit Charlotte en bondissant de sa chaise, comme mue par un ressort. J'ai un cadeau pour toi… »

Très excitée, La Terrible était déjà revenue auprès de la jeune femme, qu'Alex grimpait seulement les escaliers menant à l'étage de la maison.

« Oh, c'est magnifique, Charlotte, je te remercie beaucoup… »

D'une main, émue, Camille avait ouvert le beau papier et le ruban qui enrobaient le présent de l'enfant. C'était la première fois que la petite lui offrait quelque chose, en l'occurrence une petite broche en argent qui représentait un cheval cabré, très finement dessiné, crinière au vent. La Terrible parut soulagée de voir que son présent plaisait et elle entama un dernier morceau de génoise avec satisfaction. Camille l'embrassa de tout son cœur puis se redressa. Elle avait deviné la présence d'Alex. Il était revenu silencieusement et attendait derrière elle.

« Bon anniversaire, ma chérie... »

Il lui tendit un volumineux paquet rectangulaire enveloppé d'un simple papier kraft.

« Ouvre donc, ma chérie, ouvre la boîte de Pandore. »

En prenant le cadeau, le cœur de Camille accéléra sa course. Rien qu'à voir la forme du paquet, elle avait deviné. À présent ses doigts, à travers le papier, reconnaissaient le bois dur de l'encadrement, la toile souple et tendue tout à la fois... Elle déchira l'emballage à la hâte et ne put s'empêcher de s'exclamer en chœur avec Charlotte :

« Oh ! c'est magnifique...

— J'ai fini une bonne partie des toiles que je compte exposer à l'automne. Tu pourras venir les voir à l'atelier désormais... Tu me donneras ton avis. Mais ce tableau-ci n'est que pour toi ! »

Camille n'en revenait pas. Non seulement il allait lui ouvrir son atelier, il comptait exposer, mais tout son génie artistique semblait être revenu. Les mots manquaient à la jeune femme. Elle ne pouvait finir de détailler et d'admirer la toile devant elle. C'était le splendide portrait d'une jeune femme aux cheveux longs, de profil, ses longues paupières baissées sur son visage éclairé de côté. Elle semblait attentive à elle-même, à ce qui se passait en elle. Camille aurait juré que cette femme était enceinte. La douceur rayonnante de son visage comblé lui donnait un air de madone. Les mains aux longs doigts fins posés sur son ventre légèrement rebondi sous la robe simple paraissaient protéger le bébé. Une merveille d'expression et de tendre luminosité.

« Alex, je ne sais quoi dire. La toile est superbe, le modèle aussi, qui est-ce ? »

Il ne répondit pas, se servant une nouvelle coupe, les yeux dans le vague. Camille reprit :

« Et toi qui pensais qu'Hauteclaire était un endroit maudit, dit-elle en lui donnant un baiser sur la joue. Alors, réponds-moi, qui as-tu peint ? »

Il parut reprendre pied sur terre.

« Je n'ai pas pris de modèle. Je peins de mémoire. C'est la mère de Charlotte. Hélène. Je lui avais toujours dit que je ferais son portrait, quand elle attendait la petite et je n'en avais jamais eu le temps. Après, elle m'a quitté. Voilà. C'est fait. »

Brusquement, l'air de la nuit parut plus frais à Camille. Un souffle léger souffla et souleva la nappe. Un étrange malaise saisit la jeune femme à entendre Charlotte demander d'une petite voix tremblante :

« C'est ma maman ? »

Son intonation fit mal à Camille. Elle trouvait indélicat de la part d'Alex d'avoir montré à la petite ce portrait de sa mère sans l'y avoir préparée avant. Après tout, elle n'avait aucune photo d'elle, pas de lettres, rien. Et voilà qu'elle la découvrait, sublime, un double d'elle-même avec ses longs cheveux noirs et son fin visage, sa mince silhouette racée et élégante, mais figée sur une toile. Sa mère était absente, l'avait toujours été et risquait bien de l'être indéfiniment. Une étrangère, pour la fillette, qui ne s'était jamais intéressée à elle, pis même, l'avait abandonnée sans scrupule. Vite, Camille essaya de meubler le silence qui s'était subitement installé sur la tablée si joyeuse l'instant précédent.

« Tu vois, Charlotte, elle est très belle. Comme toi. Viens, allons ranger ce cadre dans le salon. Tu pourras le voir tous les jours. »

Camille en fait voulait se dépêcher de le lui ôter des yeux.

Le beau sourire de Charlotte s'était envolé pour la soirée. L'évocation de sa mère l'avait rendue infiniment triste. Elle suivit la jeune femme dans le salon d'Hauteclaire en traînant les pieds.

« Où veux-tu mettre ce portrait ? Ici ? »

Elle acquiesça. Camille posa le tableau sur la commode en noyer, un meuble vénérable à la patine luisante et poussa devant lui deux candélabres de bronze lourds afin de bien le caler, qu'il ne glissât pas sur le plateau ciré de la commode.

« Demain, nous l'accrocherons véritablement. C'est pour ce soir, en attendant... » dit Camille à La Terrible, la prenant de nouveau par la main, reculant de quelques pas devant le tableau, l'admirant involontairement encore. Le doré du cadre s'accordait avec la noblesse du bois. Le visage peint de la jeune femme respirait la paix et le bonheur. Charlotte, elle non plus, ne parvenait pas à détacher son regard du tableau. La petite fille pressa la main de Camille.

« Tu crois qu'elle pense à moi parfois ? »

À nouveau, une curieuse angoisse étreignit le cœur de la jeune femme. Une idée s'imprimait dans son esprit, revenait, s'imposait depuis qu'elle avait découvert le portrait. Cette femme, là, sur la toile paraissait attendre un bébé et semblait tellement *heureuse*. C'était presque palpable. Pourquoi avait-elle abandonné son enfant alors ? C'était impossible. Jamais elle n'aurait pu faire une chose pareille. L'idée martelait son crâne de plus en plus vite et fort ; Hélène était morte, sinon elle n'aurait pas supporté d'être séparée de son enfant. À moins qu'Alex n'eût idéalisé la maternité d'Hélène, à moins qu'il ne se fût menti à lui-même en représentant Hélène comme une madone aimante. Camille songea que l'un des deux, Alex ou le tableau, mentait. Camille fit un gros effort sur elle-même pour répondre à La Terrible.

« Bien sûr. Tu sais, je suis sûre qu'elle t'aime, où qu'elle soit… Et moi, je suis là, à tes côtés. Un jour peut-être, quand tu seras un peu plus grande, nous irons à sa recherche et tu la rencontreras… »

Le visage de Charlotte se détendit un peu. Elle serra plus fort la main de Camille dans la sienne et elles quittèrent le salon. Dehors la table était abandonnée. Titan seul les attendait en compagnie de Pim, qui, grimpée sur la table, léchait avec application l'assiette d'Alex encore pleine de crème. Camille leva les yeux. La lumière de l'atelier brillait. Alex était reparti peindre. Elle soupira. Il avait commis une vraie maladresse avec le sujet de ce tableau. Cependant Camille se voyait mal lui faire une remarque. Il s'était empressé de lui offrir cette toile le jour de son anniversaire, il peignait de nouveau et magnifiquement même. En somme, elle avait eu raison d'insister pour qu'ils déménagent et s'installent à Hauteclaire…

Camille se servit un verre. La nuit avançait. Elle écouta encore longtemps le chant d'un grillon puis rangea la table et passa comme tous les soirs par la chambre de Charlotte, montée depuis longtemps. Elle dormait déjà.

Une larme séchait sur sa joue. Ce soir, elle avait dû parler longtemps à ses bonnes fées. Titan regarda Camille, roulé au pied du lit en une grosse boule sable. La petite l'avait fait monter en douce. Si Alex le surprenait demain matin, ce serait une scène.

« Viens ! » ordonna Camille au chien, très à contrecœur.

Le chien la suivit silencieusement. Quand Camille l'eut enfermé dans la cuisine, une envie subite la poussa à retourner au salon.

Le tableau ne se trouvait plus sur la commode. Il était tombé face contre terre, sur le tapis, juste devant le meuble aux pieds cambrés. Pourtant, il était lourd, probablement à cause de son cadre doré du XVIIIe, avait expliqué Alex. Il avait récupéré un entourage de cette époque pour en sertir la toile, en faire un bijou. Camille se souvenait avoir bien calé le tableau à l'aide des deux lourds candélabres de bronze qui trônaient habituellement sur le meuble afin de prévenir une chute. Les chandeliers, eux, n'avaient pas bougé d'un pouce. Étonnée, se demandant comment le tableau avait pu bouger et pas eux, Camille remit le portrait en place, vérifiant que le cadre n'avait pas été abîmé. Son regard croisa de nouveau les paupières baissées de cette femme sur le tableau. Alex l'avait représentée avec une sensibilité toute *féminine*. Camille se sentit mal à l'aise. Son regard chercha la signature du tableau. Dans le bas du châle d'Hélène, à gauche, était dessinée une minuscule fleur de lys. C'était presque invisible, noyé dans les plis du vêtement. La signature d'Alex, quant à elle, s'étalait comme à l'accoutumée à droite du tableau, tout en bas. Camille quitta la pièce, très pâle.

Ce fut Alex qui trouva le tableau par terre, le lendemain matin, face contre terre, sans que les candélabres n'aient bougé. Il pesta contre Camille qui se garda bien de protester. Si elle lui avait dit que le tableau était déjà par terre hier soir, qu'aurait-il encore imaginé ? Et elle, que devait-elle penser de tout cela ?

13

En automne, le chasseur sauvage mène une chasse fantastique. Venant du Nord, il passe au-dessus des cimes, hurlant et soufflant. C'est le diable qui poursuit les âmes qu'il va mener en Enfer. Les chiens courant, les chevaux, les âmes perdues, font un tapage incroyable.

L'automne alluma bientôt les arbres et la vigne vierge de rouge et de jaune puis, cruel, en ôta les feuilles une à une, impitoyablement. Il finit par les jeter, tourbillonnantes, en d'épais tapis colorés dans tout le parc d'Hauteclaire, tapis que le vent s'amusait de plus en plus souvent à soulever en bourrasques glaciales. Le froid de l'hiver s'annonçait déjà à petits coups de gelées matinales, à un air qui avait fraîchi brusquement, venu de loin, sans doute, faisant décamper les hirondelles vers le soleil brûlant d'Afrique. Lorsque Camille et Charlotte traversaient le pont de la Théols pour aller nourrir les chevaux, en fin d'après-midi après l'école, la lumière déclinait déjà et l'humidité de la rivière pénétrait la jeune femme, frileuse, jusqu'aux os. Les grues, bientôt, passèrent en vols pressés et répétés au-dessus des terres d'Hauteclaire, bruyantes, allongées en un ou deux V qui pouvaient compter jusqu'à une quarantaine d'oiseaux.

Bientôt aussi résonnèrent au loin les coups de fusils des chasseurs qui tiraient les canards à la passée et ce qui survivait de petit gibier dans les vastes plaines céréalières. L'ouverture avait eu lieu fin septembre, un mois de cela déjà. Vaguement on entendait aussi sonner des trompes et aboyer des chiens. Les échos des chasses à courre, fréquentes dans la région, figèrent d'abord sur place Rusty et les juments, puis les emmenèrent dans des galops affolés, naseaux ronflants, queue couchée sur la croupe. Parfois un animal égaré, fumant, sanglier ou chevreuil, en venait à quitter l'abri des bois et à se lancer dans une course désespérée à travers la plaine et à s'égarer dans les prés d'Hauteclaire.

Un chevreuil un jour en eut la vie sauve, car Camille avait clos l'accès au chemin venant des prés. Charlotte, qui montait Rusty, raconta à Camille le dépit des cavaliers se heurtant à la barrière cadenassée et tout le long ensuite du fossé bordant les terres du domaine, large, broussailleux, infranchissable pour un cheval, mais par où s'était faufilé le chevreuil. Rusty et les poulinières prenaient un poil épais et en venaient à apprécier le confort des écuries bien paillées. Pim ne chassait plus et avait élu une vieille chauffeuse verte dans le salon comme lieu de prédilection pour ses jours et ses nuits.

L'hiver s'annonçait.

Camille avait engrangé dans un coin de sa mémoire l'épisode du tableau qu'elle avait d'ailleurs fixé au mur au-dessus de la commode. Il n'en bougea plus.

La cheminée avait été installée, blanche et large avec la plaque de cheminée antique au fond. Les feux y pétillèrent, hauts et clairs, l'éclairant fugacement. Les autres travaux avaient cessé le temps de la mauvaise saison. Hauteclaire était à présent très vivable et Camille pouvait continuer seule la décoration intérieure du salon et des chambres dès que son travail de rédaction lui en laissait le loisir. Elle avait une nouvelle commande à honorer et il fallait bien faire rentrer un peu d'argent après toutes ces dépenses pour la maison.

Charlotte avait grandi durant l'été, Camille la trouvait plus mûre, très raisonnable. Elle arrivait à l'âge où l'on dévore les livres et où l'on est curieux de tout savoir. Elle n'en devenait pas pour autant inactive, montait son poney malgré le temps souvent maussade ou bien se lançait avec sa nouvelle copine de classe, Margot, une petite rouquine potelée, dans des jeux interminables les jours où elle venait à la maison. Des jeux silencieux bien sûr, car Alex ne supportait pas le bruit. Le chien, qui les accompagnait partout, se résignait mal à ne pas les suivre dans la chambre de la petite. Parfois, rarement, lorsque Alex s'absentait pour aller voir sa mère, Camille permettait à l'enfant de laisser Titan les rejoindre au salon quelques minutes devant le feu, mais elle avait l'impression de désobéir à Alex…

Pour le moment il était très occupé à fignoler ses derniers préparatifs pour l'exposition prévue en janvier à Paris. C'était un grand moment en perspective, les retrouvailles avec le public, la critique, la gloire peut-être de nouveau – ou l'indifférence – et il devenait de plus en plus fébrile à mesure que les semaines s'écoulaient. Du moins quand Camille le voyait. S'il n'était pas parti à Paris consulter son agent ou repérer des lieux potentiels de vernissage ou rencontrer d'éventuels mécènes. Il se décida néanmoins à tenir la promesse faite à Camille le soir de son anniversaire et à lui ouvrir les portes de son atelier, soucieux apparemment de connaître les impressions de la jeune femme sur les œuvres qu'il comptait présenter. Il est vrai que Camille possédait un goût très sûr et un très bon œil. Un matin, lorsque la lumière lui parut bonne, il prit la jeune femme par la main et l'emmena jusqu'à son atelier.

« M'emmènes-tu pour de bon dans le saint des saints ? » plaisanta Camille.

Sans répondre il tourna la clef, ouvrit la porte... La pièce était pleine à craquer de toiles disposées sur de hauts chevalets ou bien accrochées au mur à l'aide de longs cordons blancs. Elle comprenait à présent pourquoi il y avait passé ses jours et même souvent ses nuits. Pour créer autant de sujets, il avait fallu travailler ardemment... et, en étant tout autant ardemment inspiré ! Alex avait pris soin de disposer un éclairage propice à chaque toile, les mettant en valeur sous le bon angle. Camille ne put d'abord articuler un mot ; elle trouvait les peintures toutes plus belles les unes que les autres. Paysages et natures mortes, arbres en fleur, étude d'une rose, l'étang et ses hôtes, un héron figé dans la chasse au beau milieu de l'étang, toutes les peintures étaient d'un merveilleux réalisme, d'une finesse d'exécution extraordinaire.

« C'est incroyable, c'est magnifique, tu sais et le mot est faible. Je ne pensais pas découvrir autant de toiles, le domaine t'inspire vraiment... »

Il se rembrunit.

« Oui, c'est certain. J'ai essayé de peindre ailleurs. Dans d'autres villes, à la campagne aussi et même à l'étranger. Le moins que l'on puisse dire, c'est que ça n'a pas été une réussite...

— Peut-être fais-tu un blocage psychologique sur cette maison ? Tu penses qu'elle seule peut te donner l'inspiration, mais ce doit être faux... »

Il passa la main dans ses cheveux d'un air soudain fatigué.

« Pouvoir magique ou effet placebo, je ne sais pas. Mais nombreux sont les peintres, les musiciens, les écrivains, les artistes en général, à se croire protégés et inspirés par une muse. Pour moi, c'est sans doute ce lieu, mais en même temps je sais qu'il me détruit... c'est tout. Tiens, voilà le clou de l'exposition... »

Il se dirigea vers le fond de l'atelier où une toile d'une taille impressionnante était également fixée au mur, mais à la différence des autres, celle-ci se trouvait recouverte d'un lourd drap de protection. Il le fit tomber lentement et Camille une fois encore faillit faire « oh ! » mais se mordit la lèvre et resta silencieuse, fixant le tableau. C'était Hauteclaire. Le seul et unique tableau qui représentait la maison de tout l'atelier. Hauteclaire au printemps, blanche et épanouie sous son air d'éternelle jeunesse, embaumée par ses tilleuls centenaires en fleur, si belle près de son petit pont franchissant la Théols aux eaux vertes. Camille se pencha un peu. Elle distingua alors les traits de l'unique être humain du tableau, auquel on ne prêtait pas attention d'abord, tant la beauté de la maison accaparait l'œil. À y regarder de plus près, le personnage était une jeune dame, vêtue d'une longue robe antique et flottante. Ses longs cheveux auburn allaient jusqu'à sa taille mince et, au bout de son bras gauche, comme trop lourd, pendait un violon. Derrière elle, à quelques pas, elle avait laissé tomber son archer. Elle semblait perdue parmi les fleurs et les rosiers épanouis, son visage reflétait une souffrance infinie. Ses épaules étaient voûtées, accablées par un poids invisible. Le collier autour de son cou ressemblait à une mince cordelette. Elle regardait fixement au loin, pas vers Hauteclaire, mais vers une destination connue d'elle seule avec un air d'extrême détresse...

« Esther... » murmura Camille.

La jeune femme ne savait plus quoi dire. Y avait-il quelque chose à ajouter d'ailleurs ? Alex tentait d'exorciser ses démons intérieurs. Camille se détourna de la toile. Peindre ne suffisait pas, pensa-t-elle. Car même si à l'évidence il peignait de nouveau – et avec la subtilité d'un maître parvenu au sommet de son art – ses angoisses semblaient redoubler. Camille se haussa sur la pointe des pieds et l'embrassa. Il ne répondit guère à son baiser, trop absorbé, sans doute. En effleurant sa joue, la jeune femme nota qu'il ne portait pas la même eau de toilette que d'habitude. Celle-ci était plus fraîche, plus légère. Elle s'en voulut de noter ce détail stupide, regarda de nouveau le tableau représentant Hauteclaire.

« Je suis mal dans cette maison, Camille. Bien et mal, j'ai du mal à t'expliquer. Mais je ne crois pas que je m'y sentirai un jour totalement heureux... »

Le temps était gris de la fenêtre de l'atelier. Le vent avait soufflé toute la nuit et la pluie ne discontinuait pas depuis trois jours. De quoi donner le cafard à un régiment de clowns, avait décrété Charlotte en s'enfonçant dans la lecture de *L'Étalon noir*, de Walter Farley, une vieille collection de Camille qu'elle s'était mise à dévorer.

« Pourtant, regarde, dit Camille en se détachant de ses bras et en désignant du menton l'ensemble des toiles, c'est grâce à cet endroit que tu as retrouvé le goût de peindre. »

Il hésita un peu avant de répondre.

« Je sais, c'est vrai. Mais tu sais, l'hiver, c'est toujours un calvaire pour moi. Cette nuit, j'ai encore rêvé d'Esther. Je n'ai rien compris à sa mort, pourquoi elle est devenue comme ça, comme dévorée par des tourments affreux, elle était pourtant si gaie, quand nous étions jeunes. Elle a changé, tellement changé à la mort de mon père, elle est devenue une jeune femme si mélancolique… »

Dévorée…

Camille pensa involontairement à la phrase d'Anselme, « c'est cette maison qui l'a dévorée ».

« Je pense à elle sans cesse et à Hélène aussi. Au début, quand nous nous sommes installés ici, toi et moi, ça allait. Je me suis jeté dans le travail pensant que cela suffirait à anéantir mes souvenirs ici. D'abord, je n'ai pas reconnu Hauteclaire, sous ses transformations. Elle était vraiment hideuse, rien à voir avec la maison d'autrefois. Mais tu as tellement bien travaillé ! Peu à peu elle a repris sa majesté d'autrefois, cet air sûr et tranquille, comme avant. J'avais oublié le gémissement de ses charpentes la nuit, sa quiétude de grosse bête assoupie. J'ai de nouveau pensé de plus en plus souvent à Esther, à Hélène, ça s'est fait insidieusement, mais maintenant, il ne se passe pas une journée ou une nuit sans que leur souvenir ne me travaille… Tu sais, j'ai l'impression d'y laisser mon âme. »

Il attira Camille vers lui, prit de nouveau ses mains avec une fébrilité inquiétante.

« Écoute, Camille, j'ai assez de toiles pour un moment, retournons à Paris, ou ailleurs, si tu veux, il existe des tas endroits où nous pourrions être heureux. Je reviendrai ici quand j'aurai écoulé mon stock de toiles… pour en créer d'autres. De brefs séjours, juste le temps que je peigne, c'est suffisant… Gardons la propriété pour des vacances, pour les périodes où j'aurai besoin de me ressourcer et cherchons un domaine ailleurs. Il en existe, des maisons comme celle-ci, mais qui n'auront pas cette *emprise* sur moi…

— Écoute, Alex, je me demande si cette espèce de fuite peut aboutir à quelque chose de positif. Hauteclaire ou ailleurs. Il n'y a qu'une personne qui puisse t'aider, c'est toi. Et puis, nous sommes à peine installés, il faudrait déjà repartir… Et Charlotte ? As-tu pensé à elle ? Elle s'est faite à l'endroit, à son école… elle a une nouvelle amie et elle se plaît ici.

— Tout comme toi.

— Bien sûr. Pourquoi mentirais-je ? J'aime cette propriété. Fuir ne servira à rien, à mon avis, sinon porter ailleurs tes problèmes sans les résoudre. Pourquoi ne te fais-tu pas aider par un psy, par exemple ? »

Ses doigts se durcirent sur les mains de Camille.

« Je n'ai pas envie d'étaler ma vie devant quelqu'un qui s'en fiche complètement. Tu veux vraiment rester ici ?

— Pour l'instant, oui. Écoute, si ton exposition est un succès, on verra… On en reparlera à ce moment-là… Tu sais, nous nous sommes beaucoup endettés pour restaurer la maison. Il faudra un autre financement pour pouvoir quitter cette propriété, repartir, louer ou acheter quelque chose d'autre. Mes revenus seuls n'y suffiront pas. Attendons un peu… voir si tes toiles se vendent…

— Très bien. Je vais préparer mes caisses pour l'exposition. Je vais partir avant, Camille, changer d'air me fera du bien. »

Il se leva brusquement, laissant la jeune femme songeuse. Quitter Hauteclaire ? Non, elle n'en avait pas envie. Elle pensa que c'était peut-être un peu égoïste de sa part, mais elle se demanda aussi si son refus n'obligerait pas Alex à mieux réfléchir à ses problèmes, à consulter peut-être ?

Pim avait suivi Camille et lui faisait des grâces. La jeune femme la prit dans ses bras, regarda de nouveau la grande peinture d'Hauteclaire. Son regard tomba sur la signature d'Alex. Elle était là, en grandes lettres nerveuses tandis qu'à gauche... machinalement son regard s'accrocha au buisson de roses délicates peintes sur le bas du tableau. Une petite rose presque effeuillée laissait voir une fleur de lys, distinctement. Camille regarda attentivement la signature. Elle se mit à examiner d'autres tableaux. Stupéfaite, elle constata qu'ils portaient presque tous la double signature. Indétectable pour qui ne la connaissait pas, elle semblait pour elle lui sauter aux yeux... Elle regagna le salon, mal à l'aise. Une grande fatigue doublée d'une tristesse qui ne lui était guère familière lui donnèrent des idées noires. Pim se mit à lui pétrir le ventre de ses pattes, les yeux mi-clos, ivre de bonheur, indifférente à la songerie de la jeune femme.

Elles me quittent toutes...

La phrase dansait dans l'esprit de Camille, tout engourdie par la chaleur de l'âtre. Elle pensa à Esther, Hélène, Céleste. Toutes avaient un jour ou l'autre, volontairement ou non, abandonné Alex. Seule Hauteclaire lui était restée, fidèle, lui offrant sa paix et ses mystères à chaque retour, source intarissable de sa créativité... Mais la maison avait aussi été le théâtre de la déchéance d'Esther. Camille revit la malheureuse sur le grand tableau marchant vers la mort, la cordelette au cou, l'étoffe légère de sa robe flottant autour d'elle comme la voile d'un navire en perdition... Un autoportrait ? Alex avait-il vraiment recommencé à peindre ou...

Quand Alex la réveilla, Camille sursauta violemment, un pesant sentiment d'angoisse lui broyant le cœur.

« Je me suis endormie, je crois, balbutia-t-elle.

— Il fait si bon devant la cheminée. Je vais voir ma mère, elle m'a téléphoné tout à l'heure, elle n'est pas très bien.

— Je pense lui rendre visite demain avec Charlotte, tu lui diras bonsoir de ma part, en attendant. »

Camille déposa Pim qui dormait sur ses genoux et partit à la cuisine. Puis elle grimpa les marches menant à sa chambre et s'assit sur son lit. Elle ne dormit pas beaucoup cette nuit-là. Elle entendit Alex monter et descendre les escaliers. À un moment, il sortit d'Hauteclaire, puis revint un assez long moment après avec ce qui devaient être des toiles sous le bras. D'où venaient-elles ? Il n'y avait rien dans la voiture tout à l'heure… Elle l'avait vidée en revenant des courses. Elle n'avait pas ouvert la lumière et se contentait de l'observer derrière ses volets. Il regarda derrière lui, leva le nez vers la fenêtre de sa chambre. La grange… Elle sut brusquement et n'en fut presque pas étonnée. En fait, elle savait depuis longtemps, intuitivement. Cela expliquait ses allées et venues qui ne dataient pas d'hier. Qu'y avait-il là-bas ? Un entrepôt de toiles ? Et pourquoi les amasser dans cet endroit ? Encore un mystère. Elle irait voir demain.

Elle se résigna à prendre des somnifères. Peu à peu, les médicaments aidant, les questions cessèrent de danser dans sa tête, elle sombra dans le sommeil. Les loirs menèrent leur sarabande dans le grenier et elle se demanda si elle n'allait pas pour de bon se décider à suivre le conseil de Léon : les empoisonner. Depuis la fin de l'automne en effet, certaines nuits, elle les entendait courir dans le grenier, gratter sans cesse, s'agiter. Les loirs sortaient, mangeaient leurs provisions entassées dans les fentes des parquets ou des murs et menaient joyeuse vie. Les bruits se faisaient si insistants qu'ils en arrivaient à réveiller Camille. Parfois aussi les parquets craquaient terriblement. Le bois, plein de l'humidité des hivers précédents, devait jouer avec le chauffage fonctionnant à plein régime.

« Est-ce que ce sont des loirs ou des âmes qui cherchent, qui n'ont pas fini quelque chose sur cette terre ? » demanda Anselme, passé dire bonjour à la jeune femme au lendemain de sa discussion avec Alex, après sa mauvaise nuit.

Camille haussa les épaules, une nausée au bord des lèvres.

« Les fantômes ne cavalent pas sur les parquets et ne grignotent pas de noix, je trouve des coquilles partout dans le grenier. »

Le vieux baissa le nez. Pas assez vite cependant que Camille n'y surprît l'éclat brillant de son œil.

Que savait-il donc qu'il ne voulait pas lui dire ?

14

En Provence, la table de Noël ne doit pas être desservie ni la salle à manger balayée. On relève les quatre coins de la nappe, ce qui permettrait aux mauvais esprits de remonter. On dit que l'on fait tout cela pour que les « armeto » (les petites âmes) puissent se réjouir à leur tour en mangeant les miettes du repas.

Céleste se sentit un peu mieux pour Noël et arriva à Hauteclaire des cadeaux plein les bras, ravie de découvrir les œuvres de son fils et le dernier travail en date de Camille, la pose d'un très beau tissu mural dans la salle à manger. La pièce avait repris tout son cachet depuis que la jeune femme avait fini de récupérer le carrelage maculé de peinture et les boiseries d'origine, puis posé le tissu aux rideaux assortis, tombant jusqu'à terre. Quelques meubles chinés avec goût par la jeune femme dans les brocantes l'été et sur les salons des antiquaires l'hiver – un très beau vaisselier Louis XV, de vieux fauteuils cannés du même style, une console aux pieds cambrés – y faisaient merveille. Quelques gravures originales d'Elliott sur la chasse à courre apportaient leur petite note humoristique et Céleste ne put que féliciter sa belle-fille pour le lustre qu'Hauteclaire reprenait peu à peu grâce à elle. Quand, ensuite, elle découvrit l'atelier de son fils regorgeant de tableaux tous plus beaux les uns que les autres, son bonheur fut total.

« Vous voyez que mon idée de le décider à se réinstaller ici n'était pas sotte, dit-elle en aparté à Camille. Il peint de nouveau, Charlotte a de la mine, mais vous, ma petite, vous avez les yeux cernés, vous travaillez trop, il faut vous reposer un peu ! »

Camille se força à sourire, installa la vieille dame au salon près du sapin que Charlotte avait somptueusement décoré de guirlandes argentées et de boules de verre transparentes.

« Vous avez raison, Céleste, dit Camille en servant un petit verre de son vin de noix maison, traître, mais excellent à la vieille dame, fêtons le travail accompli et la future exposition d'Alex... »

Sa voix avait un peu vibré et Céleste leva un sourcil interrogateur en sirotant une gorgée de vin. La jeune femme s'assit en face d'elle.

« Tout n'est pas si idéal, cependant, vous savez, Céleste... en fait, Alex m'inquiète un peu, oh, rien de grave, mais il m'a avoué qu'il ne supportait pas la maison. Et puis il a changé. Il n'est pas si heureux que cela ici. »

Céleste cessa de déguster son apéritif. Elle baissa les yeux et observa son verre dans sa main.

« Vous savez, le tempérament des artistes est parfois difficile à vivre au quotidien.

— Je sais ; cela encore, ses sautes d'humeur, sa façon de vivre, ses exigences, je l'accepte, mais j'ignore tout de même s'il va pouvoir continuer à rester ici. Ses souvenirs l'obsèdent.

— Alex a toujours eu un caractère spécial et cela s'est aggravé à la mort de sa sœur. De plus, sa nouvelle exposition le tourmente. Il se demande comment il va être accueilli après si longtemps. Il me fait penser à son père. Un intellectuel, toujours torturé par une nouvelle idée. Si difficile à vivre que je me suis résignée à le quitter. J'espère que vous n'en viendrez pas là. »

Elle posa son verre sur le guéridon.

« À vrai dire, je n'aimais pas cette maison, heureusement, vous, vous avez l'air de vous y plaire !

— Vous trouviez Hauteclaire trop vaste, trop isolée peut-être ?

— Entre autres. J'ai eu le sentiment qu'elle accaparait mon mari, dès notre arrivée. Quand il n'était pas à se balader sur les terres, il s'enfermait pour travailler. Jamais son esprit n'a été aussi prolifique qu'ici, il y a conçu un tas d'inventions, dont la meilleure, peut-être, un robot ménager à tout faire, une petite révolution pour l'époque qui, ma foi, a rapporté pas mal d'argent. Vous savez que Claude était ingénieur, de ce fait, il est devenu inventeur... »

Camille pensa aussitôt à Alex qui ne se pensait inspiré qu'à Hauteclaire.

Son esprit n'était prolifique qu'ici.

Céleste reprit :

« Les enfants aussi étaient très indépendants. J'ai eu très vite le sentiment d'être inutile, de me sentir isolée dans cet endroit que les miens ne voulaient plus quitter, même pour voyager un peu. J'ai préféré mettre un peu de distance entre Claude, la maison et moi. Finalement, je ne regrette pas d'être partie. Je porte seulement comme un fardeau le fait de ne pas avoir été présente lorsque Esther a sombré dans la dépression. »

Sa voix avait baissé jusqu'au murmure.

« Claude avait légué Hauteclaire à Esther… Esther était l'aînée et elle semblait aimer cette maison encore plus qu'Alex et tous deux se sentaient si bien ici ! Par la suite, je me suis étourdie dans les voyages et même, oui, avec quelques petits verres de trop. Le remords, savez-vous, c'est terrible… Ne pas avoir été là pour Esther… Dire que je pensais qu'elle serait heureuse ici ! Et mon fils ne l'est pas non plus ! Peut-être que les ragots qui courent sur cet endroit sont finalement fondés…

— Des ragots ? À propos de quoi ? »

Le sentiment de malaise augmentait en Camille. Voyons, Céleste n'allait pas lui dire aussi que la maison…

« Vous savez, c'est le Berry ici, une terre de légendes par excellence. Des tas d'histoires circulent. Des rumeurs. À la mort de ma fille, je suis revenue prendre quelques affaires à elle et parmi ses livres d'enfance, dans un carton, j'ai trouvé des papiers écrits de sa main. Elle avait fait des recherches sur cette maison et elle y parlait d'un poète…

— Un poète ?

— *Le* poète, reprit-elle en insistant. Personne ne connaît son nom, comme dans toutes les légendes. C'était il y a très longtemps, du temps des rois et des femmes en longues robes. Ce poète serait tombé fou amoureux de la fille d'un nobliau et lui aurait écrit les plus beaux poèmes qui soient. Hélas, la belle est restée de marbre, goûtant plus le rang social de ses soupirants que les sonnets du malheureux. Pauvre et laid comme il l'était, notre homme n'avait aucune chance.

— Que s'est-il passé alors ?

— On raconte qu'il a fait une cour assidue à la jeune fille qui s'amusait à le narguer dans l'insouciance de ses seize ans, de son joli minois et de la fortune de son père. À la fin, il en est devenu à moitié fou de rage et de désespoir. Il a voulu forcer la fille et assouvir son terrible désir…

— Cela n'a pas dû lui apporter un grand bonheur.

— Le père l'a livré à la justice du roi. Le poète a été condamné et rompu en place publique. Il a mis longtemps avant de mourir, à la grande joie de la populace.

— Mais dans tout ça, Céleste, quel est le rapport avec Hauteclaire ?

— J'y viens. Le malheureux a enduré son supplice fort courageusement et la foule, qui le huait d'abord, s'est retournée contre le bourreau et en est venue à l'insulter de faire ainsi durer le supplice. Il paraît qu'au moment de passer de vie à trépas, l'homme a rassemblé ses dernières forces pour lancer une malédiction sur la jeune fille qui avait habité ces lieux. Précisément quoi, je ne sais pas… Mais ce ne sont que des histoires. »

Le ton de sa voix donna des frissons à Camille. Elle imagina le visage torturé de l'homme, la haine qui jaillissait de lui au moment ultime et peut-être *restait.*

Où ? Ici ? Hauteclaire ? Ailleurs ? Mais où donc ?

La jeune femme avala sa salive avec difficulté car cette histoire l'avait impressionnée plus qu'elle ne voulait bien l'admettre.

« Bah, ce n'est qu'une histoire. D'où la tirez-vous ?

— Si je vous le disais, vous ne me croiriez pas. Un rebouteux d'ici, du nom d'Anselme, que je suis allée consulter pour un zona qui me faisait souffrir le martyre et qu'aucun médecin n'arrivait à soigner… Je ne croyais pas un instant que ça marcherait mais Claude a tellement insisté… Alors j'y suis allée et de fil en aiguille, on a parlé de la maison et c'est lui qui m'a raconté tout ça… Je n'y crois pas vraiment, mais je suis bien forcée de constater que l'on ne semble pas trouver facilement le bonheur à Hauteclaire. »

Céleste parut s'absorber dans une rêverie sans fin. Ce fut l'éclat d'une pomme de pin éclatant dans la cheminée qui la ramena sur terre.

« J'espère que vous ne me prendrez pas pour une vieille folle, Camille. Je n'aurais pas dû vous raconter ces bêtises.

— Dans tout récit, il existe une part de vérité, même infime.

— Je suis sûre que vous pouvez rendre Alex heureux, même ici, poète ou pas.

— J'aimerais bien, dit Camille, posant une main sur son ventre. D'autant, Céleste… promettez-moi de ne rien lui dire, je ne veux pas qu'il l'apprenne maintenant, cela le perturberait pour l'exposition, d'autant que j'attends un bébé… »

La vieille dame regarda d'abord la jeune femme sans comprendre, puis fondit en larmes.

« Oh, que je suis heureuse… pour vous, pour lui. Je n'ai pas pu élever Charlotte… Je me rattraperai avec… mais, au fait, vous savez si c'est un garçon ou une fille ?

— Ah, à la prochaine échographie, pas maintenant ! »

Céleste serra les mains de Camille dans les siennes.

« Ce sera notre secret, un de plus. Garçon ou fille, il ou elle sera le bienvenu ! Pour Alex, vous avez raison, vous lui apprendrez la bonne nouvelle après l'exposition. Il sera plus disponible. »

C'est à ce moment que Charlotte claqua la porte d'entrée, posa son blouson et vint raconter ses exploits avec son poney « qui avait galopé avec elle dans la neige jusqu'à l'étang ». Elle se posa dans le canapé en dévorant les petits fours et assomma sa grand-mère de ses bavardages d'enfant. Camille, elle, l'écoutait en rêvant, essayant de ne plus penser à l'histoire du poète. Lorsqu'elle raccompagna la vieille dame jusqu'à sa chambre, elle murmura :

« Et votre zona ?

— Quoi, mon zona ? Ah, vous voulez dire celui qu'Anselme a soigné, il y a longtemps ? Eh bien, j'ai été soulagée tout de suite et je n'en ai jamais plus souffert. C'est un très bon *sorcier*… » sourit-elle malicieusement en entrant dans sa chambre.

15

Plusieurs maisons et châteaux du Berry étaient naguère encore renommés pour leurs hantises. Une nuit de Noël, la gardienne de celui de Saint-Chartier vit entrer un grand et beau jeune homme vêtu d'habits noirs. Grave et silencieux, il vint s'asseoir près d'elle au foyer, approcha ses pieds du feu, prit un livre de messe sur la cheminée et lut quelques lignes…

Alex partit début janvier. Ses caisses, pleines de tableaux, l'avaient précédé à Paris.

Ce Noël que Camille avait espéré chaleureux et festif avait failli tourner au drame. Simplement parce que le chien s'était faufilé, ni vu ni connu, sous la table du réveillon. La jeune femme, Céleste et La Terrible avaient commencé les hors-d'œuvre avant qu'Alex ne se décidât à venir les rejoindre.

« Te voilà tout de même, avait dit Céleste, c'était donc si urgent, ce que tu faisais ? »

Alex grommela quelque chose et Camille vit à son air renfrogné et ses mâchoires serrées que cela n'allait pas. Il n'avait même pas pris la peine de s'habiller un peu mieux en l'honneur de sa mère. Et lorsque son pied heurta le chien sous la table, il bondit et se mit à hurler en soulevant la nappe :

« Qu'est-ce qu'il fait ici, ce chien ? Je vous avais dit que je ne voulais pas le voir ailleurs qu'à la cuisine, mais on ne m'écoute jamais ici ! »

Il tira le chien par son collier et, chose inattendue, Titan, qui était la crème des chiens, se mit à grogner. La colère d'Alex, alors, se déchaîna. Il bourra le chien de coups de pied et de coups de poing, tant et si bien que l'animal finit par le mordre. La Terrible s'était jetée sur Titan pour le protéger de la fureur de son père tandis que Camille avait saisi le collier de l'animal pour le tirer vers la cuisine. Céleste, qui s'était levée, faillit faire un malaise d'émotion. Alex faisait toujours tomber une grêle de coups sur l'animal et c'est lorsqu'il atteignit Charlotte au bras qu'il se calma enfin. Charlotte hurla qu'Alex n'était plus son père désormais et courut vers la porte avec le chien en pleurant à chaudes larmes. Alex regagna son atelier en déclarant froidement que, s'il revoyait Titan dans la maison, il le tuerait. Camille, effondrée, s'assura que Céleste allait mieux, puis partit consoler La Terrible et le chien...

Après cette scène de folie, elle avait donc espéré qu'Alex manifesterait un peu de regret pour le Noël gâché, pour La Terrible surtout qui évitait soigneusement son père depuis l'épisode, rasant les murs, le chien sur ses talons, le visage fermé. Mais, Alex resta muré dans sa bonne foi et son inébranlable sentiment d'avoir eu raison. Ni le lendemain de Noël, ni les jours suivants, ni même au moment de partir, il ne revint sur sa conduite.

Camille l'avertit qu'étant donné les circonstances ajoutées aux conditions climatiques, elle risquait de ne pas le rejoindre à Paris. Il ne lui adressa pratiquement plus la parole jusqu'à son départ.

Ce fut un soulagement lorsqu'il partit enfin, laissant Charlotte et Camille libres et heureuses de l'être. Libres d'agir à leur guise, de laisser la vaisselle du matin dans l'évier, les chaussures à l'entrée de la cuisine si cela leur chantait... car il était devenu si exigeant ! Il ne supportait plus le désordre, si infime fût-il. Plus lourd encore pour Camille, il tenait toujours à savoir où elle était, ce qu'elle faisait, avec qui ? Sa jalousie idiote fatiguait la jeune femme. Elle soupira. Pendant un moment, elle et Charlotte pourraient manger dans le canapé sans qu'il ne leur fasse la morale, Margot et La Terrible joueraient enfin dans toute la maison sans qu'Alex ne sorte de son atelier comme un diable de sa boîte et n'exige un silence immédiat. Le chien allait avoir la permission de rentrer dans le salon et de se chauffer, béat, ventre à l'air sans avoir à redouter une raclée. Camille commença par profiter de leur liberté provisoire en improvisant un vrai déjeuner pique-nique devant le foyer, frites saucisses avec les assiettes sur les genoux et on pouvait manger avec les doigts !

Cela ne va pas, pensa amèrement Camille, je prends l'absence d'Alex pour une trêve, comme si le gardien de la prison s'était éclipsé ! Elle plongea le nez dans son assiette, grappilla la nourriture. Toujours ces nausées. Trop de fatigue, de stress. Et ce bébé, elle s'en était fait une telle joie... À présent, elle doutait. Comment Alex prendrait-il la nouvelle dans l'état où il se trouvait ? Mieux valait-il ne pas y penser maintenant.

« Après, on sort les juments, Charlotte et on ira faire un tour en ville, tu veux ? Je veux m'acheter un bouquin, je n'ai plus rien à lire.

— On ne monte pas les chevaux ? »

Camille regarda dehors. Une fine couche de givre recouvrait délicatement le parc comme un nuage de sucre glace. En dessous, la terre était bien gelée. Les branches nues des arbres se dressaient vers le ciel, brillantes de givre.

« Oh, non, c'est trop gelé et il fait très froid… Nous allons plutôt conduire les chevaux au paddock, ils pourront se défouler, ça ne glisse pas, c'est de l'herbe sous la neige. On peut faire un tour à pied aussi jusqu'à l'étang, si tu veux. On partira après.

— D'ac ! »

Charlotte finit d'engloutir sa troisième portion de frites et sa deuxième saucisse et se mit à trépigner jusqu'à ce que Camille eût pris son café.

« Dépêchons-nous, j'ai envie de voir Rusty faire le fou dans la neige ! »

Vite, Camille finit son café en se brûlant, tout en empilant les assiettes dans l'évier. Elle enfila ses bottes et son blouson pour suivre Charlotte qui cavalait déjà dehors avec Titan.

« J'ai oublié le téléphone. Va à l'écurie, prépare les chevaux. Mets-leur les licols, je reviens ! » jeta Camille à Charlotte en revenant vers la maison.

Si Alex appelait, il serait contrarié que personne ne lui répondît. Il poserait encore un lot de questions infinies sur ce que Camille était en train de faire. Inutile. La jeune femme empocha le téléphone sans fil, comble du paradoxe, une sorte de cordon ombilical qu'elle s'était habituée à renouer pour satisfaire à la volonté d'Alex…

Charlotte avait déjà passé le licol aux juments. Quand Camille ouvrit la porte des écuries, de doux ronflements de reconnaissance la saluèrent. Il faisait tiède à l'intérieur du bâtiment, cela sentait bon le foin et le crottin frais. Une odeur à nulle autre pareille.

« On y va, les filles. Charlotte, tu tiendras bien Rusty, il va être excité par le froid ! »

Les flancs doucement rebondis des deux poulinières se soulevèrent un peu plus vite quand elles humèrent l'air glacial du dehors. Les yeux et les naseaux dilatés, La Merveilleuse se mit à danser au bout de la longe de la jeune femme. À pas pressés, les bêtes les emmenèrent vers la prairie qui servait de paddock d'hiver. Charlotte calma Rusty de quelques coups secs de longe sur le licol et le lâcha le premier. Il partit comme une bombe, explosa en coups de cul. Les juments le suivirent en trottant, prudentes, sentant le sol peu fiable sous leurs sabots. Elles lancèrent des ronflements sonores et se mirent bientôt à gratter l'herbe disparue sous la neige. Figées brusquement, elles écoutèrent le cri rauque du héron dérangé par tout ce tapage et partirent enfin au galop.

Son bonnet enfoncé jusqu'aux oreilles, Charlotte se mit à courir sur le chemin avec Titan, fou de joie. Les canards posés sur l'étang s'envolèrent et la petite en compta douze. Mine de rien, une idée lui traversa l'esprit au cours de leur promenade sur la neige. Nonchalamment Camille la vit qui s'accroupissait, faisant semblant de caresser le chien. Mais la jeune femme avait bien compris où la petite voulait en venir. En effet, elle avait préparé des boules de neige et commença à la mitrailler. Camille se mit à répliquer aussitôt et ce fut une belle bagarre avec Titan en arbitre qui essayait de happer les projectiles glacés au vol, claquant souvent des mâchoires dans le vide. C'est avec de bonnes couleurs et Charlotte excitée comme une puce qu'enfin, les doigts gelés, le visage glacé, Camille et La Terrible regagnèrent le parc, haletantes.

« Camille, une voiture ! »

Aussitôt la petite, infatigable, partit en courant à la rencontre de la vieille automobile pétaradante qui, fait rare, avait réussi à emprunter le chemin bosselé et plus ou moins praticable avec la neige et à se garer devant la maison. Évidemment, le chien s'était précipité derrière Charlotte pour faire la fête au visiteur. Fichu labrador, copain de tout le monde ! Camille vit un homme sortir de la voiture et parler avec la petite, tout en caressant la tête de Titan qui n'en finissait pas de remuer la queue. Qui cela pouvait-il bien être ?

Camille finit par les rejoindre. L'homme arborait un sourire un peu gêné.

« Bonjour. Excusez-moi, en fait je cherche la maison des Dufresne, mais je me suis trompé, si j'en crois cette petite…

— Effectivement, dit Camille, encore essoufflée d'être revenue aussi vite, ici vous êtes chez les d'Estruval. Je suis madame d'Estruval. »

Il referma complètement la porte de son antique voiture, une pièce de collection sans doute et salua aussitôt la jeune femme.

« Je m'appelle Doyle, Doyle Ethan Gray. Je suis le successeur du docteur Ballereau. Excusez-moi de vous déranger, mais je suis un peu perdu, je ne suis pas revenu ici depuis longtemps.

— Vous êtes un docteur alors ? dit Charlotte, visiblement inquiète.

— Eh oui, petite, mais rassure-toi, je ne suis pas venu pour te soigner… »

Il eut un éclat de rire qui soulagea l'enfant. Elle ne détestait pas grand-chose dans la vie, à part les médecins qui font des piqûres et bien sûr les dentistes.

« Voyons, Charlotte, tais-toi un peu. Enchantée de faire votre connaissance. Vous avez eu de la chance de parvenir jusqu'ici avec une voiture surbaissée, le chemin n'est pas bon, bien qu'on en ait rebouché les nids-de-poule cet été… Les Dufresne… Est-ce que vous connaissez un peu le coin ?

— J'y ai grandi avant mon départ pour l'Irlande. »

Camille estima qu'il devait avoir son âge, un peu plus petit qu'Alex, mince, large d'épaules, des cheveux bruns et des yeux verts pétillants de bonne humeur. Son accent un peu traînant était amusant. Avec le patois des Berrichons, cela promettait un contraste détonnant.

« Alors, vous devez connaître la ferme des Dufresne. En sortant d'ici, vous prenez sur votre gauche jusqu'à Brives. La ferme est la première sur votre droite…

— Ah, mais je connais, c'était l'exploitation des Soulas, avant, ils sont donc en retraite…

— Je ne les connais pas. Je ne suis pas ici depuis longtemps, vous savez. Par contre je connais les Dufresne de nom, un magnétiseur du village m'a dit qu'ils s'étaient installés récemment pour se lancer dans un élevage de poulets bios, c'est à la mode en ce moment. Ce sont des jeunes venus de la ville.

— Anselme, le magnétiseur rebouteux sorcier ? Je le connais de réputation…

— Il est venu m'aider quand je me suis installée ici, il nous a donné ce chien qui vous fait la fête en ce moment. Nous sommes devenus des amis, je crois… »

Le médecin consulta rapidement sa montre, cessa de caresser Titan.

« Oh, oh, je vais être en retard, je dois y aller… En tout cas, merci de votre accueil.

— De rien. »

Il avait un sourire un peu moqueur, avec de petites rides d'expression au coin de la bouche.

« Au revoir, petite.

— Vous pouvez m'appeler Charlotte.

— À un de ces jours, Charlotte. Ravi d'avoir fait votre connaissance, madame.

— Camille. »

Il eut un petit sourire et un dernier salut discret de la tête puis il remonta dans sa voiture et quitta la cour. La jeune femme se demanda bien pourquoi elle n'avait pas voulu qu'il l'appelât « madame ». Elle haussa les épaules, entraîna La Terrible vers la maison.

« Il est sympa, hein, Camille, pour un docteur ? Tu aurais dû l'inviter à boire un café. »

Boire un café ! La Terrible ne pouvait pas savoir… Mon Dieu, si Camille avait invité un homme à la maison en son absence, fût-il médecin, comment aurait réagi Alex ?

« Nous n'avions pas le temps et lui non plus. Allons plutôt nous préparer. Je veux être revenue avant que la route ne glisse une fois encore. »

Ce ne fut long, ni pour l'une ni pour l'autre. Charlotte était déjà dans la voiture que Camille était encore en train de chercher les clefs de celle-ci. Elles étaient décidément introuvables.

« Ce n'est pas possible, je les range toujours là ! »

Elle les déposait habituellement dans un pot servant de vide-poches sur le buffet de cuisine, jamais ailleurs. Elle était sûre que le jeu devait s'y trouver, puisqu'elle s'était servie de la voiture la veille, pendant qu'Alex chargeait ses toiles et se souvenait les avoir placées dedans.

Alex !

Elle avait fouillé toute la maison, ses poches de blouson et de pantalon, mais c'était peine perdue, songea-t-elle intuitivement.

Alex ! Il devait avoir pris les clefs.

Par erreur peut-être, ou une petite vengeance personnelle puisqu'elle n'avait pas franchement émis le désir de le retrouver à Paris. Plus sûrement encore parce qu'il ne voulait pas qu'elle sortît, par pure jalousie, sa fameuse et morbide jalousie !

« Camille ? Tu vas bien ? »

La petite avait fini par quitter la voiture et la rejoindre.

« Oui, ma chérie, mais je crois que j'ai perdu les clefs de la voiture, alors on va se faire une après-midi crêpes et jeux de société, si tu veux. »

La fine Charlotte sentit bien que ce n'était pas la vérité. Et de voir Camille si contrariée la fit redoubler de gentillesse. Elle joua joyeusement avec elle aux dames, la laissant même gagner une partie – elle était imbattable, réellement ! – puis vers quatre heures l'aida à préparer la pâte à crêpes. Camille lui donna la permission d'inviter Margot, qui ne se fit pas prier. Heureusement elle habitait Brives et sa mère eut tôt fait de la déposer à Hauteclaire. Camille laissa les enfants s'amuser, essayant de se concentrer sur ses tâches, mais guettant impatiemment le coup de fil d'Alex.

Quand il appela très tôt en soirée, il dit immédiatement qu'il avait emporté les clefs par mégarde.

« Tu les avais laissé traîner sur la table de la cuisine, j'ai dû les mettre dans ma poche sans y penser. »

Inutile d'insister. Camille savait bien qu'elle les avait rangées elle-même. Elle abrégea la conversation, irritée et il n'épilogua pas.

Avant la nuit, Margot aida Camille et Charlotte à rentrer et nourrir les chevaux, puis sa mère vint la rechercher. Juste à temps, car la neige se mit à tomber après trois jours d'accalmie. À la voir tourbillonner en flocons épais et drus – si épais que la couche immaculée grandit très vite sur le sol à la grande joie de Charlotte – on aurait pu croire qu'elle voulait rattraper le temps perdu. Le vent se leva, une véritable tempête s'annonçait…

« On ferme les volets ? dit Charlotte.

— Pas tous, laissons ceux du salon ouverts, nous pourrons voir la neige… »

D'habitude Camille aimait sentir Hauteclaire douillettement repliée sur elle-même dans les grands froids, elles-mêmes blotties confortablement dans le salon à lire ou écouter de la musique, ivres de chaleur devant le feu.

Était-ce la neige oppressante et silencieuse tombant inlassablement ou ce vent soufflant sans trêve ? Camille se sentait mal à l'aise et avait l'impression d'étouffer. Elle regardait souvent les tourbillons de neige par la fenêtre, frissonnant.

16

Les pendus, dit-on, sont condamnés à demeurer entre Ciel et Enfer pour l'éternité. Il n'y a pas d'exemple qu'un homme ou une femme, qui se soit donné volontairement la mort par pendaison, ait trouvé le repos éternel…

Si Alex avait cru bloquer Camille à la maison, il s'était trompé.

Le lendemain de la tempête, elle téléphona à Laure, la mère de Margot et celle-ci l'emmena en sa compagnie faire les courses à Issoudun sur le coup de quinze heures.

La sableuse était passée, cependant on ne pouvait rouler qu'au pas sur deux rails de bitume déneigés, mais verglacés. Au moment de ranger les provisions dans le coffre de la voiture garée à la diable sur le parking du supermarché, la neige se remit à tomber en tempête. Ce fut une expédition pour rentrer car on n'y voyait pas à deux mètres et Camille se demanda si elles n'allaient pas rester plantées là, immobilisées sous la neige… Mais Laure s'obstina tant que la neige ne tenait pas encore au sol et ce fut avec soulagement que les deux femmes et les fillettes virent le panneau « Brives » se profiler sous la neige.

Camille avait prévu assez de provisions pour être autonome au moins une semaine, forçant sur les légumes surgelés, la viande, le fromage et les croquettes pour les animaux. Ce fut une bonne idée car la tempête de neige s'apaisa sur le soir, mais reprit le lendemain encore plus fort. On n'avait vu jamais vu autant de neige dans la région. Toute vie sembla s'arrêter. Les voitures ne roulaient plus que très épisodiquement en suivant un rail unique bordé de congères que les véhicules précédents avaient tracé. De nombreuses lignes électriques furent coupées par le poids de la neige et il fallut veiller deux jours à la bougie et se chauffer au bois près des cheminées « comme dans l'ancien temps » dit Charlotte, ravie, car pour le coup la chaudière de l'école avait rendu l'âme et les petits élèves priés de rester chez eux jusqu'à ce qu'un réparateur pût se déplacer... c'est-à-dire pas tout de suite !

Camille fit fonctionner sans cesse les cheminées d'Hauteclaire, mais la maison restait froide. Charlotte, un soir, vint même la rejoindre dans son lit, elle n'arrivait pas à dormir, « elle avait trop froid » disait-elle.

Alex continuait de téléphoner régulièrement, matin et soir. Il lui apprit que son exposition était un vrai succès. Curieusement, cela n'éveilla aucun plaisir, aucune satisfaction en Camille. Elle retint juste de la conversation qu'il prévoyait son retour pour la fin de semaine.

« Voyons, songea Camille amèrement, nous sommes mardi, bientôt finies les vacances ! » Ce soir-là, ce mardi de neige où Alex avait téléphoné, Camille et Charlotte se blottirent devant le feu du salon ; c'était un vrai régal d'entendre siffler le vent et de se sentir à l'abri. Charlotte, pour meubler son après-midi de vacances forcées, avait construit un bonhomme de neige qui disparaissait à présent sous les rafales de neige. Camille avait traîné un peu, se décidant finalement à corriger un vieux manuscrit, *Le Sire de Hautefort*, qu'elle comptait présenter à son éditeur. Ensuite toutes deux avaient confectionné une soupe à l'oignon pour le dîner, ce qui ne se fit pas sans pleurs au moment de peler ces fichus oignons, ni éclats de rire quand Titan voulut en manger un morceau tombé par terre, le recrachant en claquant des mâchoires, l'air dégoûté. Maintenant repues, la jeune femme et la fillette entendaient avec une satisfaction douillette la tempête souffler moins fort.

Camille s'attendait à ce que Charlotte s'installât sur la table basse en verre sur le tapis vert damassé, prélude aux interminables parties de cartes qu'elle lui infligeait sans remords, mais pour une fois elle restait fatiguée, béate, à contempler le jeu des flammes dans la cheminée, le chien vautré à ses pieds.

La branche souple d'un sapin tapait au gré des bourrasques du vent dans un volet, inlassablement. Dans le grenier, les loirs commençaient à mener leur sarabande. Ou étaient-ce des rats ? En début d'hiver le poison qu'avait finalement posé Léon à la demande de Camille avait tué quelques loirs, mais Charlotte s'était émue des petits cadavres à la si jolie fourrure. Comme ils ne causaient d'autres dégâts que de manger des noix et faire du bruit la nuit, Camille n'avait guère voulu que le vieux poursuivît l'opération. Pim, lovée sur la cheminée entre deux vases précieux, que jamais elle ne faisait vaciller en bougeant, levait parfois la tête de ses pattes repliées en manchons sous elle, écoutant, moustaches vibrantes, le raffut des bestioles. Titan, épuisé par ses jeux dans la neige avec Charlotte, tressaillait parfois dans ses rêves. Camille pensa à ses juments dans leur box, leur douce chaleur,

leur satisfaction d'être, elles aussi, à l'abri du vent et du froid...

Il n'était pas tard, sept heures du soir, Camille en était à écouter le crépitement du feu et à lutter pour garder les yeux ouverts, gagnée à son tour par la quiétude d'Hauteclaire, rythmée par le tic-tac inlassable de la pendule, quand la sonnette de la porte d'entrée vibra brusquement, faisant sursauter humains et animaux. Ce fut un beau vacarme. Titan se précipita en aboyant vers la porte, suivi de Charlotte qui courait. Camille se leva en soupirant. Il faisait noir et froid, qui pouvait venir à une heure pareille ? La jeune femme ouvrit la porte avec précaution. Son visage s'éclaira dès qu'elle eut reconnu son visiteur.

« Ah, c'est vous ? Que vous arrive-t-il ? »

Camille ouvrit le battant de chêne plus largement. C'était le médecin égaré, ce monsieur Gray à l'accent inénarrable.

« Voilà, je suis confus de vous déranger, mais je suis tombé en panne sur la petite route qui longe votre mur, en fait presque à l'entrée de chez vous... et vous étiez bien entendu la maison la plus proche. Mon portable ne capte rien avec cette neige et la tempête. Je voudrais juste passer un coup de fil à ma sœur, est-ce possible ? »

Des flocons s'accrochaient à sa chevelure. Il paraissait transi, le nez tout rouge. Ses fines chaussures de ville étaient trempées par la marche forcée qu'il avait dû faire dans la neige dans le mauvais petit chemin menant à la maison. Camille hésita une seconde pourtant avant d'inviter l'homme à entrer. Elle autrefois si libre, voilà qu'elle hésitait à faire rentrer quelqu'un chez elle en l'absence de son mari, tellement jaloux ! Mais Alex n'était pas là, pas avant quatre jours, une éternité ! Il n'y avait aucune scène de ménage à redouter...

Elle ouvrit plus largement la porte.

« Entrez et venez donc vous asseoir près de la cheminée quand vous aurez téléphoné. Regardez, le combiné est sur cette vieille sellette dans le couloir. Nous attendrons votre sœur ! On discutera en prenant un verre. »

Camille le débarrassa de son manteau. Charlotte bondit autour du médecin en criant :

« Chic, on va jouer aux cartes !

— Charlotte, arrête de sauter partout et va donc chercher des pantoufles dans la penderie, le docteur a les pieds trempés ! dit Camille, en attrapant La Terrible par les épaules.

— Appelez-moi Doyle, je vous en prie. Merci, Charlotte, mais ne te dérange pas. Je ne vais pas être long ! »

Charlotte s'était déjà élancée. Camille s'effaça discrètement pour aller préparer un plateau avec la bouteille de cognac et du café chaud pendant qu'il passait son coup de fil. La porte du salon étant restée ouverte, elle l'entendit parler de « cette saleté de voiture, traînée jusque Brives puis plus rien. Peux-tu venir me chercher ? Pas avant une heure ? Attends, je demande… »

Il posa la main sur le combiné et rejoignit Camille.

« Est-ce que cela vous ennuierait beaucoup si j'attendais chez vous, environ une heure ? Ma sœur ne pourra pas se libérer avant… Mais si cela vous dérange, je peux attendre dans ma voiture et… »

Camille ne le laissa pas finir sa phrase.

« Mais restez autant que vous le voulez, je vous en prie… Il n'y a pas de dérangement. Voyons, comme si j'allais vous laisser attendre dehors dans le froid ! »

Il afficha aussitôt un sourire radieux, retourna dans le couloir informer sa sœur pour venir rejoindre Camille et Charlotte.

« Je vous remercie pour votre hospitalité. Jenny est occupée avec un client, c'est vraiment un temps impossible... D'Issoudun à ici, elle va mettre un moment...

— Votre sœur est médecin, elle aussi ?

— Non, vétérinaire, dit-il en frottant les mains l'une contre l'autre pour tenter de les réchauffer. Une fana de son boulot ; d'ailleurs, elle n'hésiterait pas à sortir par un temps pareil pour aller soigner un animal en urgence... »

Charlotte revint et tendit triomphalement une vieille paire de pantoufles d'Alex au médecin.

« Tenez, enfilez ça, docteur, dit Camille, je vais mettre vos chaussures à sécher devant le feu, sinon vous allez attraper la mort...

— Ce n'est pas grave, je connais un bon médecin ! Appelez-moi Doyle, insista-t-il, seuls mes malades m'appellent docteur ! »

Il rit. Il aimait rire, à ce qu'il semblait, même à ses propres plaisanteries. Cela changeait d'Alex. Il était simple et cordial dans sa façon d'être et de parler. La jeune femme se sentit immédiatement à l'aise avec lui. Au bout d'une demi-heure, elle avait l'impression de le connaître depuis toujours, d'avoir retrouvé un vieil ami. Il accepta de bon cœur de s'installer devant le feu et de prendre un café, mais refusa la liqueur. Charlotte, assise en tailleur au pied du divan sur le tapis, écoutait le duo parler et participait activement à la conversation.

« Ainsi vous êtes Irlandais ? Pourquoi êtes-vous revenu ici, en Berry ?

— Irlandais par mon père, Berrichon par ma mère... Je suis né ici, ce n'est que lorsque j'ai eu dix ans qu'elle s'est décidée à suivre mon père là-bas. Elle y est morte quand j'avais quinze ans. »

Sa voix avait baissé. Il se tut un instant puis reprit avec fougue :

« C'est un pays magnifique, vraiment et mystérieux. Il me manque déjà. J'y ai toute la famille de mon père. Mais j'ai appris par ma sœur, revenue ici bien avant moi, que la clientèle du vieux médecin du village était à reprendre. Le coin ne me déplaisait pas, je l'avais bien connu étant gamin et voilà... Mais je ne dis pas qu'un jour, je ne retournerai pas en Irlande. »

Camille sourit.

« Voyons, ne me dites pas qu'une belle Irlandaise aux yeux verts ne vous attend là-bas ? »

Aussitôt elle se mordit les lèvres. Il allait penser qu'elle était bien indiscrète. Pourquoi lui avoir posé cette question d'ailleurs ?

Il eut un petit sourire, haussa les épaules, pas du tout gêné.

« Eh non, ni là-bas, ni ici. Je suis un célibataire endurci, vous savez et celle qui me passera la corde au cou n'est pas encore née... »

Il leva sa tasse pour trinquer à cette éventualité improbable.

« Mais vous-même, vous ne pouvez vivre seule dans cette grande maison... »

Camille évoqua brièvement son métier, celui de son mari. Le besoin d'un endroit calme pour pouvoir peindre – ou écrire.

« Oh, je vois... » murmura-t-il.

Camille aurait juré qu'une ombre était passée sur son visage quand elle avait évoqué Alex. Elle décida de changer de conversation.

« Mais où étiez-vous installé en Ir... »

Un coup de klaxon l'interrompit soudain. Une voiture venait de se garer devant la maison. Qui pouvait venir ? Personne n'était assez fou, sauf obligation, pour se risquer sur les routes verglacées en pleine nuit. Et il était trop tôt pour que ce fût déjà Jenny.

« On vient te chercher, Doyle, dit La Terrible, très à l'aise avec le médecin et très déçue en même temps, tu n'auras pas le temps de me raconter l'histoire que tu m'avais promise sur la fée Banshee. »

Doyle consulta sa montre d'un rapide coup d'œil.

« Ce n'est pas possible, Jenny n'avait pas terminé et matériellement, par un temps pareil, elle ne peut être déjà là. C'est quelqu'un d'autre ! »

Le cœur poigna douloureusement la poitrine de Camille. Si ce n'était pas la sœur de Doyle, alors qui venait de quitter sa voiture ? Personne ne venait jamais à Hauteclaire, surtout pas avec ces intempéries. Et ce claquement brutal de la portière… Camille se précipita vers la porte d'entrée, qui s'ouvrit large d'elle-même comme la jeune femme en touchait la poignée. Charlotte et le chien l'avaient déjà précédée.

« Mes chéries, je m'ennuyais tellement de vous que j'ai décidé de revenir une soirée et de repartir demain matin pour Paris… »

Alex.

17

Un jeune ami me rapporte que sa voisine, une si charmante vieille dame, est mystérieusement avertie quand une personne meurt, dans les environs. On vient sonner à sa porte. Mais quand elle l'ouvre, il n'y a personne, jamais. Elle ouvre et rien. Seulement, elle « sent » qui est mort. Elle le dit. Peu après, on a confirmation de la nouvelle.

Charlotte ne dit pas bonsoir à son père et revint s'asseoir silencieusement devant la cheminée. Quant au chien, dès qu'il eut reconnu Alex, il cessa immédiatement d'agiter la queue et recula prudemment. Alex ne remarqua rien de l'accueil de l'enfant et de l'animal, trop occupé à fouiller le salon des yeux pour découvrir qui pouvait bien être là. Forcément, en arrivant, il n'avait pu que remarquer l'antique voiture garée sur le chemin d'Hauteclaire. Sa jalousie maladive opérait déjà. En entrant dans la maison, il n'avait accordé qu'un bref coup d'œil à Camille, cherchant du regard le visiteur. Quand il eut découvert la silhouette du médecin qui s'était levé, attendant les présentations, son visage perdit toute couleur.

Il fixa l'inconnu debout devant la cheminée, les yeux étincelants. Titan gronda, le nez dans les jupes de Camille.

Celle-ci sortit de la sorte de stupeur où l'arrivée de son mari l'avait plongée ; elle attrapa vite Titan, qu'Alex ne voulait plus voir dans le salon, par le collier, l'emmena dans la cuisine, l'enferma, vérifia le loquet pour que l'animal ne s'échappât point, claqua sur elle la porte de la salle à manger. Elle revint très vite et se glissa entre les deux hommes dans le salon. Le médecin s'était avancé vers Alex, un sourire aux lèvres.

« Je te présente monsieur Gray, c'est le nouveau médecin du village. Tout à l'heure, il est tombé en panne à proximité de la maison et il est venu chercher de l'aide ici. »

Alex salua froidement le médecin. Puis son regard tomba sur les pantoufles – les siennes ! – que Doyle avait finalement chaussées. Il eut un rictus. C'était comme dans un mauvais vaudeville. Le mari surgissant à l'improviste surprenait sa femme et un homme qu'il n'avait jamais vu dans ses propres charentaises.

Mon Dieu, se dit Camille, désespérée, qu'est-ce qui m'a pris de lui faire chausser ces pantoufles stupides ? Que va croire Alex ?

Elle lança un coup d'œil presque implorant à Doyle qui murmura :

« Eh bien, ma sœur ne va pas tarder, je vais remettre mes chaussures et vous quitter… dit-il. Merci de m'avoir accueilli, madame d'Estruval.

— Mais que je ne vous chasse pas, surtout, docteur… J'ai bien l'impression de tomber ici comme un cheveu sur la soupe et même d'être rentré carrément trop tôt !

— Alex ! »

Le cri d'indignation de Camille, aigu, fit sursauter Doyle. Il regarda Camille, comprit sa détresse. Il s'abstint de rétorquer au jaloux, enfila les chaussures que

Charlotte lui tendait, alla attendre dans le vestibule. Il prit discrètement une de ses cartes de visite et y inscrivit quelques mots. Les phares de la voiture de Jenny trouèrent bientôt l'obscurité de la cour d'Hauteclaire où tourbillonnait toujours la neige.

« Eh bien, tu as fait vite... » dit Doyle soulagé de pouvoir partir, mais très inquiet de la dispute que monsieur d'Estruval allait certainement chercher à sa femme d'après sa conduite et ses remarques.

Camille avait ouvert à Jenny. Elle était potelée, petite, souriante et apparemment bourrée d'énergie. Elle parlait très vite sans laisser à son frère le temps de placer un mot. Son visage, où pétillaient deux yeux verts, identiques à ceux de Doyle, était encadré d'une masse indisciplinée de cheveux bouclés de couleur auburn. Elle n'était pas franchement jolie, mais possédait un charme indéniable.

« En fait, je pensais qu'il me restait deux consultations, mais non et finalement la route est mieux que je ne le pensais, j'ai mis tout de même quarante minutes pour venir, au lieu d'un quart d'heure et...

— Écoute, répliqua Doyle en poussant doucement Jenny vers la porte, tu me raconteras cela en voiture, il faut y aller maintenant, j'abuse de l'hospitalité de monsieur et madame d'Estruval depuis un petit moment, alors, allons-y... »

Jenny remercia encore Camille « d'avoir recueilli son frère » et se tint à la rampe de pierre du perron pour ne pas glisser en descendant. Doyle prit congé rapidement et serra la main de Camille sans vraiment oser la regarder dans les yeux. La jeune femme sentit cependant ses doigts tièdes presser les siens une seconde de plus qu'il n'était nécessaire, un encouragement silencieux, un signe d'amitié et de soutien sans doute... Elle sentit la petite carte dans sa main, la fourra dans sa poche sans même oser la porter à son regard. Camille avait peur. Si peur tout à coup. Elle faillit lui dire de rester, de ne pas la laisser seule face à lui, cet étranger froid, son mari, qui épiait les moindres expressions sur leurs visages. Mais Doyle fut bien obligé de quitter la maison.

Sitôt la porte d'entrée refermée, Alex envoya Charlotte se coucher. Il ne tint absolument pas compte des protestations de la petite, l'accompagna en la poussant presque par les épaules et redescendit rapidement en jouant avec la clef de la chambre de La Terrible.

Il l'avait donc enfermée ? Pourquoi ? De peur qu'elle ne descendît et n'assistât à la scène qu'il n'allait pas manquer de faire ? Camille eut envie de se sauver. Jamais il n'avait enfermé Charlotte ! Qu'est-ce que cela signifiait ? Et quelle était cette lueur qui s'était allumée au fond de son regard, terrible, démente, identique, oui, parfaitement identique à celle qui avait brillé, terrifiante, un jour en pleine forêt lorsqu'ils avaient eu cette scène à propos de la mort d'Esther ? Il avait bien failli la battre alors…

Il se servit un verre et s'installa dans le canapé. Camille vint ranger les magazines que La Terrible avait laissé traîner devant le feu, tâchant de maîtriser le tremblement de ses mains. En faisant un immense effort sur elle-même, la jeune femme parvint à décoller sa langue de son palais et à articuler comme si de rien n'était, mais en fait *rien n'était*, sauf dans la tête d'Alex…

« Alors, Alex, raconte-moi pour ton exposition. »

Il ne lui répondit pas. Elle s'assit près de lui. Il lâcha alors, les dents serrées :

« Tout a été magnifiquement, le public et la critique m'ont encensé… Je n'étais revenu aujourd'hui que pour passer la soirée avec toi, l'exposition n'est pas terminée, en fait, on m'a offert de la prolonger d'une semaine et je voulais te l'annoncer en personne. Mais navré d'être rentré à l'improviste, ma chérie, je pensais te faire plaisir et t'annoncer encore une autre bonne nouvelle ; mes peintures ont plu à un Américain, enfin, un grand directeur de galerie. Il me propose un voyage au pays de l'Oncle Sam…

— Alex, c'est formidable ! »

De joie, Camille posa sa main sur le bras d'Alex, mais il la repoussa brutalement.

« Formidable, oui, je vais être absent souvent, tu pourras recevoir ton médecin ici, ce n'est peut-être pas la première fois, d'ailleurs… »

Sa voix avait brusquement changé d'inflexion. Elle était devenue aiguë, complètement méconnaissable, plaintive comme celle d'un gamin en colère.

« Mais enfin, Alex, tu sais bien que je ne connais pas cet homme, je ne l'ai jamais reçu ici, il avait juste besoin d'aide, c'est le médecin de Brives, je n'allais tout de même pas le renvoyer dans la tempête sans lui permettre de passer un coup de fil et de se sécher ! »

L'indignation lui donnait envie de pleurer. Mais finalement elle arriva à se contenir devant tant d'injustice – ou de bêtise…

« Voyons, il était en panne, je l'ai fait entrer, il avait les pieds mouillés, Charlotte lui a prêté tes vieilles pantoufles, voilà toute l'histoire ! »

Alex but son verre d'un trait. Ses mâchoires étaient violemment crispées et Camille remarqua qu'il serrait les poings de rage. Il n'avait absolument pas écouté la jeune femme et, poursuivant sur son idée, reprit mécaniquement, comme dans un jeu de fou.

« Et ça fait longtemps que ça dure ? Quand tu pars à Paris, il te rejoint, hein ? Tu me trompes, c'est tout. Tu es comme les autres, je ne peux pas avoir confiance en toi non plus. »

Il s'était levé, la forçant à en faire autant, serrant son poignet à le briser. Camille essaya vainement de ne pas montrer sa peur et sa douleur. Un masque de fureur démente avait coulé sur le beau visage de dieu païen d'Alex, le rendant méconnaissable. Avait-il bu ? Seigneur, qui était-il ? Camille se débattit, il finit par la lâcher et, frénétique, se mit à marcher de long en large devant la cheminée en vociférant tout seul.

Elle devait rêver, tout cela était un mauvais rêve, elle avait l'impression d'assister à la scène de l'extérieur. Elle tremblait sur ses jambes amollies, se demanda si elle allait s'évanouir de peur. Car la peur grandissait en elle devant cet étranger, son mari. Nouée dans son ventre, lovée au creux de son estomac comme une bête puissante, la frayeur la poignait si fort qu'elle décida de fuir vers sa chambre. Mais avant qu'elle n'eût pu s'échapper, il l'attrapa de nouveau, la força à lever la tête vers lui et reprit patiemment, comme un juge interrogeant un condamné :

« Alors, avoue, depuis combien de temps cela dure-t-il ? Combien de fois l'as-tu vu ? »

À ces mots-là, l'impuissance devant ce qui ne pouvait être que de la folie submergea Camille. Elle se redressa enfin, fit front, outrée.

« Je te dis que je ne l'ai jamais fréquenté avant, tu es fou avec tes histoires, ce n'est pas possible autrement ! Et lâche-moi, tu me fais mal, à la fin. »

C'était sorti d'elle, elle le pensait vraiment, tant pis. Ce n'était pas Hauteclaire qui le rendait fou, c'était en lui, tout simplement !

Cependant, il la fixait toujours dans les yeux, resserrant encore l'étau de ses doigts autour de son poignet. Et au moment où elle le traita de fou, Alex leva la main et la gifla si fort qu'elle en tomba sur le sol. Dès qu'elle fut à terre, la rage d'Alex décupla et il la bourra de coups de poing et de coups de pied, comme il l'avait fait avec le chien à Noël. Camille se replia instinctivement sur elle-même, protégeant sa tête et son ventre de ses mains. Elle réalisa qu'il avait perdu le contrôle de lui-même et qu'il allait la battre à mort. La flamme dans ses yeux, c'était l'étincelle de la folie et du meurtre, il la portait en lui depuis longtemps, depuis toujours peut-être. Dans un dernier réflexe, elle tenta de se relever en articulant péniblement :

« Alex, non, j'attends un enfant. Arrête, par pitié, arrête ! »

Il cessa un instant, effectivement, comme frappé par la foudre.

Elle se tenait à genoux devant lui, le visage baigné de larmes, les cheveux dénoués. Elle s'était mise à pleurer silencieusement et entendait comme dans un rêve Titan hurler de la cuisine. Le chien avait entendu ses cris. Charlotte aussi, sans doute, car Camille entendait vaguement tambouriner contre une porte, à moins que ce ne fût son cœur…

Alex prit la jeune femme par le menton et murmura doucement, un rictus ironique aux lèvres :

« Un enfant ? Un enfant de qui ? De moi ou de lui ?

— Mais de toi, bien sûr, de toi, depuis deux mois ! Je voulais être sûre avant de te le dire… Ce type est entré ici par hasard, je ne l'ai jamais vu avant. Comment veux-tu que je sois enceinte de lui ? Tu es malade ! » dit-elle, martelant la dernière phrase de tout son désespoir, la voix rauque, brisée, à force de crier.

Alors il releva un peu Camille et se mit à la battre méthodiquement, coups de poing, coups de pied, claques, en lâchant un bras, puis l'autre, jamais les deux. C'est quand il toucha son ventre que Camille se dit qu'elle allait mourir. Il lui avait donné un coup de pied si terrible que la douleur la plia en deux, monta en vagues jusqu'à son estomac, lui donna envie de vomir. Elle se mit à appeler au secours. Alex rit, continuant de lui tordre les bras comme s'il voulait les casser. Le démon riait au-dessus d'elle en vainqueur, ses lèvres minces retroussées sur ses dents blanches en une grimace cruelle de dément… Camille alors sentit ses forces s'échapper et commença à se sentir mal. Seigneur, il ne fallait pas qu'elle s'évanouît ! Qu'adviendrait-il d'elle, inconsciente, livrée à ce monstre ? La jeune femme trouva l'énergie de crier une dernière fois tandis qu'il levait son poing fermé sur son visage.

Au moment où il allait la frapper et la précipiter sans doute vers l'inconscience ou la mort, la porte du salon s'ouvrit avec fracas. Alex suspendit son geste. Une boule de poils couleur sable, grondante et aboyante, tous poils dressés et comme enragée, traversa le salon en un éclair et se précipita sur Alex. Quarante kilos de muscles en furie happèrent le bras de l'homme qui lâcha aussitôt la jeune femme. Elle s'éloigna de lui en rampant, trop faible pour se remettre debout, pouvant juste observer la scène, le cœur battant à un rythme frénétique.

C'était Titan, Titan, bon chien, chien si intelligent ! Comment avait-il fait pour se libérer ? C'était impossible, pourtant il était là ! Il était tellement en rage que c'était à croire qu'il n'y avait pas là un seul Titan, mais dix au moins, aboyant, mordant, lâchant la jambe d'Alex pour esquiver les coups, mais saisissant aussitôt son bras avec une force de tank en miniature, semant des étoiles de bave dans sa colère, féroce, méconnaissable. Camille n'aurait jamais cru que ce gros pataud soit aussi souple et prompt à la défendre, lui qui était le copain de tout le monde. Sauf d'Alex. Il ne l'aimait pas, lui qui l'avait injustement frappé. Et maintenant, il s'en prenait à sa maîtresse adorée... Alex essaya tant bien que mal de se garder des attaques du chien, ses bras saignaient, son pantalon était déchiré par les crocs puissants de l'animal, mais il parvint tout de même à se dégager et à lui décocher un terrible coup de pied dans les côtes... Il profita de ce que Titan reprît son souffle pour s'esquiver enfin. Ensanglanté, il leva le poing dans la direction de Camille en une ultime menace. Le chien, lui, se tenait déjà près de sa maîtresse et lui léchait le visage avec application. Elle avait pu saisir un tisonnier pendu près de la cheminée et elle le serrait dans sa main. S'il essayait encore de la frapper... Mais Alex articula en se tenant à la rampe d'escalier, gagnant l'atelier :

« Je tuerai ce chien et toi avec, si jamais tu dis une fois encore que je suis fou... »

Camille avait bien compris la menace, de toute façon il l'aurait tuée aujourd'hui même, si le chien n'était pas intervenu. L'animal se détendit, se coucha à côté de la jeune femme, le long de son corps douloureux. Le feu s'était éteint. Le froid saisit Camille. Elle se remit à genoux, s'accrocha à un fauteuil, réussit à se lever péniblement.

« Viens vite, Titan, il faut aller dans ma chambre, qu'on s'enferme avant qu'il ne revienne ici et voir Charlotte... »

Pas à pas elle gravit l'escalier, s'accrochant à la rampe, se tirant pour monter chaque marche, une nausée au bord des lèvres, le ventre pesant. Titan, derrière elle, ne la quittait pas d'une semelle. Elle fermerait la porte à double tour, bloquerait la poignée avec une chaise comme elle l'avait vu faire dans les films. Ainsi, il ne pourrait pas rentrer. Elle ne pouvait pas, même mentalement, prononcer « Alex ». Elle accéda enfin au palier, gagna la chambre de La Terrible et tourna doucement la poignée, l'appela tout bas. La porte résista puisqu'il avait enfermé la petite tout à l'heure. Elle avait dû entendre toute la dispute, pleurer, appeler, puis, épuisée, devait s'être endormie.

Mais alors, qui avait délivré le chien, si ce n'était pas Charlotte ?

***

Camille bloqua la porte de sa chambre comme elle l'avait imaginé et se jeta sur son lit. Elle sombra dans un sommeil profond comme un coma, mais agité de rêves et de cauchemars, de cris et de frissons. Elle se réveilla au milieu de la nuit, brûlante de fièvre et de douleur. Au-dessus d'elle, recroquevillée dans son lit, étincelait le rictus figé des lèvres d'Alex lorsqu'il la battait.

Envolé le prince charmant.

À trois heures du matin, elle ouvrit les yeux pour de bon, se redressa brusquement dans son lit, le cœur battant, certaine d'une chose ; cet homme, elle devait le quitter le plus vite possible ! Partir, oui, partir dès demain. Avant qu'il ne la battît encore une fois, possédé par une nouvelle crise de démence, mais à mort cette fois, car Titan ne serait pas toujours là pour la défendre.

Mais Charlotte ? Et Hauteclaire ? La maison, elle pouvait la laisser, même si cela lui coûtait gros. Quant à Charlotte, impossible… Elle retomba sur ses oreillers, remonta ses couvertures jusqu'au menton, grelottante. Peut-être allait-il regretter amèrement ce qu'il lui avait fait ? Le lui dire ? Cependant, même s'il allait jusqu'à s'excuser, qu'est-ce que cela changerait ? Il avait voulu la tuer. Jamais plus elle ne pourrait lui faire confiance, lui dire qu'elle l'aimait. D'ailleurs, elle ne l'aimait plus. Elle pensa qu'elle s'était détachée de lui petit à petit depuis son arrivée à Hauteclaire, même si au début tout semblait idyllique. Ce qu'il venait de lui faire subir était le point de non-retour de leur histoire. Et puis elle n'était pas de la race de celles qui adorent la main qui les bat. Elle qui ne supportait pas l'injustice, elle ne lui pardonnerait pas ce qu'il lui avait fait. Jamais. Elle passa avec prudence la main sur son visage tuméfié. Son corps lui faisait plus mal encore que tout à l'heure, maintenant que les muscles étaient refroidis. Son ventre surtout, lui, semblait une montagne. Se lever, le voir, rencontrer ou affronter son regard et endurer de nouveaux reproches, jamais plus elle ne le pourrait. Tout à l'heure elle ferait sa valise et repartirait pour Paris. Mais Charlotte ?

Camille voulut pleurer, mais elle n'avait plus de larmes, elle les avait toutes épuisées, persistait seule cette douleur qui montait en elle comme une lame de fond et la ravageait à chaque minute un peu plus…

18

À l'appel brusque de quelqu'un, au contact imprévu de quelque chose, faites-vous instinctivement un soubresaut? C'est que la mort, qui venait de s'abattre sur vous, vous quitte pour s'emparer d'un autre…

Camille sursauta brusquement.

Elle avait fini par s'endormir, rompue de fatigue et de chagrin jusqu'à ce qu'un sentiment de malaise ne l'éveillât. La jeune femme jeta un œil à sa montre. Cinq heures. Le chien dormait en boule sur le tapis au pied du lit. Sa présence ne l'apaisa pas, elle essaya de se lever, mais son cœur partit dans une course folle qu'elle ne parvint pas à maîtriser. Mon Dieu, elle allait mourir? Elle s'assit sur le bord de son lit, alluma la lampe de chevet, posa les pieds sur le parquet glacial avec d'infinies précautions. Une douleur poignante la plia en deux. Ce ventre…

Quel enfant était-elle en train de fabriquer là? Serait-il aussi brutal que son père? On dit que les hommes qui battent leur femme ont eux-mêmes subi des violences, ou ont vu leur père battre leur mère. Le père d'Alex se livrait-il à cela sur sa femme? Derrière ses lunettes rondes cerclées d'or et son regard de myope, cet homme rondouillard à l'air paisible qu'elle avait vu en photo était-il une sinistre brute ? Elle s'en moquait, après tout. Ses idées voltigeaient, il lui était impossible de penser à autre chose que ce cœur qui battait la chamade.

Elle ressentait une curieuse impression d'être ivre et silencieusement volubile… Camille essaya de souffler lentement, de reprendre le contrôle de son esprit, puis de son corps. D'abord calmer ce cœur endiablé. Non, elle n'allait pas mourir. C'était une crise de panique, rien d'étrange après la scène de tout à l'heure. Se lever. La tête lui tournait, elle finit par s'agripper à la boiserie du lit pour ne pas tomber. Une douleur sourde, continue à présent, lui labourait les entrailles. En même temps, elle se sentait infiniment fatiguée, tout mouvement lui demandait un effort surhumain. Elle finit par jeter un châle sur ses épaules, chaussa ses pantoufles. C'était pire que d'avoir couru un marathon. Son cœur filait à présent. Il ne battait plus si fort, non, on aurait dit au contraire qu'il palpitait vaguement. Elle se tint immobile un petit moment, cherchant ce qu'elle allait faire quand, soudain, elle sentit couler un liquide chaud le long de sa cuisse gauche. Avant même d'avoir relevé sa robe de nuit, elle savait ce que c'était.

Du sang.

Elle passa la main sur sa peau, la ramena à la lumière en tremblant. Elle était en train de perdre le bébé. Déjà le liquide poisseux coulait régulièrement, en un filet mince et continu. Ce sang épais et tiède qui s'échappait d'elle sans qu'elle pût l'arrêter fit redoubler sa panique. La vie de son enfant la quittait inéluctablement et la sienne n'allait pas tarder à suivre si elle n'était pas secourue. La terreur réussit à faire bouger Camille qui traversa sa chambre, ouvrit sa porte avec difficulté et marcha jusqu'à l'appartement d'Alex en pressant la robe de nuit entre ses jambes, mesure dérisoire pour entraver l'hémorragie.

« Alex, réveille-toi, il faut que tu m'emmènes à l'hôpital, je perds le bébé, Alex ! »

Elle eut beau tambouriner d'une main contre la porte, pas de réponse. Elle l'ouvrit, en désespoir de cause. Le lit était bien tiré. Par la fenêtre, dans la cour magnifiquement éclairée par la pleine lune, énorme, inquiétante, elle vit que sa voiture était partie malgré la neige épaisse. Il avait regagné Paris pendant qu'elle dormait. Un vertige l'étourdit. Elle réussit néanmoins à se traîner jusqu'à la porte de Charlotte. Faire ces quelques pas pour gagner la chambre de la petite lui coûta un immense effort. Elle finit par tomber à genoux devant le seuil, gratta le solide bois un temps qui lui parut infini. Peut-être avait-il emmené la petite avec lui ? Dans ce cas, le sort de Camille était signé, seule dans cette grande maison, sans aide... Mais un bruit de pas légers, la voix étouffée de La Terrible rendirent espoir à la jeune femme.

« C'est toi, Camille ? Je suis enfermée, ouvre-moi ! »

Dieu soit loué, elle était là !

« Charlotte, écoute, je ne peux pas t'ouvrir, je n'ai pas la clef et je suis très malade, il faut appeler un docteur d'urgence, mais le téléphone est en bas et je ne peux pas descendre. Mon portable est dans mon sac à main, en bas aussi, dans la cuisine... »

Camille sentit bien qu'elle n'avait pas la force de continuer de parler, ni de descendre les escaliers, traverser le hall, gagner le salon ou la cuisine pour prendre enfin un téléphone. Elle se laissa glisser sur le sol et entendit Charlotte frapper avec rage contre sa porte, l'appeler, puis elle s'arrêta. Titan, qui avait suivi Camille de la chambre, se mit soudain à gémir, oreilles dressées, guettant quelque chose. Une espèce de ouate enveloppait Camille à présent.

Elle dut crier à Charlotte qu'elle allait mourir, affaissée devant sa porte, mais avait-elle vraiment crié ou seulement murmuré ? La petite avait-elle entendu ? Ce n'était pas grave après tout. Elle n'avait plus mal et se sentait plutôt bien. Le bruit d'un marteau tapant sur une enclume battait mollement à ses tympans. Étaient-ce les poings de Charlotte contre la porte ou le cœur de Camille tapant à ses oreilles un rythme toujours égal mais de plus en plus lointain ? Elle ne ressentait plus de peine, ni de peur, ni de douleur. Seulement une très grande lassitude dans tous ses membres, comme après une longue, une épuisante course. Si ce n'était que cela la mort, on avait bien tort de la redouter, songea Camille. Toutes ces questions que l'on se posait à son propos, c'était inutile, finalement, c'était si simple et si *agréable*, presque… Comme un navire qui rentrait au port après un long et harassant voyage… Les voiles détendues battaient au vent, régulièrement, « tap, tap, tap », non, ce n'étaient pas les voiles, plutôt des pas, quelqu'un montait les escaliers.

Titan n'arrêtait pas de gémir, terrorisé. Les pas s'arrêtèrent à côté de Camille. Dans son malaise, elle ressentit un froid intense qui l'envahit brusquement. Un courant d'air glacial la pénétra jusqu'aux os, la fouetta, la tira de la douceur perfide dans laquelle elle se laissait glisser. Brusquement elle eut froid, si froid, c'était pire qu'au plus violent des hivers… Comme si elle venait de plonger toute nue dans l'eau glacée de la Théols et que les millions de poignards des gouttes d'eau lui transperçaient la peau de leurs pointes acérées.

Elle ouvrit enfin les yeux. C'était un terrible effort, le plus violent de sa vie !

« C'est bien, continue… Ouvre les yeux, sinon tu vas mourir ! »

Qui était là ? Une voix s'imprimait directement dans sa tête, lui semblait-il. Ouvrir les yeux, soit. Mais tourner la tête, c'était encore plus difficile. Pourtant elle voulait savoir… Est-ce que c'était…

« Alex ? »

Camille réussit enfin à soulever les paupières. Elle grelottait à présent, claquait des dents sans réussir à se maîtriser. Elle regarda lentement à droite, puis à gauche. Titan grognait toujours, le poil hérissé. Puis d'un seul coup, finalement vaincu par la peur, il se leva et dévala les escaliers à toute vitesse. Il avait peur, lui, si brave ? Il n'y avait personne pourtant ! Camille regarda du mieux qu'elle le pouvait autour d'elle. Personne, vraiment, de visible. Pourtant, elle aurait juré que quelqu'un était penché au-dessus d'elle, dispensant ce froid de tombeau qui l'empêchait de sombrer. Tous ses sens lui criaient *que quelqu'un était là.*

« Ne te laisse pas aller, reste éveillée, bats-toi ! »

La voix était douce, mais autoritaire. Féminine, sûrement. Durant quelques minutes, une demi-heure, Camille ne le sut jamais car elle avait perdu la notion du temps, la voix lui répéta cette même phrase comme une litanie, l'enveloppant de ce murmure, la laissant grelotter dans ce froid terrible qui faisait à la jeune femme l'effet de claques sur la figure. Jusqu'à ce qu'elle entendît une voiture s'arrêter devant la maison et des pas affolés gravir l'escalier. Camille perçut une voix d'homme et une autre, jeune, flûtée, d'enfant, oui, c'était Charlotte, Charlotte…

Alors le froid lentement la quitta et la voix dans sa tête s'éteignit. Doyle trouva Camille allongée devant la chambre de La Terrible, blanche et baignant dans son sang, mais vivante.

19

Certaines âmes sont condamnées à faire pénitence jusqu'à ce qu'un gland, ramassé le jour de leur mort, soit devenu un plant de chêne propre à quelque usage.

« Je lui avais bien dit, docteur, que cette maison portait malheur, elle n'a pas voulu me croire ! Et vous voyez, elle a failli mourir. J'espère qu'elle va partir maintenant ! Avant qu'il ne soit trop tard ! »

Le médecin baissa un peu plus la vitre de sa voiture. Il venait de croiser Anselme qui rentrait chez lui sans doute après avoir visité une patiente qui ne pouvait se déplacer.

« Allons, allons, ne dites pas cela… Madame d'Estruval est tombée dans l'escalier, elle a perdu connaissance, ce genre d'accident arrive, vous le savez bien… »

Anselme s'occupait des chevaux depuis l'hospitalisation de Camille, quinze jours déjà. Il nourrissait le chat aussi, tout en restant le moins possible dans la maison vide.

« Je vous ramène ? »

Anselme accepta et Doyle s'assit bientôt à la table de la cuisine du rebouteux, un bon café fumant devant lui. Il y eut un moment de silence puis le médecin prit sa tasse et but à petites gorgées.

« Dites-lui qu'elle est en danger là-bas, répéta Anselme. Dites-lui de partir, elle vous écoutera peut-être, après ce qui s'est passé...

— Ne vous faites pas de souci, je vais la voir tout à l'heure, je la mettrai en garde de votre part. Mais vous savez, une chute peut arriver n'importe où et... »

Le vieux haussa les épaules.

« Ne prenez pas cette peine, docteur, *je sais* ce qui est arrivé, je suis allé voir Camille à l'hôpital ce matin et elle a bien voulu me parler. Il ne faut pas qu'elle reste là, toute seule dans cette maison pleine de hantises. Maintenant, elles vont *se réveiller*...

— Que voulez-vous dire ?

— Oh, vous ne me croiriez pas, si je vous disais. Je ne suis qu'un vieux rebouteux de campagne qui vit ici depuis tellement longtemps... et vous un scientifique. Dites-lui simplement de quitter ce lieu maudit. »

Doyle soupira, consulta sa montre rapidement, s'excusa auprès du vieux et sortit dans le froid vif, remontant son col. Sa voiture dérapa sur la neige.

Que voulait dire Anselme avec ces « hantises » qui allaient se réveiller à présent ? Ce n'étaient pas des fantômes qui avaient voulu tuer Camille, mais bel et bien son mari qui l'avait battue à mort, ou presque. Elle en avait perdu le bébé. Pauvre fille, elle semblait absente, perdue... C'est lui qui avait volé à son secours, grâce à Charlotte. Sacrée gamine. Il revit le visage de La Terrible quand elle lui avait ouvert la porte d'entrée. Bouleversée, bien sûr, on le serait à moins... Elle lui avait rapidement expliqué ce qui s'était passé après son départ. Son père l'enfermant dans sa chambre pour la première fois. Les échos de la dispute, les cris de Camille, les hurlements du chien puis le silence, terrifiant. Enfin, elle avait désigné l'étage du menton.

« Elle est là-haut, mais je ne vais pas avec toi. J'ai peur qu'elle soit morte. S'il te plaît, dépêche-toi ! »

Doyle s'était souvenu avoir lâché vivement la main de la petite et avoir grimpé les escaliers quatre à quatre. Sur le coup, en apercevant la jeune femme immobile dans une mare de sang sur le palier, il avait pensé être arrivé trop tard. Il avait senti un courant d'air glacial le frôler au moment où il s'était agenouillé près d'elle pour prendre son pouls.

Il avait eu un soupir de soulagement. Elle vivait.

La suite avait été rapide. Il avait appelé les urgences de son portable tout en donnant les premiers soins à la jeune femme. Elle n'avait toujours pas repris connaissance quand les infirmiers l'avaient hissée sur la civière puis dans l'ambulance. La petite main de Charlotte, à ce moment-là, s'était glissée dans la sienne.

« N'aie pas peur, elle va s'en sortir, Charlotte. Mais il faut prévenir ton père, tu ne peux pas rester toute seule ici en attendant le rétablissement de Camille. »

La main avait quitté la sienne, brusquement.

« Je n'irai pas avec lui, jamais, plus jamais. Ni chez mamie Céleste, elle est malade et je ne veux pas. Je veux rester avec toi. »

Et elle se mit à pleurer. Doyle se redressa, un pincement au cœur.

« Écoute, je t'emmène, mais je vais quand même appeler ton père. Je vais te déposer chez ma sœur Jenny. Elle a une fille du même âge que toi, Chloé. »

Ce n'est qu'une fois installée dans la voiture que Charlotte, le visage enfoui dans la fourrure tiède du chien, lui raconta le récit complet de sa nuit terrible.

« J'ai entendu une horrible dispute après ton départ, des cris, les aboiements du chien… J'ai essayé de casser la porte, la serrure, mais je n'y suis pas arrivée. J'ai pleuré aussi, j'ai hurlé et à un moment, très tard, je me suis endormie, j'étais fatiguée, très fatiguée. Et puis je me souviens que j'ai eu froid, d'un coup et puis quelqu'un m'appelait, je me suis réveillée et j'ai entendu un grattement à ma porte de chambre. Camille me disait qu'elle allait mourir. Moi, j'étais toujours enfermée, je ne pouvais pas sortir ! Alors j'ai vu la fenêtre, je me suis dit qu'il n'y avait que ça à faire, l'ouvrir. J'ai agrippé le rebord et je me suis laissé glisser sur la marquise de la porte d'entrée, ma chambre est juste au-dessus. Après, j'ai sauté dans la neige.

— Tu as sauté ? Mais la marquise est au moins à deux mètres de haut ! Et il faisait noir, tu as dû avoir terriblement peur…

— Il y avait la lune, on y voyait comme en plein jour et un gros tas de neige a amorti ma chute. Et puis je me suis assise pour sauter, ça fait moins peur.

— Et après, qu'est-ce que tu as fait ?

— Qu'est-ce que tu voulais que je fasse ? J'ai vu que la voiture de mon père n'était plus là, alors je suis rentrée dans la maison. J'ai pris le téléphone et je t'ai appelé… Dans son sac à main Camille avait laissé ta carte avec ton numéro… Après, je t'ai attendu. J'avais trop peur de monter. Et *la dame était auprès de Camille.* »

Doyle avait regardé Charlotte sans comprendre.

« Quelle dame ? Camille était toute seule quand je suis monté…

— Bien sûr, tu ne peux pas la voir, dit Charlotte d'un ton désinvolte. Mais moi, je sais qu'elle nous protège, Camille et moi. C'est elle qui a libéré Titan. »

Doyle avait préféré ne pas relever. *Les hantises* d'Anselme revinrent à son esprit. Voilà que la petite allait croire à ces idioties aussi ? Ce n'était pas la maison qui était responsable de l'état de la jeune femme. C'était Alex. Camille avait perdu beaucoup de sang lors de sa fausse couche. Les médecins – et lui-même – avaient craint pour sa vie. Durant six longs jours, elle avait été considérée comme perdue, brûlant d'une fièvre continue et implacable. Enfin, le septième matin, un dimanche, tandis que Doyle était là près du lit à se demander si elle allait se réveiller un jour, elle avait ouvert les yeux. Depuis, le jeune médecin allait la voir dès que ses visites aux malades lui en laissaient le temps.

Il avait finalement trouvé le numéro du portable d'Alex et avait laissé message sur message sur le répondeur. Pas de nouvelles. Disparu, envolé. Bon sang de cinglé. Il songea à la jeune femme avec tristesse. C'était un peu à cause de lui que ce drame était arrivé. Il n'aurait pas dû revenir là, quand sa voiture l'avait lâché, aussi ! Comment aurait-il pu deviner que cet Alex était un fou dangereux ?

Doyle admira la beauté du paysage sous la neige. Elle tenait bon depuis près d'une quinzaine de jours. Un bel hiver, vrai comme en Irlande. Il roulait au pas, néanmoins il arriva bientôt devant le mur d'Hauteclaire. Il avait promis à Charlotte d'aller y faire un tour pour voir les chevaux. Il irait voir Camille à l'hôpital tout de suite après.

La jeune femme avait exercé sur lui un attrait rare. Cependant, comment allait-elle réagir après sa convalescence ? Pardonnerait-elle à Alex ? Le quitterait-elle ? Quitterait-elle aussi cet endroit ? Il avait eu la prudence de faire noter par les médecins de l'hôpital les traces de coups qu'elle portait. Cela l'aiderait pour le divorce, si elle voulait divorcer ou porter plainte.

Camille ne parlait presque pas, trop faible encore. Hier seulement elle avait posé la main sur la sienne. Il venait de lui expliquer que Charlotte s'impatientait de ne pas la voir, qu'elle était comme une sœur avec Chloé…

« Merci… » avait-elle murmuré.

À ce moment très précis, oui, à ce moment-là, il aurait voulu la prendre dans ses bras et la réconforter. Effacer les marques sur son corps, sa souffrance et les cernes mauves sous ses yeux. Lui dire qu'elle allait s'en sortir, qu'un jour sûrement elle porterait un autre bébé, qu'un type bien l'aimerait. Elle paraissait tellement fragile. Doyle passa la main dans ses cheveux. Il la connaissait à peine et pourtant, il lui semblait qu'elle était en lui depuis des temps immémoriaux. Curieuse impression.

Il accéléra un peu ; sa voiture patina sur les deux sillons verglacés de la route puis longea le mur d'Hauteclaire. Par un pan écroulé du muret, loin de l'entrée, on pouvait voir la maison. Il s'arrêta quelques instants. Devant la façade blanche et impassible de la demeure, Doyle vit une voiture. Un petit coupé sport inconfortable et coûteux qu'il avait vu une fois déjà et qu'il reconnut immédiatement. Ainsi, il était revenu. Alexandre d'Estruval était là. Il allait sans doute se rendre au chevet de Camille. Doyle sentit la colère le gagner. Il appuya sur l'accélérateur et passa devant la propriété.

20

Il est de la dernière imprudence de sortir de chez soi le soir de la Toussaint. À cette heure d'épouvante où toutes les tombes sont vides, invisibles pour les uns, visibles pour les autres, les trépassés se répandent dans la campagne et tous les chemins pour se diriger en hâte vers les lieux qu'ils ont habités autrefois…

« Camille, ma chérie, comment allez-vous ? » dit Céleste l'air préoccupé.

Alex l'avait envoyée en éclaireur dans la chambre de la jeune femme. Céleste se sentait très fatiguée, très malade. Et que s'était-il donc passé à Hauteclaire, réellement passé ? Alex lui avait dit que la jeune femme était tombée dans l'escalier.

« Elle a perdu le bébé ? » s'était écriée Céleste.

Alex lui avait raconté la dispute « due à la présence incongrue de ce médecin sous son toit, les pieds dans ses pantoufles… ». Céleste avait baissé les yeux quand il s'était tu et n'avait rien ajouté.

Quant à Charlotte, la petite n'avait tout bonnement pas voulu voir son père, ni venir à l'hôpital en sa compagnie. La Terrible s'était farouchement rebellée à cette idée, crachant comme un chat en colère « qu'elle se sauverait plutôt que de voir Alex ». Elle avait d'ailleurs dit « Alex » et non « papa ». Sa détermination sur son visage fragile ne faisait aucun doute. La petite était venue la veille avec Jenny. Elle avait passé les doigts dans les cheveux de Camille répandus sur son oreiller, tout emmêlés, rivière d'or terne et sans vie. Finalement, comme Jenny venait de quitter la chambre avec Chloé pour partir, elle avait avalé sa salive et murmuré la question qui lui brûlait les lèvres depuis des jours.

« Dis, Camille, tu ne me laisseras pas avec eux, n'est-ce pas ? Tu m'emmèneras avec toi quand tu partiras ? Mamie n'a pas voulu me garder quand j'étais petite et maintenant elle est malade et Alex… je ne veux pas. Plus jamais. »

Il ne faisait aucun doute pour elle que Camille allait quitter son père et Hauteclaire. L'angoisse de la fillette était sans nom. Si Camille partait, il ne lui resterait plus personne au monde.

« Ne t'inquiète pas, ma puce, articula Camille en essayant de sourire, je ne vais pas te laisser tomber. Promis. Tu sais bien que je t'aime. »

Charlotte avait remarqué qu'il n'y avait pas eu l'ombre d'une hésitation dans la réponse de la jeune femme. Le visage de l'enfant se détendit enfin, la joie y revint. Elle s'enfuit vers la porte.

« J'entends Jenny m'appeler. Camille, je reviens demain et tu sais, je t'aime… »

Camille avait fermé les yeux douloureusement. Alex était en droit d'exiger que la petite partît avec lui à Hauteclaire ou à Paris. C'était sa fille… à moins qu'il ne fût jugé inapte, violent… Et bien sûr, elle ferait tout pour lui enlever la petite.

Céleste soupira, tirant Camille de ses pensées qui, pour l'instant, se bornait à savoir si Alex était venu avec sa mère ou pas. Rien qu'à cette idée, le revoir, ses doigts se crispaient sur la sonnette d'appel. Comme elle s'y attendait, Céleste dit enfin :

« Alex est là, il veut vous voir. »

Camille avala sa salive avec difficulté. Il fallait bien en passer par là. D'ailleurs elle avait pris sa décision depuis l'instant où il l'avait frappée : le quitter. Mais il allait falloir jouer au plus fin pour obtenir qu'il laissât Charlotte.

Alex affichait ses beaux vêtements souples et un air arrogant qui tout de suite mit tous les sens de Camille en alerte. Il tourna quelques minutes dans la chambre comme un grand fauve à l'étroit dans une cage, puis se jeta soudain à son chevet. Ce mouvement inattendu la fit sursauter.

« Je te demande pardon ! » lâcha-t-il en regardant la jeune femme, veloutant son regard de tendresse, cherchant sa main sous le drap, une petite main froide qu'elle bougea immédiatement avant qu'il ne la frôlât.

La Camille d'autrefois aurait sûrement pardonné. Mais voilà, cette Camille-là était morte avec le bébé. Ce n'était plus vraiment la même personne en face d'Alex, elle avait mûri durant ces événements, elle se sentait même vieille comme le monde. Quant à lui, il ne ressemblait plus guère à celui qu'elle avait épousé. Il ne restait rien de lui qu'un homme brutal, un malade qui avait tué leur enfant et failli la faire mourir sous ses coups.

Son pardon ! Il ne doutait de rien ! Elle ne pardonnerait pas, elle ne le pouvait pas, c'était simple. Trop de douleur. Une sensation de vide absolu. Un chagrin sans précédent pour elle, avec un sentiment de solitude inexorable et de désespoir. Pour son bébé mort, mais aussi pour ses rêves détruits : une vie tranquille au cœur d'une grande maison blanche, vaste comme un bateau, aux côtés d'un mari dont elle était follement éprise... Coulé le bateau, disparus les projets, mort cet avenir-là.

Quinze jours qu'elle était couchée dans ce lit, lui avait appris Doyle. L'opération, puis un trou noir et cette impression de sortir d'une lutte acharnée. À présent, il ne lui restait rien. Ni Hauteclaire, ni peut-être même Charlotte ; elle allait devoir se battre pour démontrer juridiquement qu'il ne pouvait assumer la garde de la petite. Mais combien de temps cela prendrait-il ? Et que deviendrait La Terrible durant tout ce temps ? Céleste s'approcha du lit.

« Je sors, je ne me sens pas très bien, je vous laisse seuls, trouvez un terrain d'entente, si cela est possible... »

Céleste rassembla ses affaires et referma doucement la porte sur elle. Alex fixa Camille de nouveau, cherchant sa main sous le drap.

« Si tu savais comme je regrette ! Je suis devenu fou de rage quand je t'ai trouvée avec ce type. Je ne t'avais pas vue depuis une semaine... et en rentrant tu étais là, avec lui, dans le canapé... J'ai vu rouge. »

Il s'était assis sur le bord du lit, l'air contrit d'un gamin fautif.

« Tu as vu rouge, oui... c'est le mot et c'est peu dire... Non mais tu te moques de moi, ignoble salopard ? Tu as failli me tuer et si le chien n'était pas intervenu, je serais morte. Alexandre, Alexandre, tu as failli massacrer ta femme pour un vague soupçon... Tu te rends compte de ce que tu as fait ? Je n'en ai pas l'impression... Tu m'as fait perdre mon bébé, *notre* enfant, Alex, *notre* petit et pas celui d'un autre, oui, tu m'as tellement battue que l'enfant en est mort... Tu accuses la maison, mais je crois que tu es malade depuis longtemps, depuis la mort de ta sœur, peut-être même avant. Seule la folie peut expliquer ton comportement, ton geste de démence ce soir-là, me battre à mort... Voilà. Nous en avons déjà discuté. Je ne peux plus rien pour toi. Je ne veux plus jamais avoir affaire à toi. Je vais repartir pour Paris dès que je pourrai me lever de ce lit. »

Il ne répondit rien. Elle poursuivit, essoufflée, bouleversée par la colère et un nouveau sentiment qu'elle éprouvait depuis peu envers lui : la haine.

« Jamais, m'entends-tu, jamais, je ne retournerai vivre avec toi. Je ne crois pas que tu puisses changer, même si tu me le promets... Je ne veux plus te voir. C'est fini. Fiche-moi la paix, va-t'en, tu me dégoûtes. »

Il parut soudain aussi désarmé qu'un petit garçon et, s'abattant brusquement sur le lit, il enfouit son visage dans le bras tiède de la jeune femme, sanglotant de longues minutes. Camille se retira violemment de l'étreinte d'Alex comme si un serpent l'avait piquée. Elle se serait jetée hors du lit plutôt que de le sentir contre elle. Le téléphone heureusement se mit à sonner et Camille décrocha.

« Ah, c'est toi ? Oh, tu ne peux pas savoir comme cela me fait plaisir de t'entendre... Je vais mieux, oui... Bien sûr. On se reverra à ma sortie. Cela ne devrait plus être long maintenant. »

Alex se redressa brusquement, comme piqué par une nouvelle colère, ses yeux étincelants encore humides de larmes.

« Qui est-ce ? » lança-t-il sèchement.

Le cœur battant, Camille posa la main sur le combiné pour que son interlocuteur n'entendît pas.

« Fran, qui veux-tu que ce soit ? »

Elle reprit :

« Franie, écoute, Fran, je vais peut-être te revoir plus tôt que prévu, je vais remonter à Par… »

Elle n'eut pas le temps de finir sa phrase, Alex avait saisi le téléphone de Camille et avait coupé la conversation.

« Je ne veux pas que tu partes, je t'aime, si tu savais seulement comme je t'aime ! »

Ses yeux étincelaient. Camille se recroquevilla dans son lit. C'était un fou, malade de jalousie. Il fallait partir, fuir, ne jamais le revoir. Heureusement elle avait pu saisir la sonnette d'appel de la chambre sans qu'il la vît lorsqu'il s'occupait du téléphone. Elle la tenait bien serrée au creux de sa main. Elle pouvait appeler au secours. Elle continua cependant :

« Tu m'aimes, mais tu ne me crois pas quand je te dis que le médecin n'était pour moi qu'un visiteur amené par la tempête. Et là, tu ne me crois pas quand je te dis que Fran m'appelle… Écoute, c'est fini, martela-t-elle. Tu m'as frappée, tu as failli me tuer et tu continues ton cinéma… C'est terminé, je te le répète, vas-tu comprendre à la fin et me laisser tranquille ? Je vais demander le divorce, que tu le veuilles ou non. Mais en tous les cas, je ne suis plus madame d'Estruval, j'ai cessé de l'être quand je t'implorais d'arrêter de me battre cette nuit-là… Fais une croix sur moi. C'est fini, fiche le camp ! »

Épuisée par tant d'émotions et de fatigue, elle ajouta en ayant un geste las, sa main retombant sur le lit comme une chose morte.

« J'aimais Hauteclaire et Charlotte et notre vie au-delà de tout, mais tu as cassé quelque chose définitivement. Jamais, après ce qui s'est passé, il ne me sera possible de recommencer la vie à tes côtés comme si de rien n'était.

Jusqu'à ta prochaine crise de jalousie où là tu me tueras… »

Alex fit un effort pour se reprendre. Il finit par prendre une chaise et s'asseoir. Réfléchissant. Puis il murmura :

« Ne pars pas… Hauteclaire, c'est ta maison. Restes-y, c'est moi qui vais partir… »

La respiration de Camille s'accéléra. Avait-elle bien compris ses paroles ? Partir, lui ? Il reprit d'une voix lasse, comme à contrecœur :

« Le soir de notre… euh, dispute, je t'ai dit que mes peintures plaisaient, c'est vrai et j'ai surtout décroché un contrat avec un directeur de galeries lors de mon exposition. Il organise une tournée aux États-Unis de jeunes artistes européens. Il m'a choisi, je suis intégré à son groupe. C'est une chance incroyable pour moi. Je pars dix mois là-bas pour exposer. Tu peux donc rester à Hauteclaire, je n'y serai plus ! »

Camille avait du mal à en croire ses oreilles. Était-ce un piège qu'il lui tendait ? Il avait l'air sincère. Elle savait qu'il ne fallait pourtant pas se fier à ses apparences.

« Et Charlotte ? »

Sa première pensée fut pour La Terrible après cette offre incroyable.

« Je n'emmène pas une gamine de cet âge là-bas. Ce ne serait pas drôle pour elle, ni pour moi. Je me suis dit que tu pourrais la garder. D'ailleurs, je sais qu'elle m'en veut pour beaucoup de choses. Elle ne veut plus me voir. Inutile que je la contraigne. »

Incrédule, Camille observait attentivement le beau visage d'Alex. Elle n'y lut rien d'autre qu'un apparent repentir.

« Alors ? »

Il avait finalement saisi sa main, ce dont elle ne se rendit même pas compte tellement elle restait sidérée par sa proposition.

« Alex, délivre-moi d'un doute, tu n'espères pas que je te pardonne à ton retour, n'est-ce pas ? Dix mois ou dix ans, c'est pareil, ce sera toujours pareil pour moi. Une nouvelle vie commune serait un impossible enfer. Je ne veux pas vivre en Enfer. Alors si tu caresses un hypothétique espoir de réconciliation, oublie-le. »

Alex lâcha la main de la jeune femme brutalement. Il parut méditer quelques instants encore et un rictus amer, qui se voulait peut-être un sourire, éclaira brièvement son visage.

« Je vais faire mieux que te laisser la jouissance de la maison, pour employer tes termes. Je vais te tranquilliser, te rassurer et te la donner. Ce sera mon cadeau d'adieu. Pour essayer de te faire oublier le mal que je t'ai fait. Je sais que tu adores cet endroit. Tu y seras chez toi, pour toujours. »

Camille crut qu'il se moquait d'elle, une dernière farce.

« Mais enfin, Hauteclaire, il n'y a que là que tu puises ton inspiration… Et Charlotte ? Tu renonces à la voir aussi ?

— C'est simple. Je garde un droit de visite pour voir ma fille, mais je pense qu'elle sera plus heureuse avec toi, je te la laisse. Si tu es d'accord, dans un an, quand la tournée sera terminée, je viendrai me ressourcer, peindre un peu. Tu me recevras comme – il eut une hésitation – comme un ami en visite. Si tu ne le souhaites pas, j'irai chez ma mère et je reviendrai juste peindre sur la propriété. »

Camille réfléchissait le plus vite possible, mais tout cela lui paraissait tellement impossible… Trop beau pour être vrai, chantonnait la voix lointaine de Fran, lorsqu'elle l'avait mise en garde contre Alex…

« Réfléchis, je t'apporterai les papiers officiels de donation et de divorce, disons à l'amiable, dans quelques jours si tu es d'accord. Le notaire est un ami. Il acceptera que tu signes sur ton lit d'hôpital. Moi, je dois rentrer le plus vite possible à Paris. »

Il voulut embrasser Camille sur la joue, mais elle détourna la tête.

« À demain. Pense à ce que je viens de te proposer. »

Quand il eut quitté la pièce, Camille put enfin respirer librement. Tout tourbillonnait dans sa tête. Hauteclaire, Charlotte, il suffisait de dire « oui » et elle pourrait les garder… Elle n'y croyait pas encore. Elle se dit qu'Alex était étrangement généreux. Donner sa maison, confier sa fille… Camille réfléchit longuement. Au fond, elle savait qu'il ne se plaisait pas à Hauteclaire, il le lui avait dit et lui avait demandé de déménager même. Voilà qui expliquait son geste. Quant à Charlotte en Amérique, elle aurait été un fil à la patte et un frein à sa vie d'artiste, telle qu'il la concevait. Camille se détendit un peu. Elle lâcha le bouton de la sonnette d'appel qu'elle tenait cachée sous ses draps.

21

Quand une personne a perdu son amie, pour que la morte ne vienne pas lui faire peur, qu'elle plante une épingle dans son suaire.

Alex partit pour Paris, puis pour l'Amérique.

Blottie devant le feu à Hauteclaire, Camille ressembla d'abord à un coquillage vide abandonné par la vague. Elle ne faisait rien de ses journées, regardant seulement danser les flammes de la cheminée durant des heures, l'esprit comme engourdi, mais le cœur plein d'angoisse à l'approche du soir. Les nuits étaient terribles, elle faisait sans cesse des cauchemars et se réveillait en nage, le cœur battant comme un tambour. Hauteclaire, à son image, semblait s'être recroquevillée encore plus sous l'hiver décidément très dur. Le gel accrochait des stalactites de glace aux appuis de fenêtres. Un grand silence s'était étendu sur la maison. Même Charlotte parlait moins, jouant silencieusement avec le chien ou travaillant à ses devoirs après l'école sans piper mot.

« Charlotte, apporte des bûches, s'il te plaît, j'ai froid. »

Camille n'arrivait pas à se réchauffer depuis la perte du bébé. Comme si le froid de tombeau, qui l'avait saisie et empêchée peut-être de céder à la mort avant l'arrivée des secours, la pénétrait encore jusqu'à la moelle des os. Elle avait beau réfléchir, elle ne parvenait toujours pas à expliquer d'où venait la voix impérieuse qu'elle avait entendue lors de son malaise sur le palier, ni ce froid de sépulcre, ni les pas dans l'escalier s'arrêtant à côté d'elle. Était-ce le délire de la fièvre ?

Souvent aussi elle songeait à Titan. Qui l'avait délivré ? Il n'avait pas pu le faire tout seul, elle savait qu'elle l'avait enfermé dans la cuisine à double tour. Enfin, ce brave Titan si courageux face à Alexandre, pourquoi l'avait-il abandonnée brusquement en geignant, la laissant seule sur le palier lorsqu'elle attendait du secours ?

Doyle lui avait rapporté ce qu'avait raconté Charlotte au sujet de l'intervention protectrice de « la dame ». Camille avait haussé les épaules. Elle ne trouvait pas d'explications convaincantes, elle verrait plus tard. C'était désormais sa phrase préférée. Oui, elle verrait plus tard. Elle repoussait tous ses soucis, ses peurs et ses questions au fond de son esprit. Plus tard ! Quant à Alex… parti depuis trois semaines déjà. Camille ressentait un immense besoin de silence et de calme, de ne plus penser à lui, abolir les souvenirs même de leur courte vie passée ensemble. Elle avait envie de pleurer souvent, comme au moment où il avait quitté la chambre d'hôpital, triste et les épaules voûtées. Il venait de lui faire signer l'acte de donation d'Hauteclaire qu'elle avait lu rapidement, signant à la hâte, craignant qu'il ne se rétractât. Il avait eu un pauvre sourire.

« Prends ton temps avant de lier ta vie à celle de cette maison… »

Mais elle avait signé très vite.

« Nous sommes bien le 3 février, n'est-ce pas ? »

Il avait fait oui de la tête, elle lui avait rendu la liasse de feuillets dûment paraphés. Il avait regardé encore Camille, s'était levé à regret.

« Eh bien, les dés sont jetés. Hauteclaire t'appartient. J'écrirai ou je téléphonerai de temps en temps pour ne pas perdre le contact avec Charlotte. »

Il s'était retourné vers Camille au moment de refermer la porte. Il avait semblé à la jeune femme que la tristesse, feinte ou réelle, elle ne savait pas, l'avait rendu encore plus beau qu'auparavant.

« Ne pas pleurer. Si tu pleures, tu es fichue, ma vieille… » s'était-elle dit.

La porte, enfin, s'était refermée sur lui.

Camille avait été soulagée de ce départ, mais au fond d'elle, avait longtemps perduré, obsédante, une incessante peur. Peur de quoi ? De lui, de le voir surgir brusquement, peur de la mort qu'elle avait frôlée, peur de sa vie amputée d'Alex, du bébé et de ses illusions de bonheur. Une petite voix lui chuchotait qu'elle n'aurait même pas dû rester à Hauteclaire. Rien accepter de sa part. Fuir, emmener Charlotte et quitter la maison. C'est ce que lui avait répété Fran.

« Voyons, Camille, ça ne te paraît pas bizarre qu'il te donne sa maison, crac, comme ça, te laisse la garde de l'enfant et disparaisse de ta vie aussi facilement ? Je suis sûre qu'il mijote un mauvais coup… »

Fran avait peut-être raison. Mais Camille n'avait pas eu le courage. Elle ne pouvait pas tout perdre d'un coup. Doyle lui téléphonait tous les jours. Elle lui demanda du temps avant de le revoir. Il fallait qu'elle cicatrisât, comme elle le lui dit. Il comprit, mais la soutint beaucoup et elle devinait qu'en cas de besoin, elle n'aurait qu'un mot à dire et il serait là.

« Est-ce que je peux inviter Chloé pour le goûter ? »

La Terrible s'ennuyait à colorier un manga compliqué.

« Plus tard, s'il te plaît. »

La petite se planta en face d'elle et le chien la suivit déposant une balle en caoutchouc à ses pieds, en guise d'invitation au jeu.

« Pourquoi ?

— Parce que, pour l'instant, je ne suis pas en forme, ma puce… J'ai déjà remercié Jenny d'avoir pris soin de toi, tu inviteras Chloé plus tard. Invite donc Margot, elle est plus proche de nous, sa mère la reprendra tout à l'heure…

— D'accord. »

Pendant que La Terrible téléphonait, la jeune femme prépara des pains perdus et du chocolat chaud. Tandis qu'elle cassait les œufs dans une jatte, la petite, qui avait reposé le combiné et la regardait faire, lui demanda :

« Et Doyle ? lui aussi, tu l'as remercié ? Il a été gentil avec nous, il s'est inquiété pour toi, tu sais. »

Camille laissa tomber son fouet sur le carrelage de la cuisine.

« Oui… non, bredouilla-t-elle. Écoute, Charlotte, pour l'instant, après tout ce qui s'est passé, je ne suis pas bien. Plus tard j'inviterai Jenny, Chloé et Doyle à manger. Pour l'instant, j'ai besoin d'être un peu seule, tu peux comprendre, non ? J'ai du chagrin. Il me faut un peu de temps et tout ira mieux après. Doyle, je lui parle au téléphone. »

La fillette quitta la cuisine sans répondre et entraîna Titan dans une partie de balle. Camille soupira, espérant que l'enfant comprendrait. Quant à Doyle… il était venu la voir presque tous les jours à l'hôpital, même lorsque les visites n'étaient pas encore permises, sauf pour le personnel médical. Cher Doyle ! Elle devait faire le point, calmer ses terreurs avant de reprendre le cours d'une vie normale, trop besoin de se retrouver seule, d'accuser le deuil de ce qui lui était arrivé. Tout lui semblait difficile à réaliser. Elle n'avait pas récupéré ses forces. Cependant, peu à peu, elle apprit à endormir sa douleur, à faire des choses simples, se rythmer sur la vie à Hauteclaire et à la caler sur une certaine rassurante routine ; s'occuper des chevaux, entretenir la maison, écrire, être disponible pour Charlotte surtout. Dans ses moments de mélancolie, pendant que la petite était à l'école, Camille errait dans la maison silencieuse, l'atelier vide, dans le parc et le chemin giflés de giboulées piquantes. La sérénité d'Hauteclaire la calma doucement. Certaines nuits de cauchemars cependant, elle se réveillait en sursaut et se demandait si Alex n'allait pas revenir. Il était sorti de sa vie si rapidement. Et il lui avait donné Hauteclaire et la garde de La Terrible sans mal aucun…

Qui était le vrai Alex ?

Celui qui lui donnait Hauteclaire sans condition ou l'homme qui la battait, infernal, un rictus de démence aux lèvres ?

Camille fit changer toutes les serrures de la maison. Elle acheta en secret un petit pistolet à l'œil noir et rond qui la rassura un peu. Elle défendrait sa vie et celle de Charlotte, s'il le fallait.

Peu à peu, elle dormit plus tranquille.

Elle répondit enfin aux coups de fil que Doyle ne manquait pas de lui donner. Oui, ils se reverraient bientôt.

À la fin de l'hiver, deux mois après son entrée à l'hôpital, elle sentit qu'elle allait un peu mieux et fit à nouveau de modestes projets.

22

Il n'est pas bon de balayer la maison après le coucher du soleil. On risquerait de balayer, avec la poussière, les âmes des morts qui, à cette heure-là, obtiennent souvent la permission de rentrer dans leur ancien logis…

Ce fut un vrai régal d'observer le réveil de la nature à Hauteclaire. Les petites feuilles d'un vert tendre acidulé avaient fait éclater les bourgeons collants. Les jonquilles, les perce-neiges et les jacinthes sauvages crevaient déjà le sol et mettaient des taches de couleur partout dans le parc. Charlotte en avait déjà empli des vases entiers, mais la richesse semblait inépuisable.

De très bonne heure, parfois même avant que le soleil ne fût levé, les oiseaux donnaient de véritables concerts, heureux de saluer l'arrivée de ce printemps tant attendu. Leurs chants ravissaient Camille quand elle les entendait ; car elle guettait le poulinage de sa jument, passant de longues nuits blanches pour surprendre la venue du poulain. Il lui arrivait de s'endormir au petit matin dans le vieux canapé de la salle à manger. Une sorte d'exaltation la tenait à l'idée de cette naissance. C'est d'un pas alerte qu'à minuit ou trois heures du matin, elle gagnait les écuries en traversant la cour d'Hauteclaire, inondée de la lumière de la pleine lune, glaciale, magique, avec Titan, présence chaude et vivante, sur les talons. Elle n'appréhendait guère cette plongée dans la nuit, les formes sépulcrales des silhouettes des arbres, les glissements furtifs et les cris des bêtes nocturnes. Hauteclaire était tranquille et Camille s'y sentait mieux, même si le soir, invariablement, ramenait en elle une profonde appréhension.

Elle avait longtemps cherché une explication aux bizarreries d'Hauteclaire. La porte de la cuisine libérant le chien, la voix dans sa tête, le froid, la dame... Cela ne servait sans doute à rien. Peut-être le monde du jour pouvait-il cohabiter avec celui de la nuit...

Charlotte mourait d'impatience.

« Réveille-moi dès qu'elle commencera à faire son bébé ! »

Mais la bête poulina seule, discrètement, écoutant son instinct. Dès que Camille eut le dos tourné, elle déposa sa pouliche sur la paille craquante du box. Quand la jeune femme revint, il était environ quatre heures du matin, la nouveau-née, couleur de prune dorée, tentait déjà de se mettre debout ! C'était une merveille de petit hippocampe avec une encolure rouée et une tête coquine. Elle flageolait sur ses jambes démesurées, cherchant la mamelle gonflée de lait de sa mère.

« Sale bête, tu n'étais pas obligée de te cacher de moi... Et si ça s'était mal passé, hein ? »

Camille sourit, satisfaite, flattant sa jument. Charlotte se mit à passer un temps infini avec la famille cheval, à s'émerveiller de la douceur des naseaux de la pouliche et de ses galops maladroits dans le paddock.

Un dimanche, Anselme vint rendre visite à Camille, averti sans doute de la naissance par le vétérinaire, qui tournait également dans les fermes des alentours.

Il était tôt le matin, Charlotte dormait encore. Camille grattait déjà ses parterres, se chauffant le dos au soleil matinal. Elle vit venir le vieux de loin. Elle lui sourit, ravie.

« Le vétérinaire m'a dit que vous aviez eu une pouliche ?

— Tiens, Anselme ! Eh oui, La Merveilleuse m'a fait une jolie fille, Myrtille. Nous irons la voir, si vous voulez. Je viens juste de la sortir un peu. »

Le vieux rebouteux passait au moins tous les deux jours à Hauteclaire. Camille l'avait laissé longtemps s'occuper des chevaux, lorsque son énergie l'avait quittée.

« Vous allez mieux depuis la séance de l'autre jour ? »

Camille lui sourit.

« Oui, merci. Franchement, je ne croyais pas que cela pouvait fonctionner avec moi… toutes ces choses-là… »

Elle se revit dans le petit cabinet où Anselme recevait ses patients, on s'y sentait si bien, comme dans une bulle protectrice. Elle était passée lui rendre un bouquin et il lui avait proposé de la magnétiser.

« Regardez votre énergie… » avait-il dit.

Camille s'était assise devant le guéridon tripode. Il avait retiré la nappe qui le recouvrait. Un crucifix y reposait sous une plaque de verre, entouré de papiers manuscrits qui étaient des prières, d'après ce qu'elle avait pu saisir en lisant rapidement.

« C'est mon protecteur. C'est le Patron. Je l'ai rencontré quand j'étais jeune ouvrier. Je n'ai pas voulu reprendre la ferme du père. On restaurait la nef dans une église. Les autres compagnons étaient partis manger. Je tournais mal à l'époque. J'avais quitté la ferme et le père, j'avais fait des tas de mauvaises petites actions, je me laissais entraîner par une bande de bons à rien. Je pense que j'aurais pu finir très mal. Je suis resté seul dans l'église. Les bondieuseries, j'y croyais plus trop, vous savez, j'avais été enfant de chœur, mais c'était plus pour boire le vin du curé avec les petits voyous de mon âge que pour apprendre mon catéchisme… J'avais enterré à cette époque-là tout le savoir et les croyances du père Alphonse avec, vous vous souvenez ? Oui, oubliés Dieu, le diable, le Berry, le bien, le mal… Mais un jour, le Patron m'a rappelé à l'ordre. Assis sur ce banc de l'église pour manger mon sandwich, je regardais le chœur, les vitraux, la lumière chaude qui les illuminait et toutes ces belles statues de marbre. Brusquement, pas loin de moi il y a eu un souffle. J'ai cru qu'un copain me faisait une blague, je me suis levé, mais personne. Silence… Vous savez ces silences qui vous font toucher du doigt l'Éternité… et vous font peur. Je me suis remis à manger et une fois encore ce souffle, comme si quelqu'un respirait fort. J'ai levé les yeux, j'ai cherché dans l'église, mais bon, vraiment pas une âme… Je me suis assis de nouveau sur mon banc et alors je l'ai vu, lui, sur sa croix, pas loin de moi. C'était le Christ dans la petite chapelle qui lui était consacrée. *Il respirait…* Je me suis levé pour sortir, mais j'étais comme tétanisé. Alors il a bougé, il m'a fixé, il m'a parlé. Je ne sais pas s'il parlait vraiment, mais cela venait directement dans ma tête. J'ai écouté ce qu'il me disait. Je me suis rangé, depuis, il y a bien longtemps et je soigne les gens avec le don. Avec la foi qu'il m'a rendue. Avec les enseignements d'Alphonse qui m'a laissé son héritage de savoirs. Ma mère l'avait, mais elle est morte avant de me le transmettre. Il a rétabli les choses… Vous me croirez ou pas. Sachez seulement que je peux vous redonner un peu d'énergie… »

Camille avait fermé les yeux. Le vieux avait sorti un pendule, une sorte de lourde goutte d'eau accrochée à une chaîne d'or ternie et il le passa au-dessus d'une espèce de papier gradué en coloration. Il avait soupiré en voyant le pendule esquisser un léger cercle. Il s'était levé, avait demandé à Camille de fermer les yeux « parce que c'était voilé », ce qu'elle allait faire. Il murmurait des choses, des prières ou des invocations et Camille perçut des picotements au bout de ses doigts. Elle s'était sentie bien, de mieux en mieux, apaisée comme elle ne l'avait jamais été. Une fatigue incommensurable l'avait saisie à la fin de la séance. Anselme, lui aussi, semblait épuisé et avait transpiré à grosses gouttes. Mais depuis ce jour-là, elle avait éprouvé plus de bien-être et semblait avoir retrouvé son énergie perdue.

Elle enfonça son grattoir dans la terre, se redressa en grimaçant.

« Venez l'admirer… »

Lorsqu'ils en eurent assez de s'exclamer en voyant la petite pouliche qui enchaînait les petits galops en cercle autour de sa mère en lui envoyant des ruades de puceron, Camille invita Anselme à boire un petit verre.

« Je suis content de vous voir plus en forme, madame Camille.

— Je vais bien, Anselme, répliqua-t-elle. Grâce à vous. Et parce qu'Alexandre ne reviendra pas ici avant un an, il est aux États-Unis pour sa peinture, parce que nous avons divorcé, qu'il m'a laissé la garde de Charlotte et donné la maison… »

Le vieux but un coup, reposa son verre en observant la jeune femme. Il parut méditer quelques instants.

« Vous êtes propriétaire d'Hauteclaire désormais, alors ? » finit-il par articuler.

Camille fit un large geste circulaire.

« C'est merveilleux, n'est-ce pas, qu'elle soit à moi ? »

Le vieux jeta un coup d'œil torve au plafond.

« Vous l'aimez, cette maison, hein ? »

Camille se haussa sur la pointe des pieds et attrapa le bocal de cerises à l'eau-de-vie perché sur l'étagère. Elle en évalua vite fait le niveau en ouvrant le couvercle. Il y en aurait encore assez. C'étaient de petites choses rouge vif et aigrelettes dont elle ignorait la variété, mais qui se révélaient succulentes une fois alcoolisées. Elle les avait mises en conserve elle-même, l'été dernier. Le vieux gourmand en raffolait.

« Oui, j'aime cet endroit, je vous l'ai déjà dit et...

— Et les hantises ? » dit le vieux brusquement.

Camille sembla s'appliquer à trouver deux tasses identiques.

« Les esprits, vous voulez dire, je ne sais pas, tout est tranquille pour l'instant... depuis, hum, vous savez, ce que je vous ai raconté l'autre jour, les faits inexplicables le jour de la dispute, le chien libéré et cette dame qui me parlait dans un froid glacial... »

Ouvrir le bocal de cerises ne demanda qu'un instant à la jeune femme. Elle en huma le parfum avant de répondre au vieux, lui tendant une tasse remplie à ras bord.

« Tout va bien, Anselme, répéta-t-elle, tout se passe pour le mieux, ici, rassurez-vous. »

Ce n'était pas faux. Camille avait en tête des idées de roman, l'éditeur lui avait passé une commande intéressante d'une encyclopédie pour enfants, le poulinage s'était bien passé, Charlotte avait pris au moins six centimètres et avait écrasé le premier de sa classe avec un bulletin en or… Doyle et elle comptaient se voir bientôt, elle allait mieux, oui. Alors, que vouloir de plus ?

« Le docteur m'a dit que vous étiez une femme charmante… C'est bien vrai, vous me recevez toujours bien ! Mais je maintiens que vous ne devriez pas rester ici. »

Elle soupira. Toujours son idée fixe de la protéger d'Hauteclaire.

Le vieux avait les paupières plissées sur son verre, mais Camille avait pu voir son regard contrarié.

« Le docteur est un flatteur… »

Doyle avait bien souvent voulu passer à Hauteclaire, mais Camille lui avait demandé d'attendre. Par-dessus tout, elle avait longtemps eu l'impression que s'il venait à la maison, Alex aurait eu raison. Pourtant, à cet instant précis et à son grand étonnement, Camille eut envie de revoir Doyle, une envie violente. D'émotion, elle en rougit et avala tout rond la cerise, frotta bêtement ses mains l'une contre l'autre.

Le vieux finit ses cerises. Un sourire illumina soudain son visage ridé.

« Tiens, voilà Charlotte, alors, petite, bien dormi ? »

Charlotte, tout ébouriffée, embrassa Camille, sourit au père Anselme en déposant un baiser sur sa joue. Titan, levé avec elle, fit la fête à tout le monde.

« Oui, merci ! » répondit-elle en jouant machinalement avec les moustaches de Pim, assise sur une chaise à côté d'elle, endormie après son petit-déjeuner.

Camille ne remarqua pas tout de suite que Charlotte n'attaquait pas ses tartines beurrées avec le bel appétit quotidien qui la caractérisait. Elle s'amusa à lécher la confiture dont Camille les avait enduites et finalement les reposa sur la soucoupe. Elle but un peu de son chocolat chaud et reposa sa tasse, cherchant à capter le regard de

Camille. On aurait dit que quelque chose la contrariait. Anselme et la jeune femme en étaient à débattre de l'opportunité d'ériger une tonnelle près du potager quand Camille croisa enfin les yeux de la petite et s'aperçut de son manque étonnant d'appétit.

« Tu n'as pas faim, ma puce, ça ne va pas ? »

La petite joua avec sa cuillère et dit d'un seul coup, comme pour se soulager, fixant Camille :

« Viens avec moi dans le salon. J'ai voulu prendre mon livre en passant. Il y a quelque chose.

— Quoi donc ? Pim a encore fait des dégâts ? Elle devient sale, même avec la porte ouverte… »

La petite ne répondit pas. Elle prit juste Camille par la main et l'entraîna à sa suite.

« Ce n'est pas Pim… »

La jeune femme changea de visage. Une sourde impression de malaise l'étreignit brusquement. Elle se doutait que l'enfant ne s'inquiétait pas pour rien, elle qui ne craignait pas de discuter avec « la dame » ou de sauter d'une fenêtre dans la neige !

Anselme les suivit, intrigué au plus haut point.

« Regarde ! »

Charlotte avait poussé devant eux la porte à double battant du salon. De la tête, La Terrible indiqua le fond de la pièce.

Le miroir sur la cheminée.

Doré et magnifique, du XVIIIe siècle français, un héritage de son grand-père, un monument historique, presque…

Ils s'approchèrent.

Il était couvert de buée sur toute sa surface.

Seul Dieu ou le diable devait savoir pourquoi il y avait de la buée sur ce miroir. Impossible… pourtant, c'était bien cela…

« Regarde… » répéta Charlotte, montrant du doigt ce qu'elle avait vu et ce que Camille avait déjà lu, bien avant de s'étonner de la présence de condensation dans une pièce légèrement chauffée.

En grand et d'un geste sûr, en biais sur toute la surface, on avait tracé ces mots qu'Anselme déchiffra d'une voix soudain chevrotante :

« Va-t'en ! »

Camille frissonna.

23

Les intersignes annoncent la mort. Mais la personne à qui se manifeste l'intersigne est rarement celle que la mort menace. Personne ne meurt sans que quelqu'un de ses proches, de ses amis, de ses voisins n'ait été prévenu. Les intersignes sont comme l'ombre projetée en avant, de ce qui doit arriver…

La maison avait un secret. Camille ne pouvait plus en douter ou feindre de l'ignorer. Un autre de ses rêves s'écroulait ; celui d'une maison protectrice, d'un roc et un refuge sur lequel elle pouvait s'appuyer et panser ses plaies. Hauteclaire, Janus de pierres crayeuses, calme et paisible le jour, habitée par… *quoi* la nuit ?

Camille avait bien songé à expliquer l'inscription sur le miroir comme un coup monté de son mari. Après tout, il n'était peut-être pas parti en Amérique et cherchait à se venger de leur séparation en lui faisant peur. Mais elle avait fait le tour des fenêtres et des portes avec Anselme et rien n'avait été fracturé. Le vieux avait tout examiné scrupuleusement. En quittant Camille, il lui serra longuement la main.

« Vous voyez, murmura-t-il, *cela va commencer…* »

Camille refit le tour de la maison. Rien. Le chien n'avait pas aboyé la nuit et la cour ne gardait au sol aucune marque d'un passage récent. Les massifs de fleurs devant les fenêtres de la maison étaient intacts, aucun intrus ne s'était faufilé par là. Tout était normal. À part ce miroir.

Camille en avait effacé le « Va-t'en ! » d'un geste rageur.

Les deux mots hostiles dansaient dans sa tête, lancinants. On lui conseillait de partir. Qui « on » ? Hauteclaire, un esprit, un mauvais farceur ? Elle réfléchit encore. Dans ce raisonnement absurde que quelque chose de non humain se manifestait à Hauteclaire, il était plutôt rassurant de constater que cela l'avait empêchée de mourir une fois et maintenant, cela l'avertissait… *mais de quoi ?*

Une bouffée de désespoir saisit Camille qui laissa échapper le bol à déjeuner de Charlotte qu'elle plaçait dans l'évier. Il s'écrasa par terre en mille morceaux et elle sursauta nerveusement. Quoi, la maison lui faisait ça, à elle ! Elle la trahissait, en somme. Elle qui l'avait tirée de son abandon et avait tant peiné pour lui redonner son lustre d'antan…

Un craquement entraîna son cœur dans un vertigineux emballement. Ce n'était que Titan qui la rejoignait dans la cuisine. Sa présence lui fit du bien. Il la considéra, tête penchée, pendant qu'elle balayait le reste du bol vers le ramasse-poussière.

« J'ai besoin de me changer les idées. Un peu de shopping me fera du bien. Aller en ville, voir du monde… »

Elle informa Charlotte de ses plans.

« Chic, ça tombe bien, j'ai dit à Margot que je lui rapporterai un livre sur les vampires, si je sortais…

— Vous avez des lectures passionnantes…

— Ça ne fait même pas peur. Alors et le miroir, explique-moi ? »

Charlotte fixa sur la jeune femme ses yeux bleu glacier. Que pouvait bien dire Camille ?

« Écoute, il existe sûrement une explication à ce que nous avons vu, mais pour l'instant, je ne la connais pas. »

La petite se voulut compatissante et murmura :

« Tu sais, moi aussi, j'ai déjà vu et entendu des trucs bizarres dans la maison. Ne t'inquiète pas, tu sais, la dame veille sur nous. »

Camille rangea le torchon de cuisine comme si de rien n'était. Elle passa sous silence l'évocation de la dame et questionna innocemment :

« Dis-moi, ma puce, explique-toi un peu. Quels trucs bizarres tu as vus ?

— Je ne sais plus trop, dit-elle en balançant la main d'un geste nonchalant. Des fois, des objets sont déplacés dans ma chambre… L'autre jour, ma poupée blonde, Agathe, je l'avais assise sur ma coiffeuse. Et le matin, elle était couchée sur mon lit… Le petit fauteuil en velours rouge, eh bien, si je le mets ailleurs que près de l'armoire, il y revient tout seul. J'ai essayé plusieurs fois…

— Quoi ? murmura Camille avec la tête de quelqu'un découvrant une soucoupe volante dans son jardin. C'est maintenant que tu me parles de tout ça ? Tu rigoles ou quoi ? »

Charlotte regarda Camille d'un air penaud.

« J'avais un peu peur de te raconter tout ça. D'abord, tu ne m'aurais pas crue. Ensuite, je craignais que tu sois effrayée et que tu ne veuilles plus rester ici… Je ne veux pas retourner à Paris. Je suis bien avec toi, les chevaux, mes copines. De toute façon, je n'ai pas peur. Enfin, réfléchit-elle, j'ai quand même eu un petit peu la frousse avec le miroir, mais bon… je me dis que si c'est un méchant fantôme, il ne pourra pas me faire de mal ; la dame veille sur nous et l'en empêchera. »

Un vertige saisit Camille. Elle dut s'appuyer à l'évier de la cuisine.

« Chérie, qui est cette dame ? Tu la connais, n'est-ce pas ? »

La petite réfléchit un moment, se décida à parler :

« Tu sais, Camille, tu la connais. C'est la dame du portrait que t'a offert Alex. *C'est ma mère.*

— Ta mère, Hélène ? Mais ce n'est pas un fantôme, elle n'est pas morte, elle a quitté ton père à ta naissance. Personne n'a dit qu'elle était morte. Que me racontes-tu là ? »

Charlotte lissa ses cheveux, replaça dans sa barrette la mèche rebelle qui lui tombait toujours sur les yeux. Elle baissa les paupières et, sans le soleil de ses yeux, elle parut soudain vieille et triste, pleine d'une sagesse infinie. Camille entendait battre le tic-tac du cœur régulier de la vieille comtoise de la cuisine qui mesurait inlassablement le temps. La jeune femme était suspendue aux lèvres de Charlotte.

« Moi, je sais qu'elle est morte. Elle n'est pas venue tout de suite me voir. J'ai d'abord rêvé d'elle plusieurs fois. Après, je l'ai vue dans ma chambre. Elle ne nous veut aucun mal. Elle est très malheureuse, tu sais. Elle voudrait me dire quelque chose de grave, mais elle n'y arrive pas. J'entends sa voix dans ma tête, mais elle ne peut pas parler. Ses longs cheveux sont dénoués et tout mouillés. Elle est si pâle. Au début, elle m'a fait un peu peur quand même… »

J'entends sa voix dans ma tête.

Camille ferma les yeux. La même voix peut-être qui l'avait empêchée de sombrer dans le néant, il n'y avait pas si longtemps.

La jeune femme posa les mains sur les épaules de Charlotte, tentant de retrouver un peu de raison dans cette discussion.

« Ma petite chérie, ce ne sont que des rêves. Moi aussi, je rêve parfois, et…

— Tu n'y es pas, dit Charlotte. Je le sais, c'est tout ! »

La façon dont elle avait dit « je le sais » ne supportait aucune contestation. Pis encore, l'accent en était criant de vérité.

La jeune femme dut s'asseoir.

Bon sang, Hauteclaire les rendait-elle folles ? Admettre les pas, le miroir, le reste, pourquoi pas ? Mais les certitudes de Charlotte, visitée par l'esprit de sa mère, protecteur celui-là, soulevaient des tas de questions terrifiantes sur les manifestations étranges de la maison. Était-ce la dame qui avait délivré le chien ? Sûrement. Mais était-il vrai, comme le prétendait Anselme et comme l'avait soutenu Alex, qu'Hauteclaire fût une source de mal et non le douillet cocon dans lequel Camille pensait reconstruire sa vie ? Fallait-il partir comme le conseillaient les mots écrits sur le miroir ? Et si elles décidaient de rester, qu'adviendrait-il d'elles ?

Faire les magasins l'après-midi leur fit du bien à toutes les deux. La Terrible retrouva le sourire et son entrain dévastateur. Le soleil brillait, il faisait bon. Le jour est une fête, tandis que la nuit, les choses prennent une autre dimension ; cela, Camille l'avait appris.

En suivant dans un magasin la petite qui venait de repérer un pantalon à son goût dans la vitrine, Camille en profita pour essayer une petite robe fleurie toute simple. C'était la première fois, depuis la perte de son bébé, qu'elle se sentait l'envie d'acheter, essayer, porter de nouveaux vêtements. Faire peau neuve. Conjurer ses soucis, ses craintes, en se lançant dans des achats. À la robe de soie couleur miel s'ajoutèrent une ceinture souple, un collier d'ambre et un petit flacon de parfum capiteux. Puis l'antiquaire du coin fit un grand sourire lorsqu'il vendit pour un bon prix à la jeune femme une jolie boîte à musique ancienne, incrustée de nacre, mais qui ne fonctionnait plus. Un pur objet décoratif.

« Encore une vieillerie, qui ne marche même pas ! » commenta Charlotte après l'avoir retournée en tous sens entre ses mains.

La petite clef finement ouvragée tournait dans le vide.

« J'ai tout essayé, le mécanisme est bien cassé. Il n'y a rien à faire… ajouta le vendeur.

— J'achète quand même, dit Camille. Elle reste très jolie. »

Les emplettes achevées, Camille offrit un chocolat à La Terrible et toutes deux s'installèrent derrière la vitre d'un café où elles se rendaient à chaque fois qu'elles allaient en ville. Mais à peine assise sur la banquette confortable, la petite se releva brusquement et se mit à agiter les bras et faire de grands gestes.

« Charlotte, voyons, que se passe-t-il ? »

Camille regarda dans la direction vers laquelle La Terrible était tournée. Elle reposa son verre brusquement.

« Doyle… Charlotte, c'est Doyle et Chloé, arrête de gesticuler…

— Ben oui, c'est Chloé, je l'ai appelée tout à l'heure pour lui dire que nous allions à Châteauroux et que l'on prendrait un chocolat comme d'habitude vers dix-sept heures au Patio…

— Tu aurais pu me le dire… quand même !

— Ben, Camille, je ne l'ai pas eue. C'est Doyle qui m'a répondu… Il m'a dit qu'ils seraient là à l'heure, c'est son jour de repos… »

Elle lança à Camille un regard trop candide pour être honnête.

« Franchement, je voudrais bien que Chloé vienne jouer à la maison avec moi ! Et il est gentil, le docteur, non ? »

Camille n'eut pas le temps de répliquer. Doyle, en compagnie de Chloé qu'il tenait par la main, traversa la rue en deux enjambées et ouvrait déjà la porte du café. Camille se leva si vite qu'elle renversa sa tasse sur sa jupe. Ce fut une belle confusion d'exclamations, de mouchoirs sortis à la hâte sous les moqueries de Charlotte.

Mais de ces retrouvailles, Camille ne retint rien d'autre qu'une évidence ; dès qu'elle avait croisé le regard vert, moqueur et tendre tout à la fois de Doyle, elle avait compris qu'il lui avait manqué terriblement durant ces longues semaines et qu'ils étaient aussi heureux l'un que l'autre de se retrouver.

24

Quand, pendant la vie, on a omis de faire quelque chose ou de chercher quelque chose d'égaré, on revient après la mort pour réparer ce qui aurait dû être fait. Parfois aussi on revient parce qu'on n'arrive pas à trouver le sommeil éternel. Ou pour se venger...

Camille rêvassait, le stylo entre les lèvres, le regard perdu dans le vague. Elle songeait au repas à préparer pour ses invités ce soir. L'arrivée de Charlotte la sortit de son engourdissement.

« Camille, je vais faire un tour avec Rusty près de la forêt.

— Oui, mais ne rentre pas trop tard. Et n'oublie pas ton téléphone... »

Charlotte lui envoya un baiser de la main et s'éclipsa.

Camille oublia la recette du lapin en sauce et songea de nouveau à Hauteclaire. Depuis l'épisode du miroir, elle se sentait en état de veille permanent, *redoutant* un autre phénomène étrange. Un craquement du parquet, la nuit, entraînait son cœur dans une course vertigineuse. Sans trêve, inconsciemment, elle écoutait. Hauteclaire l'épiait, Camille en avait la certitude à présent. Parfois, elle se retournait vivement, d'un coup. Personne, évidemment et pourtant… Cette maison – ou ses hôtes – cherchait-elle vraiment à lui faire peur ? Tous les bruits auxquels, autrefois, elle ne prêtait pas attention : le radiateur qui fait « tap, tap », une conduite d'eau qui roule, un cri aigu puis la course d'un rat dans le grenier, la mettaient mal à l'aise. Elle sentait une présence. Quelque chose était là.

Elle n'en avait pas parlé à Doyle. Par pudeur. Et s'il la prenait pour une folle ? Il lui conseillerait peut-être de partir. Elle ne le voulait pas, pas encore du moins.

Camille soupira et ouvrit le grand cahier tout neuf, épais, qu'elle avait acheté la semaine passée. Elle caressa le papier lisse et blanc dont elle préférait le contact au clavier de l'ordinateur, prit son stylo-plume et se mit à écrire d'un jet.

J'ai décidé de consacrer une partie de mon temps à faire des recherches sur le passé d'Hauteclaire. C'est cela ou quitter la maison, vendre et repartir Dieu sait où. Et je ne suis pas prête à tout abandonner, à accuser un échec, un de plus. Tout ce qui se passe d'étrange à Hauteclaire, on doit pouvoir sinon l'expliquer, peut-être le contrecarrer ? En faisant des recherches sur cette maison, je trouverai peut-être la clef de ses mystères ?

Je ne suis pas une craintive. Vivre seule avec une fillette dans une grande maison isolée au milieu d'un parc et de la campagne ne me pose pas problème. J'ai ce joli pistolet acheté au départ d'Alex et je sais m'en servir. Et je me dis que si ces manifestations sont vraiment le fait d'esprits (je me sens vraiment bête en écrivant cela), c'est plutôt rassurant ; tout ne finirait donc pas avec la mort, comme je m'en étais persuadée petit à petit.

Papy Sosthène, ma mère, mon père... et même toutes les bêtes que j'ai aimées, peut-être finalement, quelque part, vous subsistez. Le Paradis, l'Enfer... Des histoires faites pour mener, apaiser les hommes et donner un sens à leur vie... Qui accepte l'idée qu'il va mourir un jour? Qui, ne repoussant pas la certitude de sa mort dans un avenir toujours lointain, n'espère quand même pas qu'après le chemin continue, qu'il subsiste quelque chose? Qui, quelque part, ne se croit pas éternel?

Mais ce qui subsiste à Hauteclaire, est-ce le bon ou le mauvais?

Toute la question est là.

Il ne faisait pas encore assez bon dehors pour manger confortablement, aussi Camille avait-elle dressé la table dans le salon, aidée d'Anselme, arrivé un peu à l'avance pour voir la pouliche qui boitillait d'un antérieur. Rien de grave, assura-t-il à Camille, elle avait juste marché sur un caillou. La jeune femme avait ouvert une fenêtre donnant sur le parc et allumé les chandeliers avec nombre de bougies. Elle avait concocté un buffet froid et tous semblèrent apprécier le fait de se servir et de revenir discuter sur une table très joliment décorée de fleurs et de vaisselle fine. Camille enfin disposa les plats pour le dessert, une île flottante, des tuiles aux amandes, un gâteau au chocolat, des fruits en salade et lorsque les invités se furent servis, la conversation s'alanguit un peu.

« Qu'écrivez-vous en ce moment? demanda Jenny. Vous savez, Chloé est une fan, elle a lu presque tous vos livres et attend le prochain avec impatience. Ils sont toujours très bien illustrés aussi, je trouve.

— Ça, ce n'est pas moi. C'est une jeune femme qui dessine pour la collection Jeunes. D'ailleurs, elle est pour beaucoup dans le succès de la série. Ses dessins, c'est un peu la cerise sur le gâteau. Sans eux, les jeunes liraient peut-être mes livres de moins bon cœur.

— Même sans dessins, je suis sûre que les enfants adoreraient, répliqua Doyle.

— Vous êtes un flatteur ! dit Camille en installant les petites assiettes à dessert pour masquer la gêne que lui procuraient ses paroles et le plaisir en même temps.

— Doyle dit toujours ce qu'il pense et il est rare qu'il fasse un compliment s'il n'est pas justifié, rétorqua Jenny. D'ailleurs, lui aussi est un fan, ajouta-t-elle doucement pour le taquiner. L'autre jour, pendant qu'il attendait Chloé pour la conduire chez notre oncle, je l'ai surpris en train de lire l'un de vos livres !

— Eh bien, dit-il avec l'air d'un gamin la main prise dans le bocal de bonbons, je voulais voir ce que vous écriviez, le genre de vos histoires…

— Des histoires de magie, les enfants adorent… Vous avez vu le succès d'Harry Potter ! Enfin moi, je ne suis pas J.K. Rowling ! En ce moment, je travaille sur une sorte d'encyclopédie de la magie pour la jeunesse. Mon éditeur m'a même promis qu'elle serait en librairie au Canada, auquel cas je ferai peut-être le déplacement. Mais j'ai une peur horrible de prendre l'avion, alors…

— Dans ce cas, je vous prescrirai des calmants et vous dormirez comme un bébé durant tout le voyage… » dit Doyle.

Camille, Jenny et Anselme se mirent à rire. Chloé et La Terrible se moquèrent de la jeune femme qui redoutait l'avion. La conversation aurait pu continuer longtemps sur ce sujet si *cela* n'avait pas commencé à cet instant précis…

D'abord, ce furent des pas.

Juste au-dessus des convives, du salon.

On marchait.

Qui marchait ? Seigneur, c'était le bruit d'un seul, lourd, pesant, comme quelqu'un de fatigué. On se promenait là-haut, semblait-il. C'était l'emplacement de l'une des trois chambres désaffectées, aux murs piteusement délabrés, aux planchers vermoulus que Camille comptait bien restaurer plus tard. Le vrai grenier se situait un étage plus haut encore, avec ses anciennes chambres de bonnes où l'on tenait à peine debout, sans fenêtres, un trou noir et infâme où était remisé autrefois le personnel d'Hauteclaire.

« Qu'est-ce que c'est ? s'étonna Jenny, les yeux ronds. Vous avez quelqu'un à l'étage ? »

Camille fit non de la tête. Son expression incrédule et terrifiée devait en dire long. Toutes les couleurs allumées à ses joues par un bon repas bien arrosé et surtout la joie de voir Doyle, toutes ces couleurs la quittèrent et son sang lui sembla refluer douloureusement vers le cœur.

« Qu'est-ce que c'est ? » répéta le médecin.

Anselme regardait intensément Camille.

« Je ne sais pas, répliqua-t-elle. J'ai déjà entendu comme quelqu'un qui se promène. Mais finalement, c'était un grand-duc dans le grenier, encore plus effrayé que moi. Là, c'est différent, ce sont des pas lourds, réguliers, comme ceux d'un homme pesant cherchant quelque chose… »

Soudain, il y eut des coups. On frappa. Oui, on frappait dans les murs là-haut, à les ébranler. D'abord un coup, puis un autre, d'autres encore, une pluie de coups sourds, terribles.

Titan, qui dormait sous la table, s'était levé et grondait, le poil hérissé. La bouche de Jenny tremblait légèrement.

Une terreur sans nom nouait les entrailles des convives, les clouait à leurs chaises, silencieux, captivés par les bruits, inconnus, effrayants, impossibles ! Quoi, il faisait presque jour encore ! On savait bien que les fantômes, enfin, les manifestations surnaturelles avaient lieu la nuit… Et puis les fantômes, ça n'existait pas. Alors ?

Apparemment, les pas s'en moquaient, des conventions. Ils allaient, venaient, se déplaçaient dans les trois pièces à présent, on les entendait parfaitement.

Cela dura un moment.

Soudain, plus un bruit.

Silence.

Tout le monde écoutait. Chloé s'était arrêtée de parler pour le coup. Charlotte seule ne semblait pas trop effrayée. Quelques secondes, quelques minutes passèrent, longues comme une éternité. Tous commencèrent à respirer. Jenny regarda son frère, esquissant un sourire. Comme Camille saisissait son verre pour boire et décoller si possible sa langue de son palais desséché, les bruits reprirent de plus belle. Ce n'était plus seulement des pas, mais à présent, on traînait des meubles sur le plancher, une chaise ou un fauteuil peut-être.

Doyle regardait Camille sans comprendre. Oui, on déménageait là-haut. Plainte aiguë d'un meuble trop lourd que l'on traîne, chaise qui tombe, bille lourde qui rebondit avec un bruit sonore sur le plancher et maintenant, non plus un pas lourd, mais plusieurs pas actifs et légers.

« Je rêve, je vais me réveiller… » murmura Camille.

Mais ce n'était pas un rêve. Tous regardaient le plafond, le cœur piquant un cent mètres. Chloé s'était réfugiée contre sa mère et enfouissait sa tête dans son épaule.

Et brusquement, tout s'arrêta.

Charlotte chercha le regard de Camille en faisant un non de la tête. Que voulait-elle dire ? Non, ce n'était pas fini.

« Bon sang ! jeta Doyle d'une voix qui se voulait ferme. Allons voir ce qui se passe ! »

Camille s'était levée aussi brusquement que lui, étonnée quand même que ses jambes puissent la porter.

« Allons voir ! » lui lança-t-il, le visage tendu.

Il s'engagea dans l'escalier, suivi d'Anselme et Camille, dévorée entre la crainte de mourir de peur et la curiosité.

« Doyle, articula Camille péniblement, attendez-moi... »

Mais il était déjà sur le palier, ouvrant la porte de ce qui servait de lingerie, la traversa rapidement et se retrouvant bientôt la main sur la clinche de la chambre désaffectée.

Les bruits continuaient, plus sourds.

« Vous êtes prêts ? Entrons ! »

La voix sèche de Doyle galvanisa Camille. C'était un scientifique, un médecin, un homme endurci aux situations extrêmes. Il avait appris à apprivoiser ses peurs, son impuissance face aux décrets de la vie et de la mort.

Mais quand Camille le vit blêmir après avoir ouvert la porte et qu'une expression d'incrédulité envahit son visage, la jeune femme faillit s'enfuir.

Elle avait tourné le commutateur électrique machinalement, bien que la pièce fût éclairée par la lumière rasante du jour. La lumière ne donnait pas grand-chose à travers les vitres emplies de saleté et de toiles d'araignées épaisses.

La pièce était vide. Aucun meuble. Personne ! *Rien...*

Camille n'y avait jamais entreposé quoique ce fût, craignant l'humidité. Elle aurait voulu le dire à Doyle tout à l'heure, le prévenir qu'il n'y avait rien là-dedans...

Elle éclaira le sol de sa torche. La poussière s'étalait en couche épaisse sur le plancher. Aucune trace par terre.

Doyle scruta les recoins noyés d'ombres. Peine perdue. Il n'y avait rien que le silence, comme une ironie.

25

Une nuit, le grand-père de ma mère était allé couper du blé. Il entendit une voix qui lui disait :

— Faut laisser la nuit à qui elle appartient !

Il ne s'arrêta pas de travailler.

— Faut laisser la nuit à qui elle appartient !

Il comprit ce second avertissement. Depuis cette nuit-là et quoiqu'il fût jeune à l'époque, ses cheveux sont devenus tout blancs…

Camille ne voulut pas accepter l'offre de Jenny lui proposant de loger chez elle le temps qu'il lui conviendrait. Elle lui répondit ainsi qu'à Doyle que si elle ne dormait pas à Hauteclaire cette nuit, eh bien il lui serait impossible d'y rester jamais. Comme pour une chute de cheval. Se remettre en selle tout de suite, sinon on ne remonte plus du tout parce qu'on a eu très peur. Doyle répéta à Camille de l'appeler s'il se passait la moindre manifestation étrange. Il laissait son portable ouvert de jour comme de nuit, de toute façon.

Sa voix avait changé en parlant, seul avec elle sur les marches tandis que Jenny et Chloé, frissonnantes, étaient déjà installées en voiture. Elle avait une inflexion tendre et caressante.

« Je vous appelle demain à la première heure pour savoir comment vous avez passé la nuit et si vous changez d'avis, je vous héberge, moi ou ma sœur. Et n'hésitez pas à m'appeler…

— Anselme, dit enfin Camille au vieux rebouteux qui attendait en bas du perron, vous qui connaissez toutes ces étrangetés-là, n'y a-t-il rien à faire ? Rien que vous ne puissiez faire ?

— Oh, je peux essayer. Je peux faire passer les âmes de cet endroit qui le veulent bien. Je peux venir faire ça, oui et voir ce qu'il y a d'autre… Mais je pense que c'est bien autre chose que quelques esprits à aider. Je vais revenir, je vous appelle avant pour vous dire. Et faites attention à vous, en attendant… »

Une fois Anselme et la voiture de Doyle partis, le silence retomba sur Hauteclaire. Seules ses fenêtres éclairées luisaient dans le noir, on aurait dit les yeux jaunes d'un chat à l'affût d'une proie.

Camille se jura de découvrir son secret et, de toute façon ne pouvant dormir, commença ses recherches immédiatement. Elle retourna dans le salon, s'y installa. Elle prit ses papiers et s'y prit méthodiquement, notant d'abord tous les événements étranges qui étaient arrivés depuis son installation. Elle mordilla son stylo, inscrivit dans son journal :

Chute du tableau d'Hélène de la commode.

Bruits et craquements dans le grenier et la maison tout entière.

Conversation de Charlotte avec la dame qui serait sa mère, morte.

Libération du chien lors de l'accident, sensation de froid et bruit de pas près de moi et d'une voix qui m'aidait à me tenir éveillée.

Inscription sur le miroir embué mystérieusement.

Déplacements d'objets dans la chambre de Charlotte.

Déjeuner des joyeux déménageurs.

Dans les pièces du haut, rien…

Impressionnante, déjà, cette énumération ! Camille constata que les phénomènes avaient eu lieu en présence d'une ou plusieurs personnes, le soir, la nuit ou à midi, en été comme en hiver. Ils s'étaient produits quasiment partout dans la maison : grenier, salon, escalier, étage. Bien. Cela n'avançait pas à grand-chose, sinon à admettre que *quelque chose* se manifestait à des intervalles irréguliers.

Camille songea aussi, qu'à part l'inscription sur le miroir, rien n'était hostile. D'ailleurs l'inscription sur le miroir n'était-elle pas une mise en garde, donc une protection ? Oui, mais bien une protection contre quelque chose…

Mais avant de se résigner à la thèse de la maison hantée, elle fouina partout durant les jours suivants. Cherchant – elle ne savait quoi – mais cherchant une preuve, une trace, de la présence de… fantômes, ou d'un vaste canular monté par Alex peut-être ?

Elle revint bredouille de ses expéditions au grenier, à l'étage et dans les chambres. Avec juste la sensation pénible d'être épiée sans cesse, ou était-ce dans sa tête ? Auprès de qui prendre conseil ? se demanda Camille en repoussant ses papiers. Voyons, il suffisait de réfléchir. Pour délivrer la maison de ses hantises et peut-être retrouver la paix, il aurait déjà fallu savoir ce qui s'y était passé. Ses différents propriétaires y étaient peut-être morts tragiquement ? Peut-être était-elle bâtie sur un ancien cimetière ? La jeune femme nota :

Établir la liste des propriétaires, leur année de naissance et de décès, chercher les légendes concernant la maison auprès de ceux qui y ont travaillé ou l'ont bien connue.

À la base des légendes, il existe toujours une part de vérité. Elle pourrait peut-être trouver une piste…

« Et si je consultais les actes de vente et la donation d'Alex, cela me donnerait peut-être une idée ? Le tout est de les retrouver. Où ai-je pu les ranger ? »

Elle passa une demi-heure avant de remettre la main sur le dossier de la maison, enfoui sous une montagne de papiers dans le tiroir de son bureau. Elle savait qu'elle ne pourrait remonter bien loin, mais ce serait toujours un début. Ensuite, aller consulter chez les notaires ou aux archives sans doute ?

« Bon, la maison m'a été donnée en 2000, dit-elle à voix haute. Avant… Tiens, mais qui est-ce ? Le domaine sis à Brives comprenant… oui, oui… passons une maison de maître de dix pièces… bla-bla-bla, terres d'une contenance de quinze hectares, etc., etc., a été donnée par monsieur Alexandre d'Estruval à madame Hélène de Spar en 1991… »

Alex ne lui avait jamais dit qu'il avait jadis offert la propriété à Hélène.

Elle réfléchit un moment. Pourquoi cela la gênait-il autant ?

Alex avait-il donné Hauteclaire à Hélène pour se faire pardonner sa violence ? L'avait-il battue aussi, comme Camille l'imagina immédiatement ? Cela expliquerait pourquoi Hélène avait décidé de partir, délaissant Alex et l'enfant. Mais mon Dieu, quelle mère abandonnerait ainsi son bébé ? Surtout si elle se fiait à l'expression d'amour mise en évidence sur le portrait de la jeune femme... ou était-ce Charlotte qui avait raison en affirmant qu'elle était morte et que son esprit les protégeait ?

« Il faudrait que je retrouve la trace d'Hélène, poursuivit-elle. Cela pourrait éviter à Charlotte bien de la peine. Poursuivons. Alex lui a donné la maison en 1991. Charlotte est née en 1992, soit un an environ après cette donation. Hélène a quitté Hauteclaire cette année-là. La maison est revenue à Alex... »

Avait-il fait signer à Hélène la même clause qu'à elle ? Le passage du notaire à l'hôpital lui revint en mémoire. L'homme était discret, vêtu d'un costume sombre, l'air pressé, tournant pour elle les pages qu'elle devait parapher. Elle l'imagina sans peine dans son cabinet cossu et feutré de province, réglant de sombres petites affaires d'héritages, toujours poli, consultant parfois rapidement sa montre en or. Elle se souvint aussi du beau visage d'Alex penché sur elle et lui murmurant :

« La maison t'appartient, tu en es désormais propriétaire officiellement. Cependant s'il, hum, t'arrivait quelque chose, il y a une clause qui précise qu'Hauteclaire reviendrait à Charlotte, donc à moi, si elle est encore mineure. C'est un bien qui doit lui revenir et pas à quelqu'un de ta famille... même si elle est pratiquement inexistante... C'est pour protéger la petite... »

Elle avait signé. Comme Hélène peut-être.

Camille perçut comme un sanglot. Elle leva la tête de ses papiers, regarda Titan qui *écoutait*. Tous les sens aux aguets, la jeune femme attendit, tendue, que cela recommençât. Mais seul le tic-tac nonchalant de l'horloge troublait le silence.

« Nous avons rêvé, Titan... » dit Camille en soupirant.

Elle reprit ses papiers, s'aperçut qu'elle guettait toujours un nouveau bruit de sanglot. Impossible de se concentrer. Elle songeait toujours à Hélène.

« Je pourrai toujours interroger Alex, mais je doute qu'il me réponde. »

Elle imagina un instant le noir désespoir qui avait dû pousser la jeune femme à abandonner sa petite fille. Aussi profond que celui qui avait inondé Camille quand Alex l'avait battue.

Elle ne savait pas grand-chose de la mère de Charlotte. Le peu qu'Alex ou Céleste avaient bien voulu raconter. Alex avait rencontré la jeune femme lors d'une exposition. Lui, à vingt-cinq ans, avait déjà entamé sa carrière. Elle, à dix-neuf ans, était étudiante aux Beaux-Arts. Coup de foudre. Charlotte était née peu de temps après. La jeune Hélène lui avait, selon Alex, violemment reproché cette naissance indésirable. Ils avaient caché la grossesse et la naissance de l'enfant à la famille bourgeoise d'Hélène.

« Elle était trop jeune pour assumer, avait souligné Alex, un sourire ironique aux lèvres, une lueur inquiétante allumée dans ses yeux indiquant qu'il ne lui avait jamais pardonné ce double abandon. Notre histoire fut très belle, très brève, un amour fou et Charlotte m'est restée… Elle, je n'ai jamais plus eu de nouvelles. »

Camille chassa le visage d'Alex de sa tête, examina de nouveau les documents.

« Avant Hélène, Hauteclaire a bien été donnée en 1980 à Esther d'Estruval. La pauvrette est morte bien jeune. Cela a dû pour de bon briser le fragile équilibre psychologique de mon mari… » reprit-elle.

Elle fouilla encore un peu dans les papiers, puis soupira :

« Pour ce qui est des propriétaires plus lointains, je vais devoir aller voir chez les notaires, mon vieux Titan. Retrouver les actes de vente successifs de cette maison… Peut-être cela m'apportera-t-il quelque chose ? »

Le chien la regarda en agitant la queue. Il se leva brusquement et dressa les oreilles en entendant une voiture arriver. C'était Doyle. Il était revenu après avoir déposé chez elles Jenny et Chloé.

« Camille, vous avez bien une chambre d'ami, dans cette grande maison ? Je ne peux pas vous laisser seule ce soir… »

Il s'assit sans façon sur le divan du salon et le chien posa aussitôt la tête sur ses genoux pour se faire caresser.

« Oh, Doyle, bien sûr… Avec plaisir… Cela me fait infiniment plaisir que vous soyez là…

— Vous êtes dans vos recherches ? Vous avez trouvé quelque chose depuis tout à l'heure ?

— Ma foi, j'ai dressé une liste des choses étranges que j'ai pu voir ou entendre ici, j'étais en train de chercher les propriétaires d'Hauteclaire, enfin je tâtonne, le plus ennuyeux, c'est que je ne sais même pas ce que je cherche. Alors je vais commencer par noter les dates de naissance et de décès de tous les propriétaires du domaine, les dates d'achat ou d'héritage de la maison, la qualité de l'héritier ou de l'acheteur…

— C'est bien… mais je crains que sur la petite histoire de la maison, les actes n'apprennent pas grand-chose.

— Je sais. J'ai pensé qu'il fallait que j'interroge la mémoire vive de ces lieux. Après Anselme, il y a Bernard Malou, un voisin venu nous rendre visite aux premiers mois de notre installation ici, qui en sait gros sur Hauteclaire ; il sera ravi de me montrer l'étendue de ses connaissances… Le pire, c'est que ce genre de recherches est un vrai travail de fourmi. »

Doyle s'était penché un peu au-dessus d'elle pour lire ses papiers. Ses yeux brillaient, doux et décidés.

« Doyle, je… »

Elle ne put rien dire de plus. Il l'embrassa doucement, tendrement, mais elle se dégagea et se leva.

« Pourquoi ? » demanda-t-il l'air grave.

Elle haussa les épaules, mécontente d'elle.

« Entre nous deux, je sens toujours l'ombre d'Alex. Je ne suis pas en paix, encore. »

Doyle la reprit dans ses bras, embrassant ses cheveux doucement. Elle se mit à sangloter, vaincue par les émotions de la journée.

« Là, là, ne pleure plus, murmura-t-il, la tutoyant pour la première fois. Tout va s'arranger, tu verras, avec le temps. Je te le dis aujourd'hui, je t'aime. Je t'ai aimée dès notre première rencontre… J'en devenais idiot de rage, de savoir que tu étais mariée avec ce type, que jamais tu ne serais à moi… »

Ses lèvres avaient quitté ses cheveux et effleurèrent les lèvres de la jeune femme. Et c'est au moment où Camille allait avouer à Doyle combien elle aussi, elle l'aimait, qu'ils perçurent la musique.

Un petit air répétitif, comme une mélopée aigrelette de boîte à musique.

« Tu as entendu ? »

Elle sentit son corps se tendre contre le sien. Ils écoutaient. Cela reprit une deuxième fois. Cela avait quelque chose d'irréel et terrifiant, cette musique sortie de nulle part, claire et limpide, désuète et lancinante.

« C'est quoi ? Une boîte à musique ? »

La boîte à musique que Camille avait achetée à Châteauroux ne fonctionnait plus, impossible que ce fût elle. Rien d'autre dans le salon ne pouvait produire cette mélodie. Quand retentit pour la troisième fois la petite mélopée, tous deux se précipitèrent vers la commode. Cela venait bien de là. Sur le plateau lustré en noyer trônait la boîte à musique au ressort brisé.

« Irréparable. Mécanisme cassé irrémédiablement… » c'est ce que lui avait dit le spécialiste à qui elle avait confié l'objet après son achat chez l'antiquaire, espérant qu'il s'était trompé.

Alors diantre pourquoi la petite clef d'argent finement ouvragée tournait-elle au son de la musique, toute seule, devant leurs yeux incrédules ?

Le vent s'était levé. La maison, pleine de craquements du bois de ses planchers et de sa charpente, du soupir du vent s'engouffrant dans ses cheminées, peuplée de vieux rêves et de mauvais souvenirs, vivait et semblait rire…

Le lendemain, à sa liste des manifestations étranges, elle ajouta :

La boîte à musique cassée s'est mise à jouer cette nuit… Entendue avec Doyle.

26

Au moment où le prêtre jette sur le cercueil la première pelletée de terre, il peut voir dans son livre d'heures quel doit être le sort de la personne enterrée, damnée ou bénie. Mais il lui est interdit de divulguer son secret, sous peine de prendre – fût-ce en Enfer – la place du défunt.

La vieille Typhèle sembla un peu gâteuse à Camille, du moins, c'est ce qui paraissait à première vue. Elle approchait les cent ans. Mais à quoi sert de vivre aussi longtemps, pensait Camille, puisque l'on ne peut plus rien faire, seulement ressasser des souvenirs ? Le corps de la vieille femme était tassé et noué par les rhumatismes et, presque aveugle, elle n'allait plus à petits pas que de son fauteuil à la table de la cuisine, où elle avait néanmoins servi un café à ses visiteurs. Dès qu'elle se mit à parler cependant, Camille remarqua qu'elle gardait un esprit vif ; et si elle ne se souvenait plus de ce qu'elle avait mangé la veille, elle se rappelait parfaitement de la couleur de sa première robe de bal et des habitants du village du temps de sa jeunesse. Et puis d'Hauteclaire.

Elle essaya de distinguer Camille quand Anselme la lui présenta et serra fort sa main dans la sienne.

« Je ne vois plus bien clair, vous savez, la *catarac*. Alors c'est vous qui habitez *là-bas*, ma pauvre petite, ce vieux coquin d'Anselme m'a parlé de vous, eh bien, vous avez du courage ! »

Du courage ou de l'inconscience. À voir.

Anselme souriait en sirotant son café.

« Vous savez, moi aussi, j'ai vécu dans votre maison… je servais à Hauteclaire comme femme de chambre de la jeune maîtresse de la maison, c'était dans les années 1940, juste avant la guerre, je me souviens bien. Oh, j'n'y suis pas restée très longtemps. Je me suis mariée et j'ai repris la ferme avec mon mari. Mais j'en garde des souvenirs, de mon passage chez l'baron ! De bonnes gens, ils me traitaient bien et ils ont vécu un si grand malheur ! La baronne d'abord, car son mari est mort d'un coup. Elle a hérité du domaine… »

La vieille leva les yeux au ciel, eut un geste désolé de la main. Puis elle prit un biscuit qu'elle trempa dans son café et le suça bruyamment à défaut de pouvoir le mâcher.

« Ah, ma pauvre petite, je peux vous le dire, à vous qui habitez là-bas… Je peux vous dire que j'ai été témoin de choses qui me hérissent encore les cheveux rien que d'y penser ! J'ai été bien contente de ne pas rester, je serais devenue folle là-dedans où j'y aurais perdu mon âme, Dieu m'en garde ! »

Camille faillit soupirer, interrompre la vieille, s'énerver. Mais Anselme la calma d'un regard.

« Écoute ! » dit-il silencieusement.

D'ailleurs Typhèle avait repris d'une voix soudain chevrotante :

« Tout a commencé par des pas, c'était bien après la mort de monsieur le baron. Oui, j'entendais des pas la nuit, seule, imaginez, seule dans ma chambre de bonne au grenier, là-haut, le reste du personnel ne logeait pas sur place… Des pas arpentaient le grenier, lourds, traînants, venaient jusqu'à ma porte, repartaient, revenaient, comme ceux d'une âme en peine cherchant quelque chose. Et quand je me levais, quand j'ouvrais la porte, tout s'arrêtait, plus rien, personne ! J'ai vu aussi des meubles aussi lourds que des armoires en bon chêne d'autrefois, sculptées et pesant la mort, changer de place pendant la nuit et se retrouver à l'opposé de la pièce comme si une armée de revenants les avaient portés. Des ricanements et des farces, comme si un démon s'amusait à nous tourmenter, mes maîtresses et moi. Car il ne restait que la baronne et sa fille désormais. Elles entendaient aussi les bruits, je pense, mais elles n'en parlaient à personne. Un jour, cependant, la baronne fit venir en secret m'sieur le curé à Hauteclaire, pour la faire bénir… »

La vieille croisa ses mains sur son ventre et parut s'assoupir.

« Et alors ? » murmura Camille doucement, le cœur battant, car elle pensait à Anselme et le passage des âmes et même elle avait pensé à plus, l'exorcisme peut-être, pourquoi pas ?

Typhèle parut s'éveiller en sursaut.

« Alors, pendant un mois, tout a été tranquille, comme avant. Mes maîtresses se frottaient les mains en bénissant le nom du Seigneur. On se serait cru aux jours heureux… Vous savez, on peut être si heureux à Hauteclaire ! On y connaissait une telle douceur de vivre… Feu le baron n'était pas bien riche, mais il était passionné par l'élevage de chevaux. Eh bien, avec une vieille jument qu'il avait rachetée à l'abattoir en s'installant à Hauteclaire, une trentaine d'années avant sa mort, il a fait fortune… Elle lui a fait un poulain, il est devenu étalon, il a couru, il a tout gagné sur les hippodromes. C'est tout simple quand la chance vous sourit ! Il a monté son élevage comme ça, à partir de ce cheval. Avec l'argent gagné, il a acheté d'autres poulinières et tous les poulains nés à la maison ont toujours brillé en courses. C'est rare avec les chevaux de devenir riche… Enfin, lui, il devait tout à ces bêtes-là. La maison était florissante et prospère. Madame portait des robes de soie et mademoiselle pouvait prétendre, avec son nom ancien et la nouvelle fortune de son père, aux plus beaux partis de la région… »

Camille écoutait le récit de la vieille avec fascination.

« Et puis un jour, il est mort. Ce fut un drame car sa fille devait se marier le mois suivant. La cérémonie fut reportée, car entre-temps la guerre avait éclaté. Avant de mourir, le baron avait mis Hauteclaire dans la corbeille de mariage de sa fille. C'était elle désormais la maîtresse de la maison. Et environ un an après la mort du baron, l'accident est arrivé. Un drame… »

La vieille voix baissa et devint murmure.

« Cela m'a beaucoup touchée, cette mort. C'était ma maîtresse, j'étais un peu sa confidente. Elle était belle. Nous avions le même âge, presque, vingt ans et elle m'aimait bien. Quand je brossais ses cheveux, sa crinière comme elle disait, longue, noire, souple, elle me racontait ses petits secrets et ses espoirs. Elle avait un sacré tempérament et du cran comme seuls ces gens-là en ont, les aristocrates. Intrépide, tête brûlée même qu'elle était. Elle montait à cheval mieux que son père et riait quand les poulains l'emportaient au grand galop… Elle faisait la fierté de ses parents. »

Typhèle s'arrêta un instant pour reprendre sa respiration. Elle but du café et reprit :

« C'était enfin le jour de ses noces. Elle s'était entichée d'un jeune homme de son monde. Elle avait eu pas mal de prétendants avant de choisir celui-là, mais ma maîtresse était drôle, pleine de vie et de gaieté. Elle était très excitée, elle voyait tout en rose malgré la guerre et en quoi aurait-elle eu tort ? Tout lui souriait… Or, le matin même de son mariage, elle a voulu faire sa promenade à cheval. Pourquoi je ne monterais pas aujourd'hui ? qu'elle disait, très fâchée, à sa mère et à moi qui avions essayé de l'en dissuader, songeant à tous les préparatifs de ce grand jour. Elle a finalement eu gain de cause auprès de sa mère et elle a filé très vite. Elle a fait seller l'étalon de son père, qui ne sortait plus beaucoup depuis la disparition de son maître, un animal bien trop grand et trop puissant pour elle et hop, la voilà partie… Elle les matait tous, toute menue qu'elle était, tous les pur-sang les plus chauds, les plus dangereux… Pourtant ce jour-là quand elle a quitté la cour, j'ai vu de sa chambre que la bête était énervée. Je me souviens de lui, un cheval au poil noir, luisant, fort comme un bœuf, avec un œil humain… »

Elle parlait, racontait, mais Camille n'entendait plus. Elle imaginait.

Le jour se levait. Le cheval dansait sous la jeune femme, une fine écume souillait déjà son large poitrail. La petite le calma distraitement de la voix, le dirigea vers le pont de la Théols qui roulait avec indifférence ses eaux calmes et vertes. Aurore pensa à son fiancé. Ce soir, la soirée serait délicieuse sous la tonnelle de roses avec Louis qui savait se montrer si charmant. Il badinerait avec son regard de bon chien amoureux et elle rirait de ses fadaises. Dire que tout à l'heure elle serait mariée… Mais Aurore fut tirée de sa douce rêverie. Le cheval piaffait et secouait la tête. Sûr que si elle ne le tenait pas aussi court, il aurait déjà fait demi-tour pour regagner l'écurie. Mauvais caractère, l'animal ! La jeune fille pensa que son père, pour une fois, n'avait pas eu le nez creux avec l'étalon, son dernier achat en date. Elle parvint à passer le pont, cependant, mais les sabots ferrés résonnèrent dessus, l'animal s'énerva de plus en plus.

« Là, tout beau, doucement ! »

Les oreilles noires écoutaient, bougeaient, se plaquaient sur le crâne obtus. Aurore ne ressentit pas de peur, elle était venue à bout de bêtes plus chaudes que celles-là. Même s'il s'emballait, ils en seraient quittes pour un bon galop dans les champs et ils rentreraient fumants et fourbus, voilà tout. Seulement, cela ne se passa pas comme la cavalière le pensait. Prenant soudain ombrage d'une grosse pierre blanche retournée au bord du chemin, l'animal joua à se faire peur et refusa tout net d'avancer, raidi sur ses quatre jambes. Et quand Aurore, agacée, lui planta ses éperons dans le ventre, la bête, qui n'attendait que cela, se cabra de toute sa hauteur. La jeune fille n'avait pas senti venir la défense. En un éclair l'animal frappa l'air de ses antérieurs, pivota sur lui-même et arracha les rênes des mains de la jeune femme. Il fit demi-tour violemment et prit le galop de charge, direction les écuries ! Déséquilibrée, Aurore avait perdu un étrier et ne tenait plus qu'une rêne. La bête avait coincé le mors dans sa bouche et grinçait des dents. Cinq cents kilos de muscles et de stupidité lancés à fond à travers le sous-bois du parc, le raccourci pour rejoindre les écuries… Toute blanche, Aurore ne cria pas. À force de tirer la rêne, ses doigts s'engourdirent. Elle lui parla encore, mais le cheval furieux n'écoutait rien. Elle fut ballottée sur son dos puissant, complètement impuissante.

« Il a galopé tout droit. Il ne faisait plus attention à rien, comme fou. Ma maîtresse en avait perdu le contrôle. J'ai tout vu de la fenêtre de sa chambre, au premier. Ils sont passés sous les arbres du parc, coupant au plus court… Et alors, alors… »

Des larmes se mirent à couler sur le vieux visage, suivant les sillons des rides, emperlant la bouche sans dents et le menton poilu de gouttelettes tremblantes. Typhèle pleurait.

« Aurore n'a pas pu se baisser à temps. Au milieu du parc, elle a pris une branche du vieux chêne en pleine tête. Elle est tombée, mais en restant accrochée par un pied à l'étrier. Il a tapé et marché sur elle plusieurs fois, la traînant ainsi jusqu'aux écuries. Elle est morte dans les bras de sa mère, sans avoir repris connaissance, son corps était tout mou comme celui d'une poupée de chiffon. C'est moi qui l'ai apprêtée pour le cercueil, dans sa belle robe de mariée. Les années ont passé, mais je revois encore tout. »

Il y eut un silence et l'on n'entendait plus que le balancier imperturbable de la vieille horloge dans le silence lourd de la pièce.

« Partez, acheva Typhèle en cherchant la silhouette de Camille de ses yeux nimbés d'une taie blanche, vides, effrayants. Partez, répéta-t-elle en levant ses mains aux doigts crochus vers le ciel, quittez cette damnée maison. Ou elle vous tuera vous aussi… »

27

Un garçon qui passait près d'une fosse ronde dans une prairie de l'Indre, réputée pour être le rendez-vous des lavandières de nuit, vit une femme qui lavait et il lui adressa la parole, croyant la reconnaître pour une vieille voisine. Aussitôt une sorte de grande femme de couleur rougeâtre s'élança sur lui en l'entortillant de linges ensanglantés...

« Tu devrais venir te promener avec moi, tu restes toujours enfermée ici dans tes papiers, Camille... Oh, mais tu t'es coiffée avec un pétard ! Et t'es pas habillée... Et Doyle arrive tout à l'heure pour manger, tu l'as oublié ? »

La Terrible jeta un œil moqueur à Camille en dévorant tranquillement un petit fromage. Un vrai miroir déformant. La jeune femme passa une main dans ses cheveux hirsutes, c'est vrai qu'elle n'avait pas pris le temps de bien se coiffer, tiens, même de s'habiller ! constata-t-elle en passant la main sur son pantalon de pyjama. Elle voulait vérifier ses notes d'hier et s'était assise au bureau tout de suite en se levant. Après, elle avait perdu la notion de l'heure. Camille soupira, quitta ses notes à regret. Elle ne travaillait plus que sur Hauteclaire. La maison la dévorait, l'absorbait, l'ensorcelait. Elle avait trouvé. Presque. Elle doutait encore.

Comment ne pas douter devant l'inimaginable maléfice d'Hauteclaire ?

Le temps, durant ces semaines de recherches acharnées, avait perdu toute valeur, elle se fondait en cette maison, son passé, ses habitants, la bâtisse dévorait lentement son énergie, sa vie, sa moelle, Camille avait dû perdre cinq kilos depuis sa visite à Typhèle.

« Partez, quittez Hauteclaire, sinon elle vous tuera aussi… » avait soudain pris un sens nouveau pour elle et hantait Camille mieux qu'une armée de revenants. Car maintenant elle y croyait, aux histoires des vieux. Pas seulement à cause du récit de la centenaire. Mon Dieu, pourquoi Anselme ne lui avait-il pas raconté ce qu'il savait sur cette maison, quand elle venait d'y arriver ?

« M'auriez-vous cru ? dit-il scrutant Camille de son regard perçant, lorsqu'ils revinrent de chez Typhèle. Ne m'auriez-vous pas pris pour un vieux fou, si j'vous avais raconté tout cela, ou pour quelqu'un voulant s'amuser à vous faire peur ?

— Non. J'aurais conclu à une suite d'accidents sans y mêler le surnaturel ou la thèse du lieu maudit.

— Et maintenant ?

— Maintenant, cher Anselme, je vais poursuivre mes recherches afin de tirer tout cela au clair, car vous voyez, une infime part de moi-même espère malgré tout trouver l'énigme d'Hauteclaire et surtout pouvoir continuer à y vivre, mais dans la sérénité. »

Camille se souvint avoir vu le vieux soupirer comme devant une enfant têtue s'obstinant à désobéir.

« Il est arrivé malheur à bien des gens chez vous. Je ne pense pas que l'on puisse y faire grand-chose, vous avez entendu Typhèle, ils avaient fait bénir la maison… conclut Anselme au moment de quitter la voiture que

Camille venait de garer devant chez lui. Ne cherchez pas plus loin. Tenez, je passe demain pour voir ce que je peux faire, vous vous souvenez ? »

Camille se souvenait.

Tous les deux, pièce par pièce, jusqu'au grenier, ils explorèrent la maison, Anselme tenant quant à lui son pendule de la main gauche. La jeune femme observait l'objet et remarqua qu'il ne cessait d'osciller, dans quelque endroit d'Hauteclaire il se trouvait. Lorsqu'ils revinrent enfin au salon, Anselme fronçait les sourcils.

« Finissons par les extérieurs… » dit-il.

Et sans attendre de réponse, il entraîna Camille vers les écuries, quelques petites dépendances d'autrefois comme un pigeonnier, une sorte de garage, un atelier du maréchal-ferrant et la grange. La jeune femme nota que le pendule avait cessé de tourner depuis qu'ils étaient sortis de la maison. L'imposante grange, par ailleurs, n'était plus cadenassée. En quittant les lieux, songea Camille, Alex avait emporté tout ce qui devait y traîner… La chaîne rouillée pendait avec au bout le cadenas enfin ouvert. Elle poussa la porte qui s'ouvrit silencieusement, on aurait dit que ses gonds étaient huilés. Dedans il faisait froid et noir. Camille chercha le commutateur électrique en ouvrant la torche de son portable.

« Oh ! c'est immense fit Camille en découvrant les lieux sous la lumière de puissantes ampoules disposées sous les poutres maîtresses. Et la structure est magnifique, ajouta-t-elle, c'est en nef de navire, inversée… »

Elle fit le tour, mal à l'aise. De vieux draps traînaient par terre. Elle songea que son ex-époux avait vraiment dû se servir de cet endroit comme lieu de stockage pour ses tableaux… Pourtant, lors de leur première visite à Hauteclaire, il avait soigneusement évité la grange, le lieu qui lui rappelait la mort d'Esther… Toutefois à la porte on voyait un cadenas neuf, rutilant, qui en fermait l'accès, elle se souvenait, cela l'avait frappée. Le doute qui l'habitait depuis longtemps se mua en soudaine certitude ; des tableaux avaient été entreposés ici, ceux d'Alex, peut-être, mais aussi ceux d'Esther et voilà qui expliquait le manège d'Alex… ses allées et venues nocturnes parfois et le fait qu'il barrait en somme l'accès à la grange en invoquant la mort d'Esther…

« Mais Anselme, dit-elle brusquement, on ne se sent pas terriblement bien ici… On dirait que quelque chose nous dit de sortir très vite, cela fait comme au grenier, dans les chambres abandonnées, vous savez… avec l'œil-de-bœuf plein de toiles et les murs gris qui semblent vous observer, je ne sais comment. »

Elle lâcha une vieille chaise trouvée dans un coin et regarda Anselme qui fixait lui-même alternativement son pendule et la plus grosse des poutres au-dessus de lui ; l'objet scintillant s'était définitivement affolé et marquait des cercles concentriques à toute allure.

« Vous aussi, vous sentez des choses, hein ? Allez, c'est bon, sortons ! » dit Anselme qui avait un peu pâli.

Ils étaient retournés à la cuisine d'Hauteclaire où Camille leur prépara un café bien fort. Lorsque Camille se fut installée devant son bol fumant et poussa l'autre avec la sucrière devant le vieux, elle murmura :

« Alors, rien de bon, n'est-ce pas ?

— Hum pff, soupira-t-il, ce que je savais déjà en partie. Votre maison, expliqua-t-il doucement comme pour ne pas choquer Camille, est comme la flamme d'une bougie qui brille dans la nuit. C'est poétique, mais pas tant que ça, en clair, elle attire les âmes errantes… Elle est bâtie sur un mauvais lieu, je vous l'avais dit. Peut-être autrefois y a-t-il eu de la magie noire ici, où je ne sais quoi… qui remonterait à plus loin. Un ancien site druidique ? Peut-être… »

Camille faillit se brûler en avalant.

« Mais, euh, Anselme, vous pouvez faire quelque chose, n'est-ce pas ? Les chasser, ces esprits… »

Il soupira encore.

« Aider des âmes à passer de l'autre côté et trouver le repos, je sais faire. Mais je sais aussi que même si je le fais là, maintenant, il restera quelque chose d'autre. »

Camille n'osait presque plus respirer. Elle connaissait déjà la réponse.

« Et c'est quoi ? Ce fameux poète ? Mon ex-belle-mère m'en a dit quelques mots à Noël dernier.

— Oui, ce serait plus ça, à mon avis, une malédiction. S'il est possible de la lever, il faudrait trouver d'autres éléments. Quand on jette une malédiction, on laisse quelque chose, un objet, un envoûtement enterré ou caché quelque part… qui va poursuivre son travail. Dans le cas du poète, il est mort en lançant sa malédiction sur la maison, mais je suis presque sûr qu'il avait exécuté avant un rituel et pris soin de laisser quelque chose ici, à Hauteclaire… Enfin lui, ou quelqu'un d'autre car cela a l'air très puissant…

— Que savez-vous exactement de ce poète, Anselme ?

— Oh, ce que vous savez, on en a déjà parlé, il y a longtemps… Un pauvre gars qui s'est fait jouer par une petite peste bien née. Je pense que, comme il en était complètement fou amoureux, il avait déjà dû essayer la sorcellerie pour la rendre amoureuse de lui… À défaut, quand il s'est rendu compte qu'il était joué, il l'a maudite… Ce lieu où il avait rencontré la jeune fille, celle qui avait brisé sa vie, il l'a voué à l'Enfer. Pour les siècles des siècles, je pense qu'il l'a *maudite, elle et toute femme propriétaire de ces murs*... Car regardez, toutes ces femmes qui ont possédé Hauteclaire, elles sont mortes tragiquement... Je vais réfléchir et chercher de mon côté, Camille. »

Depuis ce jour, Camille travaillait sur la maison presque jour et nuit, épiant les bruits, les signes. Une idée terrible lui était venue en tête à propos d'Alex et de la maison. Elle avait invité Bruno Malou à venir chez elle. Elle cherchait une espèce de confirmation qui lui manquait.

Tirée enfin de son espèce de torpeur dans son travail, la jeune femme laissa ses notes, épaisses comme un petit livre, se doucha, enfila sa tenue favorite, le fameux jean et un sweat. Juste à temps car elle entendit sonner, puis le galop de Charlotte pour ouvrir la porte d'entrée, Titan qui aboyait et enfin la voix de Doyle, claire et forte.

« Camille, tu me parais fatiguée... Tu vas bien ? »

La Terrible ne laissa pas à la jeune femme le temps de répondre.

« Ben, elle travaille tout le temps, alors elle se fatigue, n'est-ce pas, Camille ? »

L'Irlandais se détourna, engloba du regard les pages noircies de la fine écriture de la jeune femme étalées sur le bureau du salon.

« Les recherches avancent ?

— Eh bien oui. »

Si elle lui disait ce qu'elle soupçonnait ? Non. C'était trop tôt. Il lui fallait être sûre... Ce ne serait pas long. D'ailleurs il ne le fallait pas. Elle n'avait plus le temps. Elle était talonnée à présent par la certitude effrayante qu'elle devait se dépêcher, que c'était une question de vie ou de mort, qu'Hauteclaire bientôt réclamerait son dû. Camille sortit les pâtisseries du frigidaire, les disposa sur la table basse du salon avec les assiettes à dessert.

« J'ai avancé, tu verras, je te raconterai tout à l'heure. Bruno Malou vient prendre le dessert… Je t'en ai parlé, Doyle, il connaît aussi l'histoire d'Hauteclaire… Peut-être m'apportera-t-il des informations que je ne connais pas.

— Bien, soupira-t-il. Si au moins il peut faire avancer les choses. Mais raconte-nous quand même ce que tu as trouvé sur cette maison. »

Camille passa sur ses visites chez les notaires et aux archives, les heures passées à éplucher les documents chez eux jusqu'à ce que les yeux lui fassent mal, les secrétaires désagréables, l'impression de tourner en rond. Cependant, elle avait pu remonter la chronologie des propriétaires jusqu'à la construction de la maison.

« Hauteclaire est plus vieille que je ne le croyais ; elle a été construite en 1788, tu te rends compte, Charlotte, juste un an avant la Révolution. Et, elle a été donnée en apanage au comte d'Artois, futur Charles X, qui gouverna la France pendant la courte période dite de la Restauration.

— On dirait un livre d'histoire, dit Charlotte. Bon, d'accord, Camille mais tout ça, on le savait qu'Hauteclaire était un lieu d'exploitation du fer. Et puis ?

— Le comte d'Artois n'a pas gardé la maison longtemps. Elle a ensuite été acquise successivement par différentes familles d'aristocrates et de bourgeois, soit une quinzaine de propriétaires différents. Le haut-fourneau a été fermé au début du XXe siècle et détruit. Peu à peu les terres ont été dilapidées, les noyers qui poussaient en abondance et constituaient également une richesse du domaine ont été coupés. Différentes personnes ont ensuite acheté la propriété. Puis en 1950, elle est passée dans la famille d'Alex. »

Il y eut un silence quand Camille prononça ce nom. Charlotte s'arrêta de mâcher son chewing-gum et Doyle regarda la jeune femme d'un air interrogateur.

28

Quand on perd une dent, soit qu'on la fasse arracher, soit qu'elle tombe d'elle-même, il ne faut pas commettre l'imprudence de la jeter car, si un chien la ramasse, on est damné. Il ne faut pas non plus la jeter dans le feu, sinon elle va droit en Enfer et on est obligé d'aller la chercher après sa mort.

La voix de Camille avait baissé inconsciemment quand elle avait prononcé son nom. Il l'avait appelée la semaine dernière, mais Charlotte refusait toujours de parler à son père.

« Oh, oh, Camille, reviens avec nous ! dit Charlotte. On veut la suite. »

Mais Titan se mit soudain à japper comme on sonnait à la porte d'entrée. Bruno Malou était arrivé. La sonnerie du portable de Doyle se fit entendre.

« Je ne vous ai pas fait attendre, j'espère… »

Il était comme lors de leur première rencontre, impeccablement rasé, très bien habillé avec son pantalon couleur moutarde et sa chemise bleu foncé, fleurant bon une discrète eau de toilette sûrement coûteuse, l'air sûr de lui, mais tout de même sympathique. Il serrait sous son bras un épais porte-documents en cuir luisant. Camille entraîna son visiteur dans le salon et tout le monde s'installa. Doyle fit quant à lui un signe à Camille.

« Une urgence, il faut que j'y aille, je repasse ce soir vers vingt heures. »

Et il s'éclipsa, laissant Camille face à son invité qui dégustait sa part de gâteau avec satisfaction.

Camille prit ses documents, repoussant son dessert et expliqua :

« Voilà, comme je vous l'ai dit au téléphone, vous connaissez bien cet endroit et sans doute l'histoire de la région, je pense…

— L'histoire du côté historique ou du côté magique ? » s'enquit-il avec un petit sourire narquois.

Camille sursauta. Comment avait-elle pu douter qu'il ne sût rien des hantises d'Hauteclaire ? Elle l'avait espéré, un peu, malgré tout, il semblait si rationnel, lui. Elle décida de jouer franc-jeu.

« Le côté historique, vous l'aviez ébauché lors de votre première visite et je l'ai complété. Je le connais. Non, ce que je recherche… »

Camille hésita, tortilla ses mains. Bruno Malou vint à son aide. Elle était ravissante avec sa mine pâle et ses cheveux dorés.

« Vous voulez le petit bout de la lorgnette. Les petits bruits qui courent sur votre maison. »

À quoi bon nier.

« Voilà. Et vous savez comme moi que rien de cela ne figure sur des actes. Par contre, la mémoire des gens est excellente dans ce domaine et vous possédez, je crois, beaucoup d'informations, étant d'ici vous et votre famille, depuis longtemps. »

Bruno Malou se rengorgea un peu.

« Je ne connais pas tout sur Hauteclaire. Mais j'ai rapporté quelques papiers qui vous intéresseront sûrement. Pour faire suite à notre première conversation et aux bruits qui courent...

— Dites-moi ce que vous savez, alors... »

Il sirota son café, posa la tasse et soupira...

« Cela risque d'être long.

— Je suis très patiente... » dit Camille en s'enfonçant dans son fauteuil.

***

Pour que j'admette enfin que cette maison n'est pas mon havre de paix, mais un lieu où se déchaînent des forces inconnues de nous, des forces dangereuses, il faut bien tout mettre à plat, tout raconter de A à Z. Il n'est plus temps de jouer à cache-cache. Je pense avoir trouvé une partie de l'effarant secret d'Hauteclaire...

Il était près de huit heures du soir. La conversation avec Bruno Malou avait duré presque toute l'après-midi. Elle avait lu et relu les documents qu'il lui avait laissés. Tout confirmait ce qu'elle avait découvert.

Quand elle eut fini de préparer du thé bien fort, elle apporta le plateau au salon et Doyle revint de sa visite à ce moment-là. Il s'installa dans le canapé et Camille lui servit le thé. Ils allaient en avoir besoin.

« Charlotte est couchée ?

— Oui, elle ne tenait plus debout. Elle était désolée de ne pas pouvoir rester pour te voir... »

Il sourit.

« Alors, tu as des nouvelles fraîches à propos de ta maison ? »

Camille acquiesça et finit par se mettre à narrer d'abord sa visite chez Typhèle, sa visite d'Hauteclaire avec Anselme et son pendule, réservant sa conversation avec Bernard Malou pour la fin. Il fallait y aller graduellement. Elle-même avait encore du mal à admettre…

« Je ne vais pas me faire l'avocat du diable, dit Doyle quand elle eut fini le récit de la mort tragique de la jeune Aurore, mais la chute de cheval de la jeune fille ne peut être qu'un banal accident.

— C'est ce que j'ai cru aussi. On pense toujours à ça au départ. En soi, les morts à Hauteclaire paraissent insignifiantes, banales, même. Un suicide, des accidents, c'est presque obligatoire dans l'histoire d'une maison allant de 1788 à nos jours. Mais ce qui finit par devenir gênant et étrange, c'est l'accumulation de ces morts et toutes suivant le même scénario.

— Explique-toi. »

Camille se leva et prit la liasse de papiers qu'elle avait posée sur son bureau.

« Outre Aurore de Retz, à mon arrivée ici, Anselme m'a raconté la fin tragique d'une madame d'Orgival. Sur le coup, je n'y ai pas prêté grande attention, bien que sa mort ait été étonnante. Elle a été tuée dans son lit par la cheminée de l'étage… qui s'est détachée du mur et a traversé le plancher. Cela aussi n'est qu'un accident dû sans doute à la vétusté de la bâtisse. Mais, fait troublant, Anselme m'a dit aussi que ses parents, qui ont bien connu cette femme, puisqu'elle venait s'approvisionner à la ferme, leur racontait qu'elle se sentait mal à Hauteclaire avant sa mort et qu'elle y subissait des phénomènes de hantises. »

Le visage de Doyle s'allongea.

« Et Bruno Malou t'a appris quelque chose d'autre ?

— Pour madame d'Orgival ? Oui. Son mari était issu par sa grand-mère d'une famille paysanne. En venant s'installer ici, il eut deux idées qui firent ses beaux jours ; il planta une année soixante hectares de lentilles. La récolte fut bonne, on s'arracha ce légume rare à l'époque. Par la suite, il créa avec l'argent des lentilles le premier élevage de lapins industriel qui le rendit encore plus riche.

— Il a eu de la chance. »

Camille le regarda fixement.

« De la chance, je ne crois pas. Je te dirai mon sentiment là-dessus. Ensuite, Bruno Malou m'a parlé de Carla Fiori. C'était une Italienne qui s'était amourachée de la maison. C'était dans les années 1880. Les Fiori se sont installés ici. Le père, Carla et leur fils de vingt ans. Ce fut sans histoires un certain temps pour eux. Monsieur Fiori décédé, le fils est devenu un célèbre ténor, selon le vœu de son papa ; il fut une référence dans l'art lyrique de l'époque.

— Tu parles. Je ne connais pas.

— Bref. Ce fut le Pavarotti de l'époque. Sa mère, Carla Fiori, passa une bonne partie de sa vie à Hauteclaire. Selon ma chronologie, de 1880 jusqu'à 1895.

— Alors ? Que se passa-t-il pour cette bonne Carla ?

— L'arrière-grand-mère paternelle de Bruno Malou a bien connu Carla Fiori. C'était son amie. Les propriétés ne sont distantes que d'un kilomètre. Elles se voyaient tous les jours. La vieille madame Malou a donc raconté à ses descendants que Carla Fiori était une femme étonnante de vivacité et d'intelligence, qui aimait Hauteclaire plus que tout au monde. Elle était ravie également de la réussite de son fils. Elle disait que c'était la maison qui lui portait chance. Cependant, quand son fils lui a fait cadeau de la maison et a quitté la France pour l'Italie, il semble qu'elle ait un peu perdu la tête. Elle parlait beaucoup de bruits étranges dans la maison, de plaintes et même de birette…

— Une birette ? C'est quoi ?

— Un fantôme. Un esprit voilé de blanc qui était un jour entré tranquillement dans sa chambre pour prendre un livre de prières et ressortir aussitôt sans un regard pour la pauvre femme.

— Elle a dû avoir très peur.

— Tellement qu'elle en a presque perdu la raison. Elle a raconté tout cela à sa chère amie et a décidé de fuir. Fuir avec le train. C'était son obsession. Elle voulait vendre la maison, mais n'a pas réussi. Bruno Malou m'a donné une coupure de presse que son aïeule avait gardée en souvenir de son amie.

— Carla Fiori a donc défrayé la chronique ?

— Si peu. Quelques lignes dans le journal. Pour narrer son décès. Elle est tombée sur les voies de chemin de fer de Châteauroux au moment où le train arrivait. »

Camille tendit à Doyle un petit carnet tendu de cuir noir tout sec.

« Et voilà ce que moi, j'ai trouvé dans le grenier. Une preuve encore que la maison joue un rôle terrifiant dans tous ces décès « accidentels ». »

Camille posa sa main sur celle de Doyle quand il voulut ouvrir le carnet.

« Écoute-moi, d'abord. Il y a quinze jours, mardi exactement, après ma visite chez Typhèle, j'ai passé une nuit agitée, une de plus, qui m'a laissée lasse à en mourir. Je n'ai pas dormi à cause des bruits dans le grenier, des loirs peut-être ? Puis des grattements incessants d'ongles forts. Une bête, peut-être, ou les loirs ? J'ai décidé de me lever et d'aller au salon pour relire mes notes. Un de mes fauteuils, le Louis XV tendu de soie jaune, où plus personne ne peut s'asseoir tellement il est fragile, avait quitté sa place à côté de l'armoire. Il était placé devant le foyer de la cheminée, à demi tourné, comme si quelqu'un s'était chauffé devant l'âtre. Or, Charlotte n'était pas allée au salon, ni personne. Personne ne bouge jamais ce fauteuil, il sert uniquement à la décoration. Alors, qui l'a mis devant la cheminée ? Les meubles ne changent pas tout seuls de place, non ? Même d'un mètre. Ou d'un centimètre. Ici, *on* les bouge. Qui les bouge, mon Dieu ? J'ai réfléchi, puis j'ai enfilé mon vieux jean, j'ai pris mon couteau de poche et une bonne torche. Direction l'étage et le grenier. J'y avais entendu les grattements toute la nuit. Je pouvais trouver un indice auquel nous n'avions pas prêté attention quand nous avions fouillé le premier, toi et moi, le jour de notre dîner troublé par les joyeux déménageurs invisibles. Ou quand j'ai fait le tour avec Anselme et son pendule. J'ai pris mon courage à deux mains et je suis montée là-haut, Doyle, cet endroit-là m'attire et me fait peur, je ne sais pas pourquoi. Alors j'ai passé ma journée ou presque à fouiner partout, je me suis dit que la clef du mystère d'Hauteclaire devait être à Hauteclaire même. En particulier dans ces trois pièces. J'ai fouillé partout, longtemps, inlassablement, puis j'ai dû me rendre à l'évidence, rien ! Je suis redescendue au salon, dans le cellier, la salle à manger, j'ai soulevé les tapisseries défaites et les tentures posées en attendant la réfection de certains murs, j'ai ouvert de vieux livres poussiéreux et bougé des caisses. Je ne savais même pas ce que je cherchais. À la fin de la journée, ma détermination commençait à s'effilocher sérieusement. Je n'avais rien trouvé. Il me fallait renoncer. C'est alors que Pim s'est sauvée à l'étage, s'aventurant dans les trois pièces sinistres. Je l'ai suivie pour la ramener. Et en passant devant la fenêtre de la pièce du fond, peut-être pour la quatrième fois ce jour-là, mon pied a fait céder une lame de parquet… J'ai trouvé ce carnet… »

Camille ne raconta pas sa peur en sentant craquer le bois sous elle, sa cheville éraflée saignant dans la poussière, sa surprise en apercevant un petit morceau de cuir noir à travers les lattes brisées. Elle rapporta le carnet vers la lumière et l'ouvrit, intriguée au plus haut point.

Qui l'avait caché là et pourquoi ?

29

Dans les environs du village de Saint-Benoît-du-Sault, en Berry, existe une bastide datant de 1793. On y entend parfois des bruits étranges. Un chasseur, un jour, y poursuivit un lièvre blessé. Il avança jusqu'à la maison. Que se passa-t-il ensuite ? Il ne dit à personne ce qu'il avait vu et mourut trois jours après.

« Que contient-il ? » demanda Doyle, oubliant toutes les questions qu'il voulait poser.

Il ouvrit le modeste registre comme s'il allait lui livrer à la première lecture la clef des mystères d'Hauteclaire. Camille le laissa lire durant quelques minutes.

« Rien que des choses très banales au premier abord, Doyle. Des pages et des pages de chiffres et de comptes, des remarques sur le coût d'un journalier pour la récolte de blé, le nombre et le prix de pièces de tissus achetées au marché de Saint-Août pour remonter la maisonnée en draps et torchons, le salaire de la petite bonne récemment employée, rien que le quotidien d'une maîtresse de maison scrupuleuse qui notait toutes ses dépenses. Tu vois l'étiquette sur la couverture et cette encre à demi effacée ? Elle s'appelait Constance Bonneval, je l'ai retrouvée dans mes notes, cette femme fut la quatrième propriétaire d'Hauteclaire, dans l'ordre chronologique, en 1831. Ce petit carnet n'est que son registre des comptes de la maison. »

Camille avait d'abord lu le carnet de long en large, sans en sauter une ligne, désespérant de comprendre à quoi il pouvait lui servir et quelle importance il avait pour sa propriétaire qui l'avait manifestement caché là. Sur la page de garde était soigneusement inscrit en majuscules : « ANNÉES 1860-61 ».

« Je vais t'aider, Doyle, cela ira plus vite. Regarde, tourne les pages jusque-là… jusqu'en mai. Lis la colonne des dépenses… »

Il parcourut une vingtaine de lignes de chiffres et tout en bas, au lieu de l'addition il lut :

8 mai 1860 : aucun bruit cette nuit !

Camille jubilait presque :

« Tu vois, Doyle ! *Aucun bruit cette nuit !* Elle aussi a entendu… Comme moi. Comme les autres ! Regarde, ça continue là, sur l'autre page ; *31 mai 60 : encore cette idée que la maison m'observe… pas dormi de la nuit.* Et ici, plus loin ; *juin 1960 : ai demandé à monsieur le curé de passer bénir la maison…* Doyle, cette femme aussi, il y a environ cent soixante-dix ans, se trouvait confrontée aux mêmes phénomènes que moi ou ceux perçus par madame d'Orgival, Carla Fiori ou Aurore de Retz ! La maison est ainsi depuis longtemps. C'est une évidence.

— Bien, dit Doyle. Tu as en quelque sorte trouvé la confirmation qu'Hauteclaire est un lieu hanté, ou maudit, comme le disent les vieux du village. On le savait un peu déjà, non ? Ce n'est pas tout, je pense ? »

Camille caressa le carnet, les yeux vagues.

« Non. Je suis allée plus loin que ce secret de polichinelle. Mais terminons avec ceci… »

Elle reprit le carnet, feuilleta les pages, en cherchant une bien en particulier.

« Pour terminer, Constance a rédigé deux petits textes, comme pour se soulager, lis… Après, le carnet est terminé. »

La belle écriture, un modèle de régularité, pâlie par le temps, était couchée en lignes impeccables, mais toutes vacillantes. Constance avait peur.

Je redoute la maison maintenant, une maison où j'ai vécu presque trente ans ! Je m'y suis toujours bien sentie, tellement bien, j'y étais heureuse avec mon mari, puis mon fils Louis. Mais depuis sa mort, il me semble qu'Hauteclaire a changé, elle ne me montre plus un visage amical. Quelque chose me dit qu'un malheur va arriver. Ce ne sont pas les bruits que j'entends, non, qui me font peur et pourtant Dieu seul sait si cela seul est déjà étrange, mais c'est quelque chose que je n'arrive pas à expliquer, comme si la maison m'observait ! Ou voulait me dire quelque chose… L'autre jour, la plaque de la cheminée est tombée toute seule dans le foyer et s'est fendue. Je l'ai fait relever et nettoyer. J'ai remarqué des signes étranges écrits dessus et puis la maison gravée au centre, on dirait Hauteclaire…

— Lis le dernier passage, Doyle.

— *Décembre 1861 : tout ici est d'une tristesse infinie. Je sais que je vais mourir cette année. Hauteclaire me l'a dit. Je vais de plus en plus souvent m'asseoir sur la margelle du puits et je regarde ce trou sans fond pendant des heures. Je n'ai plus la force de lutter. Je sais que je vais vous retrouver, Armand et toi aussi, mon cher Louis…* »

Doyle releva le nez du carnet.

« Elle est morte comment ?

— On l'a retrouvée noyée au fond de son puits. Celui qui est dans la cour. »

Doyle passa la main dans ses cheveux.

« C'est une histoire incroyable… »

Camille but son thé refroidi à présent. Elle contempla sa tasse comme si elle la voyait pour la première fois.

« Oui et je pense que ce carnet avait été caché parce que sa malheureuse propriétaire pensait qu'on la prendrait pour une folle, si on le lisait… Doyle, le puzzle s'est enfin reconstitué dans ma tête. J'ai accepté de voir ce que je savais en fait depuis longtemps. C'est simple. C'est sur ce feuillet, Doyle. Grâce aux histoires d'Anselme et Typhèle, de Bruno Malou et au carnet de Constance, j'ai enfin compris comment Hauteclaire fonctionnait véritablement… »

Elle posa sa tasse avec précaution sur le petit guéridon de marbre et murmura à voix basse, car elle savait qu'à Hauteclaire les murs avaient des oreilles et aussi des yeux :

« C'est une tueuse… »

30

Le revenant le plus mal intentionné ne peut rien contre trois baptêmes réunis, c'est-à-dire contre trois personnes qui cheminent de compagnie et ont été baptisées.

« Le carnet de Constance m'a donné la clef de l'énigme. J'ai trouvé le lien entre cette incroyable succession d'accidents qui ont lieu depuis des années et des années. Hauteclaire. Viens, je voudrais te montrer quelque chose... »

Elle prit la torche posée sur le bureau et se dirigea vers la cheminée du salon, fit signe à Doyle de s'accroupir. Elle éclaira les dessins gravés sur la fonte fendue.

« Je n'ai pas voulu qu'on enlevât cette plaque lors des travaux, aujourd'hui je pense toujours qu'elle doit dater des origines de la maison. C'est Constance qui a dû la faire boulonner de façon aussi solide dans le mur quand elle est tombée puis s'est fendue... Alors, vois-tu quelque chose ? »

Doyle finit par dire doucement :

« Eh bien, je vois des dessins là-dessus. On dirait une maison. Elle ressemble à Hauteclaire avec son toit pointu et ses fenêtres, le même nombre, on dirait. Sur la toiture, il y a un cercle et dans ce cercle, une étoile à cinq branches finement gravée avec un chiffre romain à chaque pointe. À droite, un arbre aux branches souples, on dirait l'if du parc, mais en plus petit. La même forme particulière avec le tronc qui se sépare en deux. »

Il regarda Camille.

« Tu en sais plus que moi ? »

Camille s'assit sur le tapis devant le feu.

« Tu vois, je ne m'étais plus occupée de cette plaque avant que je ne découvre la description faite par Constance. J'en ai fait un dessin très précis à présent. J'en connais tous les détails, toutes les aspérités, tout le travail… Viens voir. »

Elle déplia un calque devant lui sur la table basse.

« Regarde, j'ai pris des photos de la plaque et j'ai agrandi puis reproduit pour bien voir les détails… Dis-moi ce que tu en penses, de cette découverte… »

Il se tut un moment, observant tout attentivement.

« Cette étoile, on dirait un signe cabalistique… Ça me fait penser à un signe de franc-maçonnerie. »

Doyle poursuivit et fit le tour de l'étoile du doigt sur le papier.

« Quant à ces nombres… on ne les voit pas sur la plaque… »

Camille l'encouragea d'un regard.

« Pas bien, mais ils y sont.

— Ce sont des nombres premiers, n'est-ce pas ? Mes souvenirs d'études ne sont pas si loin… « 2, 3, 5, 7 », voilà ce qui est écrit. Et en bas, tu as vu, à côté du 7, c'est écrit « et cætera ». Etc., en fait, non ? Ainsi de suite…

— À ton avis, quelle signification peuvent avoir ces nombres disposés comme ça ? Un à chaque pointe, le « 2 » au sommet de l'étoile… ce n'est pas seulement pour faire joli… Et le « etc. » à la fin ? »

Il réfléchit un moment, mais Camille le bouscula.

« Je vais t'aider. Car c'est maintenant qu'interviennent mes recherches, tout ce temps passé à fouiller et à interroger tout le monde et même la maison. »

Elle se leva d'un bond, récupéra ses notes, se mit à genoux près de Doyle devant la table.

« Résumons-nous, la maison passe depuis des lustres pour être un lieu maudit. On colporte à son sujet nombre d'histoires étranges. Le plus insolite, c'est qu'il y a depuis longtemps des séries d'accidents ou de morts violentes à Hauteclaire. Trop pour être aisément « naturelles » ou explicables ; Aurore de Retz, madame d'Orgival, Carla Fiori, Constance Bonneval, sans oublier Esther aussi, la sœur d'Alex. N'oublions pas également la disparition suspecte d'Hélène, la mère de Charlotte. C'est beaucoup ; déjà, ça ne peut pas être qu'une banale série d'accidents. Regarde mieux mes notes sur cette page… Tu ne remarques rien ?

— Eh bien, toutes ces femmes ont vécu à Hauteclaire bien sûr… »

Les idées cheminaient doucement dans sa tête comme elles avaient cheminé dans celle de Camille. Elle lui glissa entre les mains une feuille où était dessiné un tableau avec le nom des différents propriétaires d'Hauteclaire depuis 1788, avec la date d'achat ou de l'héritage de la maison et en face leur date de décès.

« Voici le premier tableau. Qu'en penses-tu ? »

Doyle se concentra, sourcils froncés.

« Rien de bizarre. Le premier maître des lieux fut d'abord Robert d'Artois, puis Étienne de Champvilliers, messieurs Destillère, Bonneval, la famille Fiori, Boildieu… D'autres encore jusqu'aux d'Estruval et toi-même. Y a-t-il quelque chose d'anormal là-dedans ?

— Non, rien. Si tu regardes attentivement le tableau, tu constateras que tous les gens à qui Hauteclaire a appartenu ont vécu ici dans une durée qui varie de deux années pour certains à trente ou même trente-cinq ans pour d'autres... Aucune trace, disons, d'une sorte de malédiction qui frapperait à intervalles réguliers.

— Rien d'étrange, alors ? »

Camille sourit.

« Pas à première vue, pas quand tu découvres les chiffres globaux. Prenons en exemple la famille de Constance. Ils ont vécu ici de 1831 à 1861, soit trente années passées à Hauteclaire... Ou ici les Boildieu, en tout dix-huit ans passés dans la maison, ou les Dumetz, treize ans...

— Des durées tout à fait honorables.

— On le croit d'abord. Mais si l'on regarde en détail... Prenons les Bonneval. Ils ont vécu trente ans ici, quel meilleur exemple ? Monsieur Bonneval a passé vingt-cinq ans dans la maison puis il est mort. La propriété est revenue au fils, qui y est resté quinze ans avant de mourir à la guerre de 1870. C'est Constance qui a ensuite hérité de ce fils unique et célibataire. Elle a vécu cinq ans avant de se jeter dans le puits. Idem pour la famille Boildieu. Dix-huit ans de vie ici, avant que l'épouse n'hérite. Elle a vécu trois ans avant de décéder. Pareil encore pour les Dumetz... Flore Dumetz n'a vécu qu'un an après la séparation d'avec son époux... Nous verrons encore d'autres exemples, mais je pense que tu dois déjà comprendre... »

Camille scrutait le visage fin de Doyle. Percevait-il comme elle la logique implacable d'Hauteclaire ?

Elle lui donna un second tableau où était uniquement inscrit le nom des femmes propriétaires d'Hauteclaire depuis 1788.

« Tout est si clair quand on lit ceci. Et qu'on s'intéresse aux femmes devenues maîtresses d'Hauteclaire. »

Il fallut au médecin quelques minutes pour admettre, analyser, vérifier encore, puis regarder Camille, l'air effaré.

« Tu as trouvé, Doyle, je le vois. C'est difficile à croire, n'est-ce pas ? Et pourtant ! Recompte si tu veux, moi j'ai passé des heures et des jours à tout revérifier, calcul après calcul, date après date. Tu ne peux pas savoir comme ce n'est pas évident d'admettre la vérité, enfin, cette fantastique et mortelle vérité… si logique dans ce qui ne l'est pas. Si inadmissible. »

Son regard se perdit dans la contemplation de la page où s'étalaient implacablement les noms.

« Au début, tu te sens bien à Hauteclaire. Même délabrée comme elle l'était quand je l'ai vue la première fois, elle m'a attirée et charmée. On subit d'emblée sa paix, une paix rare, merveilleuse. Une bulle de beauté et de parfums contre laquelle le temps n'a que peu de prise… Tu te perds dans son mystère, sa sérénité, ses arbres centenaires, les jonquilles et les jacinthes sauvages en tapis dans le sous-bois, la Théols aux eaux vertes qui coule inlassablement… Puis tu sens son odeur, les vieux parquets craquants fleurant la cire d'autrefois, les feux morts dans l'antique cheminée, les boiseries vénérables et peu à peu, tu t'oublies en elle. Tu ne gardes plus que le rythme de ses jours. Elle est fascinante et éternelle. Elle te donne beaucoup. Tout, si tu veux, même. À une seule et incroyable condition…

— Que tu sois un homme… » ajouta Doyle.

Camille poursuivit sans même s'en apercevoir.

« Si une femme en est propriétaire, un jour ou l'autre, cette maison qu'elle a cru être son amie, son refuge, change de visage. La grâce la quitte. Il s'y passe des choses singulières, crescendo. D'abord des pas, des craquements, le soir, dans les vieilles poutres puis les objets se mettent à changer de place. On entend une musique venue de nulle part. Une inscription apparaît sur un miroir... Mais le pire, ce n'est peut-être pas tout cela. Tu as l'impression, au fur et à mesure des jours, que la maison t'observe... Des yeux invisibles ouverts sur toi en permanence. »

Camille regarda Doyle.

« La maison t'avertit à sa façon. Car elle va tuer. J'ai mis du temps à trouver. Mais j'ai trouvé... »

Elle serra la main du médecin à lui faire mal et acheva :

« Le secret d'Hauteclaire est enfantin ; elle tue inéluctablement les femmes qui en sont devenues propriétaires avec la règle des nombres premiers inscrits sur l'étoile : tous les deux, trois, cinq, ou sept ans... Des nombres qui ne se partagent pas. Comme la maison... Elle n'aime que les hommes. Comme une belle fille gourmande et jalouse, elle ne supporte pas les femmes, elles sont, d'emblée, maudites... et cela sans doute depuis qu'un poète malheureux les a vouées à la damnation éternelle, du moins, toutes celles vivant sous le toit d'Hauteclaire... »

***

Camille frissonna. Doyle reprit :

« Si je lis bien, tu as inscrit le nom de toutes les femmes qui ont possédé Hauteclaire. Don, héritage, achat...

— Commence par la première, tu verras... »

Doyle s'exécuta.

« La première, c'est madame de Champvilliers, propriétaire en 1790, ensuite madame Destillère en 1813, puis madame Boildieu en 1820, Constance Bonneval en 1831, Carla Fiori en 1880 et…

— Arrête-toi là, reprit Camille. Et applique la règle… »

Il suivit les colonnes du tableau.

« Madame de Champvilliers a hérité de la maison en 1800, elle est morte en 1802. Madame Destillère, ensuite, morte au bout de trois ans. La dame Boildieu, cinq ans. Constance Bonneval a survécu sept années ici. Et Carla Fiori, onze. Deux, trois, cinq, sept, onze, murmura-t-il, c'est incroyable. Une série pareille est improbable.

— Surtout si elle se répète. Et la boucle se répète ! Aucune femme n'a jamais vécu au-delà de l'un des nombres inscrits à la pointe de l'étoile à Hauteclaire. Les nombres premiers ne s'arrêtent pas à sept, ils sont infinis, c'est Euclide qui l'a démontré. Peut-être est-ce pour cela, que c'est écrit « et cætera » sur la plaque ? Et pourquoi une malédiction selon des nombres ? Je n'en sais rien. Tout ce que je sais, c'est que c'est la règle ici… Dès que la maison passe entre les mains d'une femme, le temps de celle-ci lui est compté : deux années, trois, cinq, sept, onze, pourquoi pas vingt-neuf ou quarante-trois ou plus ? Je pense que les nombres sont aléatoires… »

Camille ajouta d'une voix lasse :

« Plus incroyable encore, Hauteclaire semble, comment dire, non seulement ne jamais faire de mal à un homme, mais mieux que cela encore, elle semble combler leur plus cher désir comme une amante attentionnée. Elle ne partage pas, elle ne se partage pas et elle comble la gent masculine…

— Explique-toi. En tuant leur femme ?

— Non. Les femmes en profitent tant qu'elles sont en somme sous la protection de leur mari. Le baron de Retz a reçu la gloire et la fortune grâce à un élevage de chevaux débuté à Hauteclaire. Monsieur d'Orgival a rempli son compte en banque en plantant des lentilles ici. Claude d'Estruval, modeste ingénieur avant son installation sur ces lieux, a eu l'idée de génie qui a changé sa vie en inventant le robot ménager. Monsieur Fiori ne désirait rien pour lui, mais j'ai appris, par Bruno Malou, que son rêve avait été d'être chanteur d'opéra. Son fils l'est devenu. Robert d'Artois, le premier, a bénéficié des faveurs d'Hauteclaire. De ses entrailles, il a tiré le minerai de sa richesse. Il y a d'autres exemples encore. Hauteclaire donne sans retenue aux hommes qui en sont propriétaires. Jamais aux femmes. Le dernier exemple en date étant celui d'Alex… »

Camille se leva et Doyle l'imita. Elle le regarda.

« Je n'avais pas compris avant d'avoir trouvé le secret de cette maison. Lui aussi a pactisé avec elle à la mort de sa sœur, sans le savoir. Sa mère a donné à Esther ce domaine et des fermes à Alex. Il aurait mieux valu l'inverse pour cette pauvre fille… Enfin, pour elle devenue propriétaire de ce lieu, le compte à rebours a commencé. À la date anniversaire de son accession à la propriété, elle s'est pendue… Alexandre d'Estruval a hérité et cette bâtisse est devenue sa muse. Il est devenu un peintre reconnu lorsque Hauteclaire lui est revenue ; sa récente exposition a été un succès en France et cela va bien pour lui en Amérique.

— Admettons. Hauteclaire ressemble à une maîtresse jalouse. Qui a pu la charger d'un sort aussi terrible ? »

Camille haussa les épaules.

« Un jour, Céleste m'a conté l'histoire d'un poète qui aurait jadis maudit les lieux. J'ai interrogé Bruno Malou qui connaît la légende et avant tout Anselme. J'ai eu les mêmes échos que ceux rapportés par mon ex-belle-mère.

Un maléfice jeté à travers le temps par un homme… Il devait être un puissant sorcier. Ou a utilisé un puissant sorcier… »

Le silence s'établit, pesant. Doyle regarda fixement la jeune femme, l'air inquiet, puis l'attira près de lui.

« Quoi qu'il en soit, il faut te débarrasser d'Hauteclaire… »

Il poursuivit d'une voix grave devant le silence de Camille :

« Car tu es une femme, Camille, reprit Doyle au bout de quelques minutes et tu es devenue propriétaire d'Hauteclaire par la grâce de ton ex-époux… »

Camille eut soudain envie de pleurer.

« Mon destin est scellé. Tout à l'heure, nous nous sommes arrêtés au début du siècle. Je pense que la malédiction ne s'arrête pas à la frontière du XXe ou XXIe siècle… »

Doyle ramassa l'un des papiers épars.

« Après Carla Fiori, c'est une dame Dumetz qui est morte à Hauteclaire au bout de treize ans.

— Piquée par une vipère.

— Ensuite, en 1905, une dame Aubertot est décédée après deux ans passés ici.

— Elle avait acheté la maison seule. Elle avait la réputation de boire. Elle a été retrouvée sans vie en bas des escaliers.

— Aurore de Retz…

— Tu connais l'histoire. Son père lui avait donné Hauteclaire pour ses noces. Elle a chuté mortellement de cheval.

— Madame d'Orgival en 1936.

— Le mari a laissé la maison à son épouse avant de fuir avec sa maîtresse. Madame d'Orgival a vécu cinq ans ici avant d'être écrasée par la cheminée.

— Esther d'Estruval, en 1980. Elle s'est pendue sept ans après que sa mère lui a donné le domaine.

— Exact.

— Hélène de Spar. Pourquoi as-tu mis un point d'interrogation ?

— J'ai hésité, je n'étais pas sûre de la mort d'Hélène. Mais vu ce que j'ai découvert sur Hauteclaire et ce que j'ai vécu ici… »

Elle passa à Doyle l'épisode du portrait, la voix près d'elle, les affirmations de La Terrible.

« J'en doute à présent. Quoi qu'il en soit, Alex lui a donné la maison avant la naissance de Charlotte, pour lui garantir un bien pour la protéger, m'a-t-il raconté un jour ; s'il lui arrivait quelque chose, ainsi elle pourrait la revendre et être un peu à l'abri du besoin… Elle en a été propriétaire deux ans, puis elle a disparu après l'arrivée de la petite. Le corps d'Hélène n'a jamais été retrouvé. D'après mes recherches, ses parents sont décédés peu après sa disparition en 1992.

— La maison a ensuite été inoccupée, puis louée à un homme, le fameux locataire qui avait tout peint en bleu… Ensuite, tu es arrivée et Alex t'a donné Hauteclaire. »

Camille l'interrompit, impatiente de formuler son secret.

« Oui, pas tout de suite, sourit-elle douloureusement. Mais enfin oui, je suis la propriétaire suivante. Le temps qui m'est imparti dans cette maison est de trois années. Je l'ai eue en février, le vingt-neuf, il y a deux ans. Dans un an, Hauteclaire me tuera. Ou plus tard. Ou plus tôt. Car les nombres sont pris au hasard par la maison, j'en suis sûre. Cela est encore plus effrayant.

— Il nous faut trouver une solution rapidement. Quelle est la propriétaire qui a vécu le plus longtemps ici ?

— Une dame Dumetz y a vécu treize années, un record. Sans doute était-elle aimée de la maison…

— Bon, soupira Doyle. L'équation est simple. Il faut que tu ne sois plus propriétaire officielle de cette maison. Pourquoi ne téléphones-tu pas à ton ex-mari ? Il peut reprendre la propriété… si tu lui expliques ? »

Camille murmura :

« Oui, malgré tout, je voudrais bien rester ici. Pour ça, Anselme y travaille. Mais les résultats seront incertains de toute façon… Je ne sais plus que dire ni penser de tout cela. »

Doyle lui ouvrit les bras et elle s'y réfugia, apaisant ainsi la peur qui la tenaillait jour et nuit depuis ses découvertes concernant Hauteclaire…

31

On raconte qu'à chaque clair de lune les lavandières doivent laver des linges de plus en plus sales. Elles ne seront quittes que si elles le rendent blanc comme neige. Seulement, la chose est impossible, le diable veille et remue le fond de l'eau pour que la vase remonte à la surface…

L'orage menaçait d'éclater enfin en ce mois de mai exceptionnellement torride. Cette eau, c'était une bénédiction pour la végétation assoiffée, les bêtes et les forêts de la région. L'air était devenu très lourd, il faisait si chaud dans le salon que le moindre mouvement amenait la transpiration. Camille sanglotait doucement contre l'épaule de Doyle.

« On va trouver une solution, murmura-t-il, on a un peu de temps devant nous, ne t'inquiète pas, je suis là… »

Doyle avait l'air tendu, sérieux, il eut un léger soupir et se mit à l'embrasser. Camille songea que s'il lui restait vraiment aussi peu de temps à vivre, au moins elle emporterait un peu de l'amour de Doyle au fond des ténèbres. Elle se pressa contre lui et lui rendit ses baisers.

***

Je suis si bien, contre lui. Le tonnerre roule, la fenêtre du salon ouverte sur la nuit n'apporte pas de fraîcheur, seul un souffle chaud vient jusqu'à nous avec l'odeur des buissons de menthe épicée. L'orage gronde de plus en plus fort, en roulements menaçants. Par moments, le salon est éclairé par la lumière brutale d'un éclair. Le canapé est dans un beau désordre... Il est aussi d'un inconfort terrible, je m'en rends compte maintenant. Doyle soupire, heureux et se détend, me caressant le visage. Il a été dans l'amour, juste comme je l'imaginais, attentif, tendre et merveilleusement passionné...

Les doigts de Doyle jouaient à enrouler une mèche des longs cheveux blonds de la jeune femme. Aucun d'entre eux ne songeait même à parler. L'orage finit par éclater comme s'il était juste au-dessus du toit de la maison, faisant trembler les vitres. Toutes les lumières s'éteignirent d'un coup, plongeant Camille et Doyle dans une obscurité trouée à intervalles irréguliers de la lueur blanche et magnétique des éclairs.

« Quelle guigne, les plombs ont sauté, dit enfin Camille qui s'était redressée et enfilait sa chemisette.

Doyle cherchait ses chaussures à tâtons dans le noir.

« Ce n'est pas grave, tu me dis où est le compteur et nous reprendrons ensuite notre petite conversation... »

Camille sourit.

« D'accord, mais d'abord, il faut que je fasse un peu de lumière car il faut aller jusqu'à la cuisine et descendre à la cave, alors... »

Tous deux s'étaient levés, s'étreignirent en un baiser qui ne fut interrompu que par les coups. Des coups terribles qui semblaient venir de tous les murs de la maison en même temps, générant un vacarme infernal et terrifiant. Cela provenait de nulle part, de partout à la fois.

« Qu'est-ce que c'est, ça ? » dit Doyle.

Et Camille vit son visage devenir livide à la lueur des éclairs.

« Hauteclaire en colère. Il faut que nous éclairions, que j'aille voir Charlotte, elle doit être morte de peur là-haut ! Il y a des bougies sur la commode et une boîte d'allumettes sur la cheminée. »

La peur, le noir, le souci de Charlotte la stimulaient. Doyle craqua une allumette.

Silence.

Les coups venaient de s'arrêter. Doyle consulta sa montre aux petites aiguilles lumineuses, rassurantes, vivantes. Deux heures. Il saisit un chandelier, en alluma la bougie. La lumière ténue leur procura un grand soulagement. Il restait à aller rétablir le courant. Elle suivit Doyle. À la lueur tremblante de la bougie, les objets de la pièce semblaient vivre. La commode aux pieds cambrés s'apprêtait, Camille en était certaine, à mener une danse infernale dès qu'ils auraient le dos tourné. Et le portrait d'Hélène s'animait d'une façon fugace au rythme irrégulier des éclairs. Ses yeux semblaient suivre le déplacement du couple. Camille aurait juré en voir le blanc luire doucement dans la pénombre. Tous ses petits objets familiers, coffret, bonbonnière, statuettes, aquarelles, semblaient brusquement s'animer d'une vie propre et étonnante sous les lueurs mouvantes du chandelier. Jusqu'à la tapisserie murale, représentant une scène champêtre aux acteurs gracieux, qui ondoyait contre le mur laissant perler des chuchotements et un petit rire vite étouffé.

« Doyle, tu as entendu ? »

Il ne répondit pas, mais Camille était sûre qu'il avait saisi l'atmosphère étrange du salon et ses changements. Il la prit silencieusement par le bras et la poussa devant lui. Mais dans sa précipitation, la jeune femme se prit les pieds dans le tapis, s'étalant de tout son long. C'est sûr, cette fois, Camille avait entendu rire ! Si seulement on pouvait avoir plus de lumière ! Il y avait de quoi mourir de peur dans cette obscurité diabolique. Doyle l'aida à se relever, lui donna son chandelier et la fit passer devant lui. La porte du salon, le hall enfin, la salle à manger… Camille entendait le pas souple de son ami derrière elle, elle se dépêcha d'ouvrir la porte de la cuisine, Pim en bondit en miaulant et la jeune femme crut s'évanouir de terreur. Le cœur battant à grands coups, elle traversa la pièce les bras tendus devant elle, se cogna à la lourde table de cuisine, poussa une chaise, ouvrit la porte de la cave en en pleurant presque de soulagement.

« La boîte électrique est ici ! » cria-t-elle à Doyle dont elle percevait toujours le pas et le souffle un peu saccadé derrière elle.

Elle avait déjà descendu les deux premières marches de la cave pour être à hauteur de la boîte, en arracha presque le couvercle. Elle vit à la lueur de sa bougie que les plombs avaient effectivement sauté. Elle poussa le commutateur vers le haut, mais n'arriva pas à le faire bouger. On aurait dit qu'il était coincé. Elle se retourna vers Doyle en murmurant :

« Vas-y, essaie, toi. Moi, je n'y arrive pas, mes doigts tremblent trop… »

Elle se retourna vers Doyle derrière elle et ne put que sursauter horriblement, laissant échapper sa bougie.

« Bon Dieu, mais qui êtes-vous ? » s'exclama-t-elle.

Camille vacilla sur les marches humides et partit en arrière dans le gouffre noir de l'escalier la cave.

32

Le prêtre vient parfois à l'appel des propriétaires d'une maison hantée. S'engage alors parfois, entre lui et le lieu hanté, un formidable combat dont l'homme de Dieu sort exténué et ruisselant de sueur… Mais parfois, l'homme ne sort pas vainqueur de cet épouvantable combat et la maison reste la proie du Malin.

Doyle s'étonna de trouver grande ouverte la porte du cellier. Il releva l'interrupteur du disjoncteur sans effort et la lumière inonda la cuisine et la cave. Il découvrit du haut des marches le corps inerte de la jeune femme, faiblement éclairé par la loupiote sale de la pièce à l'haleine de caveau. Il fut pris d'un sentiment de désespoir et dégringola les marches, auscultant rapidement Camille. Elle respirait doucement, elle n'avait apparemment qu'un bras foulé et des contusions. Il rassura Charlotte qui avait fini par descendre de sa chambre pour les retrouver. Elle sanglotait à petits coups.

« Ce n'est rien, Charlotte, Camille n'a rien. Je vais appeler les pompiers pour qu'elle fasse un bilan. »

La jeune femme avait repris connaissance, cherchant à se relever. Quand elle aperçut Doyle, elle murmura :

« Je croyais que tu me suivais, que tu étais derrière moi, j'ai eu si peur quand je me suis retournée…

— Que s'est-il passé ?

— Aide-moi à me relever.

— Il faut attendre l'ambulance. Tu as peut-être une vertèbre fracturée. Mieux vaut ne pas bouger. Je te tiens compagnie avec Charlotte. »

Camille sourit faiblement. Doyle s'inquiéta de sa pâleur de cire. De quoi avait-elle donc eu si peur ?

« Je l'ai vue quand je me suis retournée en haut des marches… Je pensais que c'était toi qui étais derrière moi… » répéta-t-elle.

Doyle fit non de la tête et ajouta doucement :

« Je me suis arrêté quelques secondes pour allumer un autre bougeoir. Je ne trouvais plus mon portable… Quand je t'ai rejointe, tu gisais en bas des marches. Est-ce que tu te souviens t'être sentie mal ?

— Non, pas du tout. Mais j'ai eu si peur, j'ai reculé et je suis tombée. Oh Doyle, quand je me suis retournée pour te parler, ce n'était pas toi qui étais là.

— Pas moi ? Mais qui alors ? »

Camille avala péniblement sa salive, remua faiblement, regarda Charlotte.

« C'était… c'était cette femme.

— Chut, écoute, tu étais sous le choc et tu as cru voir… »

Elle s'agita, remuant les mains comme un enfant sans force.

« J'ai vu ce que j'ai vu, j'en suis certaine. Tout cela s'est passé très vite, je ne saurais pas dire, en moins d'une minute. Mais je suis sûre de moi…

— Tu as donc reconnu cette… apparition ? »

Camille ferma les yeux une seconde, les rouvrit, fixa Doyle, fit signe pour qu'il s'approchât de sa bouche et que Charlotte ne l'entendît pas.

« C'est elle, j'en suis sûre, la femme du portrait, la mère de Charlotte. Elle est morte. Je le sais maintenant. Elle voulait me dire quelque chose, mais j'ai eu trop peur et je suis tombée… »

Le « pin-pon » lancinant de l'ambulance interrompit leur conversation. Camille fut glissée sur une civière, le cou bloqué dans une minerve, le bras blessé immobilisé. On la remonta vers la chaleur et la lumière rassurante de la cuisine.

***

Camille avait accepté avec soulagement de rester quelques jours chez Doyle avec La Terrible, Titan et Pim. Elle se débrouillait comme elle pouvait avec son bras foulé, le gauche heureusement. Elle griffonnait quelques notes sur un bout de papier, songeant aux événements des jours derniers. Pourquoi Hélène s'était-elle manifestée à elle ? Elle devait parler de tout cela avec Anselme. Charlotte était à l'école et Doyle avec ses patients. Elle prit les clefs de la deuxième voiture de Doyle, une voiture anglaise de collection, boîte automatique, intérieur cuir beige, qu'il adorait.

Anselme accueillit Camille le sourire aux lèvres. Un sourire qui s'estompa vite en découvrant le bras bandé de la jeune femme et les larges cernes sous ses yeux étrangement brillants.

« Je ne vous dis pas quel bon vent vous amène, m'me Camille, car à l'évidence, je vois bien qu'il est arrivé quelque chose de nouveau.

— Oui, soupira Camille. Nous avons passé un stade supérieur à Hauteclaire ! »

Elle lui narra brièvement les événements de la nuit puis se décida à lui livrer ses dernières conclusions à propos de la maison, à voix basse et hésitante.

Anselme l'écouta avec attention, bourrant sa pipe de tabac. Quand Camille se tut enfin, soulagée de s'être confiée à lui, il resta silencieux. Puis d'une voix calme, si calme qu'elle apporta une sorte de certitude à la jeune femme, il dit enfin :

« Il est temps pour vous de quitter cette maison. Elle ne vous fera pas de quartier. Elle ne l'a jamais fait. Ne perdez donc pas votre temps à vous torturer la tête à savoir pourquoi la maison est ainsi. Vous avez trouvé de quelle façon elle fonctionne, en utilisant les nombres premiers lorsqu'une femme en hérite… Comment briser cela, je ne sais pas. Il faudrait trouver quelque chose en rapport avec cette malédiction cachée là-bas depuis des centaines d'années, cela me paraît improbable. Et puis avons-nous le temps pour cela ? Moi, ce que je vois, c'est que vous êtes devenue propriétaire d'Hauteclaire, donc vous êtes la victime suivante sur sa liste, c'est tout… Pouvez-vous vendre cette maison ? Madame d'Orgival a juste essayé de fuir, sans la vendre, elle est morte quand même. De près ou de loin, Hauteclaire garde son emprise. Vous devez donc vous en séparer, définitivement. Il faut donc la vendre, la vendre à un homme… »

Anselme téta l'embout de sa pipe, songeur.

« Et si vous ne pouvez, ou ne trouvez pas à la vendre, brûlez-la, le feu purifie tout, purifie le mal… »

Un silence pesant succéda à ses paroles. Brûler Hauteclaire. Camille n'y avait jamais pensé. La détruire. Mais elle l'aimait encore. Il devait bien y avoir une autre solution.

Anselme reprit :

« Quant à votre rencontre, oui, la dame de la cuisine… J'ai vu une chose, une fois, qui me fait penser à cette personne. Je sais même que c'est elle… »

Sa voix baissa.

« C'était y a quelques années. »

Il ralluma consciencieusement sa pipe. Camille avait appris qu'il ne fallait pas le brusquer et attendit sagement, même si elle avait envie de le supplier d'aller plus vite.

« Je pense que je m'en souviendrai encore sur mon lit de mort. C'était bien après qu'Alexandre d'Estruval avait hérité du domaine, bien après la mort d'Esther. Un jour, il est revenu habiter la maison. Pas longtemps. Quelques mois. On voyait sa voiture parfois quand il passait par le village. Il ne sortait pas beaucoup et parlait encore moins. Un jour, à l'automne, il s'est absenté, c'est le jour où j'ai vu cette femme… »

Il acheva son verre de goutte et s'en servit un autre après en avoir proposé à Camille qui refusa d'un signe de tête.

« Le jour dont j'vous parle, c'était au moment des noix. J'étais allé chez vous, enfin, chez monsieur d'Estruval, où restaient encore quelques beaux noyers. Mon père m'a parlé du temps où y en avait des champs entiers à Hauteclaire.

— Je sais. Ils ont été une richesse de la propriété, mais ils ont été coupés au fil du temps.

— Pour dire qu'ils faisaient les plus grosses noix de la région… et pour tout vous avouer, il pousse là-bas, à un certain endroit de la Théols, une plante rare dont j'avais besoin pour un patient. »

Camille imagina Anselme, son panier au bras, partant doublement en maraude. Bien sûr, il avait guetté le départ d'Alex. Un petit soleil d'automne lui chauffait le dos, c'était une vraie belle journée, l'une de celles où l'on se sent le cœur joyeux et l'âme chantante sans savoir pourquoi. Il avait retrouvé ses jambes de vingt ans à l'idée d'aller glaner des noix dont personne ne s'occupait à Hauteclaire. Les arbres commençaient à prendre des couleurs. Ses chaussures sonnaient sur le macadam de la petite route menant au domaine.

« J'suis entré par le sous-bois, par le mur qui est écroulé et que personne n'a réparé. J'avais vu la voiture de monsieur d'Estruval passer sur la route le matin. C'était un après-midi. Il n'y avait plus personne à Hauteclaire, lui parti, j'en aurais mis ma main au feu. »

La voix du vieux baissa et devint murmure. Ses yeux fixaient le vide.

« J'ai ramassé pas mal de noix près du mur et puis je suis allé un peu plus loin en quête de la plante. C'était si agréable de se promener par une journée comme celle-là. Et puis, dame, ramasser des noix tombées, ce n'est pas voler, n'est-ce pas ? Enfin, ce n'était pas chez moi et je n'aurais pas dû y entrer, surtout pour voir ce que j'ai vu. Soudain, j'ai entendu un craquement de branches cassées. J'ai cru que c'était une bête et j'ai arrêté de marcher. C'était pas une bête. C'était une femme qui courait. Je me suis reculé un peu derrière un tronc, j'ai cru d'abord qu'elle venait vers moi pour me dire de ne pas traîner sur son terrain. Mais elle ne me regardait même pas. Elle allait droit devant elle et, rien qu'à l'expression de sa figure, j'ai bien vu qu'elle allait faire un malheur. Elle est allée vers la rivière et les ronces qui s'agrippaient à sa robe, enfin, une chemise de nuit, je pense. Moi, je n'osais plus rien faire, j'étais comme tétanisé. Elle s'est arrêtée au bord de l'eau. Et à ce moment-là, elle a tourné la tête vers moi, comme si elle m'avait vu. Mais c'est comme si j'avais été transparent parce qu'elle n'a pas fait attention à moi. Elle a sauté. Vous savez, à l'enfourchure des deux bras de la Théols, là où l'eau est si profonde que j'n'ai jamais pu en mesurer le fond quand je pêchais. Elle a sauté si vite que j'ai cru avoir rêvé tout ça. Je n'ai rien pu faire. Je suis resté tout bête avec mon panier de noix. Un petit plouf et c'était fini. Elle a coulé à pic. Juste quelques cercles sur l'eau qui s'est refermée sur elle. C'est à ce moment-là que je me suis réveillé. J'ai jeté mon panier de noix et j'ai couru comme un fou sur la rive. Je ne sais pas nager. J'ai appelé, j'ai plongé un bâton dans l'eau. Rien. Je suis allé à la maison, j'ai frappé, personne… Je suis resté un bon bout d'temps au bord de la rivière. La nuit était tombée. L'eau devait être glaciale. Mais rien. Elle n'est jamais remontée à la surface. Alors, d'un seul coup, j'ai eu très froid, je ne pouvais rien faire, je suis reparti.

— Vous n'avez rien raconté à personne ?

— Aux gendarmes, vous voulez dire ? Non. Qui sait ? Ils m'auraient peut-être accusé. Je n'avais rien à faire là.

— Et à Alex ?

— J'y ai pensé à un moment. Mais non. D'ailleurs, il a prévenu les gendarmes lui-même en revenant. Le fils d'un ami m'a raconté qu'il avait signalé la disparition de la jeune femme. Y a même un détective privé qui est venu enquêter dans le coin, posant des questions. Envoyé par la famille, sûrement. »

Il eut un sanglot dans la voix.

« Anselme, vous n'auriez pas pu la sauver, vous le savez bien. »

Le vieux tapota sa pipe froide dans le cendrier pour se donner une contenance.

« J'sais pas. Peut-être que si j'avais été plus rapide. Peut-être que si je lui avais parlé, elle n'aurait pas sauté… Elle était si jeune, plus grande que vous, avec de longs cheveux noirs descendant jusqu'à la taille. Quant à son regard, je ne l'ai croisé qu'une fois, mais il est toujours dans ma tête ; des yeux magnifiques, bleus, mais d'un bleu rare, comme j'ai pas revu depuis. Enfin, si, je les ai revus, ce sont les yeux de Charlotte… »

Un étrange sentiment de malaise avait saisi Camille à la description de la beauté de cette fille. Brune, grande, des yeux splendides, que l'on ne rencontre pas souvent. Cela coïncidait. Une petite dizaine d'années de cela. L'âge de Charlotte. Camille essaya de calmer les battements de son cœur, en vain.

« C'est elle, l'apparition que j'ai vue. »

Le vieux posa sa pipe sur la table et se racla la gorge. Camille détesta l'odeur du tabac froid à cet instant.

« C'est la mère de Charlotte, répéta-t-elle. La petite ne mentait pas. Sa mère est bien morte. C'est logique, elle a été une des propriétaires d'Hauteclaire. Et je n'ai jamais vraiment cru qu'elle abandonnerait ainsi son enfant. Le tableau… était si expressif, elle semblait si radieuse d'attendre un bébé… Elle est donc morte, répéta-t-elle. Charlotte m'a dit qu'elle l'avait vue, elle aussi, toute mouillée…

— Elle erre, elle n'est pas en repos. Elle vous sait en danger, vous qui élevez sa petite… J'ai su qui était cette femme quand je suis allé chez vous dans le salon, le jour qu'y avait l'inscription sur le miroir. Vous m'avez demandé si j'me sentais bien. Vous avez cru que j'avais eu peur de la diablerie ce jour-là. Ce n'était pas ça. J'avais reconnu le portrait. Si vous l'avez vue la nuit dernière, c'est qu'elle veut que vous partiez. Et à mon avis, c'est elle qui avait écrit ce message sur le miroir, vous vous souvenez ?

— Pauvre Hélène, murmura Camille.

— Oui, mais comment allez-vous faire pour échapper à cette diablerie ? »

33

Monsieur de Rambure étant à la veillée à lire au coin de son feu, entendit plusieurs coups frapper violemment dans un coin de l'appartement. Les jours suivants, une domestique de sa maison vint à mourir et le fossoyeur lui apporta les bois qui devaient servir à porter le cercueil au cimetière. Il les déposa juste à l'endroit où le bruit s'était produit...

Qu'allais-je faire ? se demanda Camille. La question d'Anselme était simple et précise, comme toujours. Que pouvais-je faire pour échapper à la diablerie, comme il disait ? J'ai tous les éléments en main ou presque maintenant. Je connais le secret d'Hauteclaire, je sais aussi qu'Hélène est morte, je sais que la maison va me tuer. Comment faire ? Ou comment contourner la malédiction ? Est-ce possible seulement ? Il ne faut pas que j'en reste propriétaire, il a raison...

Camille posa son stylo. Elle avait installé ses affaires dans la chambre d'ami chez Doyle et Charlotte dormait dans celle d'à côté. C'était une petite maison simple et accueillante comme son propriétaire. On trouvait aux murs de belles gravures de paysages irlandais. Tout était moderne et fonctionnel. Camille soupira en pensant qu'elle s'ennuyait étrangement de sa maison, même en sachant que c'était une tueuse. La détruire, impossible. Alors comment la rendre inoffensive ?

« Je ne sais pas, avait dit le vieux. J'en connais qui ont essayé la bénédiction, comme les parents d'Aurore de Retz. Mais ça n'a pas marché. Il faudrait qu'la personne qui a jeté le sort puisse le lever. Mais c'est impossible. On ne sait même pas qui c'est réellement. Et il est mort depuis belle lurette.

— Attendez, avait soufflé Camille. On a cherché partout, dans tout Hauteclaire. Mais vous savez, lorsque les ouvriers ont refait la cheminée, ils ont trouvé une vieille plaque, qui m'a livré le secret ou du moins l'un des secrets de la maison, puisque les nombres premiers y sont inscrits… Et si on la réexaminait ? On a peut-être négligé quelque chose. »

Anselme haussa les épaules.

« Cela ne coûte rien d'essayer. Vous croyez que c'est cette plaque le nœud de la malédiction ? »

La jeune femme y avait pensé toute la semaine. La plaque. Elle était déjà là du temps de Constance et pourquoi pas bien avant encore ? Elle portait sur elle la clef du mystère. Si on la brisait, tout s'arrêterait-il pour autant ? Ou la colère d'Hauteclaire se déchaînerait-elle plus encore ? Elle se leva brusquement.

« Venez, Anselme, on va essayer, on va là-bas… »

***

À genoux devant la cheminée, Camille, avec son bras unique, s'évertuait à déboulonner la plaque à l'étoile. Peine perdue. Anselme prit le relais sans parvenir lui non plus à dégripper les boulons. La sonnerie du portable la trouva assez désespérée de n'avoir pas pu mener son entreprise à bien.

« Où es-tu ? »

C'était Doyle. Elle consulta sa montre d'un air effaré.

« Doyle, bon sang, il est cinq heures et j'ai oublié d'aller chercher Charlotte.

— C'est fait, elle m'a appelé.

— Où es-tu ? » répéta-t-il avec impatience.

Camille s'éclaircit la gorge. Elle se doutait bien que sa réponse n'allait pas lui plaire.

« Hauteclaire avec Anselme. Rejoins-moi, il y a un travail que je n'arrive pas à faire seule avec mon bras. »

Camille eut l'impression que Doyle avait volé pour venir la retrouver tant il fut prompt à la rejoindre. Dès qu'elle fut descendue de voiture, Charlotte courut voir les chevaux avec Titan. Anselme s'en occupait, mais ils manquaient terriblement à Charlotte.

Doyle s'agenouilla devant la cheminée. Il alla chercher une meuleuse dans le garage à outils de la maison et s'attaqua aux coins de la plaque. Il ôta bientôt ses lunettes de protection, se releva pour respirer, saisit la barre à mine et entreprit de faire tomber la plaque.

« Elle vient ! »

La plaque tomba dans la cheminée, se brisant définitivement en plusieurs morceaux et soulevant un petit nuage de cendres froides.

« Ça y est ! »

Derrière, il n'y avait rien que le mur. Camille prit un tournevis et gratta un peu les briques qui, à moitié effritées, tombèrent assez pour laisser entrevoir un reflet doré. Elle sentit la pointe de l'outil buter contre quelque chose. Elle gratta encore et dégagea ce qui lui apparut être une petite boîte, apparemment en or, avec des armoiries gravées dessus.

« Doyle, Doyle, j'ai trouvé quelque chose… Venez voir, Anselme. »

Elle se releva, tenant l'objet précieusement.

« Regardez ! »

Elle se redressa tandis que les deux hommes penchaient le nez sur la boîte. Elle ouvrit délicatement le couvercle. Dedans, sur ce qui dut être du velours, mais tombant en poussière, il y avait une vieille chevalière avec les mêmes armes que sur le dessus de la boîte, sertie d'une pierre rouge qui devait être un rubis. Doyle siffla d'admiration entre ses dents.

« Bel objet… Cela te dit quelque chose, cette bague, ces armoiries ? »

Camille secoua la tête en signe de dénégation. Un mystère de plus.

34

La porte de l'Enfer est voisine avec celle du Paradis. Elles ont le même aspect, rien ne les distingue l'une de l'autre. Seulement le chemin de l'Enfer est accueillant. Afin d'éviter le moindre effort il est en pente douce. N'importe qui peut l'utiliser n'importe quand…

La jeune femme suivit Doyle et Anselme dehors.

Ils emportèrent chacun des morceaux de la plaque et les posèrent sur la pelouse. Le médecin s'évertua à les casser en menus morceaux avec une masse. La fonte, très ancienne, finit par céder facilement. Sous les coups, l'étoile, l'if et les nombres premiers éclatèrent un à un.

« Je me demande si le fait de la casser brisera aussi le maléfice d'Hauteclaire… Voilà, c'est fait. »

Anselme rassembla les débris, les disposa dans une caisse qu'il plaça avec l'aide de Doyle dans le coffre de sa voiture.

« Je les emmène, je vais les purifier et les confier à la terre ou à l'eau. Ils ne seront plus nuisibles. »

Doyle et Camille acquiescèrent. Tous repartirent, silencieux, la tête pleine de questions, sauf Charlotte qui ne faisait que jacasser racontant que « la pouliche avait grandi et était belle et Rusty lui avait fait la fête en fourrant son nez dans ses poches pour avoir des pommes… »

***

Épuisée, Camille se coucha tôt ce soir-là. Elle avait discuté longuement avec Doyle. Le maléfice était-il rompu avec la plaque ? Ils ne pouvaient en être certains. Ensuite, cette chevalière…

« Ce sont les armes de nobles, sans doute de ceux qui ont habité la maison. Mais qui ? Il faut que je fasse de nouvelles recherches. Et pourquoi l'a-t-on cachée là ? Et il y a longtemps, au moment où la plaque a été fixée… C'était un précieux souvenir, ou l'a-t-on dissimulée là pour l'empêcher de… nuire ?

— Ou bien alors, ajouta Doyle finement, pour qu'elle nuise… Écoute, quoi qu'il en soit, tu ne peux pas te fier à tout cela, plaque brisée et « désactivée » en somme par Anselme, bague, bla-bla-bla… J'ai une solution qui pourrait te mettre complètement à l'abri du danger si on suit la logique de cette histoire. Du moins, je le pense ! »

Camille leva un regard interrogateur vers lui.

« Ne me fais pas attendre plus longtemps, Doyle, dis-moi… J'ai déjà tellement peur… »

Il avala sa salive, s'agenouilla devant Camille, les yeux brillants.

« Écoute, il faut que tu ne sois plus propriétaire de cette maison, n'est-ce pas ? Puisqu'elle s'en prend selon un ordre rituel aux femmes qui en héritent. Il faut que tu la vendes…

— Je ne peux pas. Il y a une clause qui m'en empêche, sans m'en empêcher en fait, j'ai bien relu le contrat signé avec Alex lors de sa donation. La maison doit revenir à

Charlotte. D'ailleurs, entre nous, il ne faut pas qu'elle lui revienne, jamais, avec tout ce que l'on sait maintenant. Mais sinon, à qui veux-tu que je la cède ? Qui accepterait d'acheter une maison et de ne pas la transmettre à sa famille, mais en somme, à une étrangère, Charlotte ?

— Mais moi. Et je te propose une condition supplémentaire de sécurité ; tu m'épouses. Ainsi, si tu le veux, la maison ne pourra plus rien contre toi et tu pourras continuer d'y habiter… si tu le souhaites. Sinon nous la fermons et nous partons acheter quelque chose ailleurs. »

Camille baissa les yeux.

« Tu veux que je devienne ta femme ? Je ne suis pas un cadeau, tu sais… »

Elle remarqua son sourire tendu, ses yeux trop brillants. Il l'aimait et elle aussi… alors…

« Je vais m'appeler madame Ethan Gray, donc ? »

Doyle lui ouvrit les bras et elle s'y réfugia, pleurant doucement, soulagée. La nuit fut douce au couple. Camille s'endormit enfin, écoutant le souffle paisible de Doyle endormi et heureux. Elle avait posé la boîte en or sur sa table de nuit et, par curiosité, avait enfilé la bague. Elle lui allait comme un gant. Elle se mit à rêver. Ou ne dormait-elle pas et écoutait-elle cette bague ?

Moi, Camille, j'étais à Hauteclaire. J'ai rêvé de l'if aux branches souples. Je me suis vue dans le parc, assise dans l'herbe, face à la maison blanche avec l'odeur particulière des roses mourantes devant les fenêtres du salon. Pourquoi s'obstiner ? Pourquoi lutter ? Je fais déjà partie d'elle. Elle m'enivre et me possède. Je suis elle, une partie d'elle-même, je l'ai compris dans mon rêve. Ce qui fait sa beauté, sa séduction, sa puissance d'attraction, ce sont les femmes qu'elle a prises avec elle, dont elle s'est nourrie et dont l'essence est emprisonnée à jamais entre ses murs puissants. Comment lui échapper ? Pourquoi vouloir lui échapper d'ailleurs ? En elle on vit éternellement… La plaque brisée ne suffira pas à enrayer le maléfice. Quelqu'un empli de haine a jeté le sort pour l'éternité. Quelqu'un qui se trouvait à Hauteclaire et y a souffert les tourments de l'amour et de la mort…

Soudain, je ne suis plus sur l'herbe fraîche du parc, mais au bord de la Théols. Je vois Hélène entre deux eaux, elle me sourit. L'eau est verte et bleue et si profonde, on doit y être si bien. Brusquement, je ne suis plus sur la rive tranquille de la rivière. Où suis-je, mon Dieu ? Parmi une foule malodorante, bigarrée. Les femmes se chamaillent pour les meilleures places, les meilleures places du spectacle. On sent des odeurs fortes à lever le cœur, des odeurs d'urine et de sueur, de cuisine aussi, de poulet grillé et d'oignons. Des gamins, suivis par des chiens, courent jusque dans les jambes des chevaux des gardes réunis autour de l'estrade. Celle-ci est entourée de toiles tendues pour faire de l'ombre. Des hommes en armes discutent et des dames vêtues de robes claires s'éventent en riant. Il fait une chaleur étouffante. On doit être en été. Làbas, une autre estrade exposée en plein soleil. Un homme encagoulé attend près de la roue. La roue ? La rumeur de la foule enfle et gronde. Ce peuple se met maintenant à crier.

Arrive le condamné sur une charrette brinquebalante, tirée par un cheval poussif. L'homme est en chemise blanche, tachée de sang. Deux gardes le poussent de la charrette ou plutôt le portent, le soulèvent chacun par un bras puis le déposent sur l'instrument de torture. Un prêtre vêtu de sa longue soutane noire s'approche du condamné. Le déjà supplicié n'a plus beaucoup de forces, il fait non de la tête. Non, il ne veut pas de l'aide de Dieu. Dieu l'a abandonné, rien ne sert plus de l'implorer. La foule hue le condamné. Le prêtre hausse les épaules avant de se détourner de l'homme maigre, aux traits tirés par la souffrance. Son lambeau de chemise blanche lui colle à la peau, on peut presque lui compter les côtes.

Je m'approche de l'estrade, je le vois de près. Il n'est pas très beau. Ses yeux ont la couleur d'un ciel d'hiver, plombé de chagrin. Ses cheveux bruns collent sur son crâne. Il a le visage fin, la mâchoire un peu carrée. Il n'a sans doute pas été un mauvais bougre. Un jouet des circonstances ou du destin. Le bourreau a écarté puis lié solidement ses bras et ses jambes sur la roue.

— Qui est-ce ?

J'ai demandé à un gros homme près de moi, mais il ne répond pas, les yeux rivés sur le corps du condamné étiré sur sa croix. Quelqu'un crie :

— Qu'est-ce que tu vas nous conter, l'poète ?

Le poète !

Le bourreau a saisi une lourde masse. Sans plus attendre, han ! Elle s'abat sur la jambe gauche du malheureux. Je me bouche les oreilles. Ce n'est pas possible de faire ça à un être humain. Han ! retentit le second coup. Après, je ne me souviens plus. Je me suis évanouie.

Quelqu'un m'a aidée à me redresser, c'était fini, ou presque. Le poète a été rompu. La foule, qui l'insultait tout à l'heure, commence à gronder. Le prêtre a alors approché un crucifix des lèvres de l'homme qui met décidément du temps à mourir. L'orage se rapproche, le ciel est tout noir.

— Le bourreau a été grassement payé par le comte, dit l'homme qui m'a relevée, il le fait mourir lentement. Il n'a pas frappé aux endroits vitaux.

Je savais qu'on pouvait abréger les souffrances d'un condamné avec de l'or. Je n'imaginais pas qu'on pût prendre plaisir à faire durer ses souffrances. Le comte ! Mais où est-il ? Je tourne la tête vers l'estrade. Il est là, je le vois, je le sais. Grand, mince, le visage arrogant, élégamment vêtu.

Près de lui sa fille si belle, c'est vrai, une beauté d'ange, elle aussi habillée avec soin pour mettre en valeur sa beauté rare. Son beau visage n'allait pas avec son cœur dur puisque, je l'apprends de la bonne âme qui m'a relevée, ses yeux de biche n'ont même pas cillé une seule fois devant le martyre du poète, son amoureux.

— Le crime était bien petit, reprend l'inconnu qui me soutient toujours par le bras. Il n'a même pas violé la fille du comte. C'est cette bougresse qui a tout inventé, j'en suis sûr… Cette garce l'a agacé à le faire devenir fou. Un jour, il lui a déclaré un peu vivement qu'il l'aimait. Elle s'est laissé embrasser puis elle a crié au viol… Mais je suis l'ami de cet homme. Je le vengerai… Hou !

La foule reprend le « hou ! » tandis que le condamné ferme les yeux. Sur l'estrade, on rit. On s'impatiente aussi en s'éventant. Toutes ces mouches. Et cette puanteur. Et les cris, si la foule allait déborder ?

Le comte fait alors un signe au bourreau qui lève une dernière fois sa barre de fer. Avant qu'elle ne s'abatte sur lui, le poète brusquement ouvre les yeux, cherche ceux de la demoiselle tant aimée, les trouve, s'y accroche…

— Soyez maudite ! hurle-t-il. Soyez maudite, vous et toute l'engeance féminine qui vivra sous le toit de mon malheur, là où je vous ai rencontrée, demoiselle ! Soyez maudites, toutes, par l'Enfer et pour l'éternité ! Que cette maison vous damne à jamais !

Il fait si chaud, je gémis. Je suis désormais dans l'esprit du poète, je vois leur rencontre, il avait été invité à Hauteclaire pour déclamer ses vers et la belle était là bien sûr avec une nuée de jeunes « nobliettes » de son âge, ses amies. Quand il la vit, le poète devint fou d'amour. Irrémédiablement. Elle, elle baissa la tête, sourit devant son regard brûlant, ses lèvres retroussées en coin sur sa bouche ironique et fardée.

Silence.

La barre de fer s'est abattue sur le cou du supplicié et sa peine a pris fin. La demoiselle n'a pas bronché sous l'invective du poète. Son père et elle détournent leurs chevaux et quittent la place en fendant la foule sans ménagement. La voix ténue d'un enfant s'élève dans le silence tandis que la foule quitte la place.

C'est le gamin que l'homme qui m'a relevée tenait par la main. Son fils peut-être. Il chantonne, comme une mélopée :

— Deux ans, trois mois, cinq jours et sept heures, il a bien souffert le poète pour les yeux de sa belle, deux, trois, cinq, sept et cætera, du poète longtemps elle se souviendra...

L'homme me lâche, il lève le poing vers le ciel, puis laisse retomber le bras le long de son corps, ouvrant la main. À l'intérieur de sa paume brille la chevalière au rubis, gage d'amour que le poète avait reçu de sa belle. L'homme a un rictus. Il va près du supplicié, prend un lambeau de sa chemise encore humide de son agonie, en entoure la chevalière. Il a de quoi lancer sa malédiction, celle de son ami le poète.

Camille s'éveilla d'un seul coup, en se tenant la gorge à deux mains, haletante. Elle mit longtemps à se calmer et ne put se rendormir.

***

Doyle la prit dans ses bras et la berça comme une enfant.

Camille se concentra sur le ronron de Pim, blottie dans les couvertures. Mais elle pensait toujours au poète. On ne savait pas son nom. À travers le temps, il s'était effacé. Comment avait-il bien pu s'appeler ?

35

Les heures impaires sont les plus dangereuses entre le crépuscule et l'aurore. Ce sont celles où apparaissent les âmes maudites. Par contre, on peut alors traverser sans dommage les cimetières.

Camille décida de parler à Charlotte de ses projets avec Doyle. Cela ne sembla ni choquer ni surprendre La Terrible. Elle réfléchit un peu avant d'ajouter :

« Je suis d'accord. J'aime bien Doyle, il est si gentil. Mais… »

La petite paraissait très ennuyée.

« Mais Alex ?

— Il m'a donné la maison, tu sais. Je vais lui expliquer toute l'histoire, il comprendra que cette maison ne peut pas t'appartenir un jour, elle est très mauvaise avec les femmes si elles n'ont plus, en fait, un mari pour les protéger… »

La Terrible baissa les yeux, toute pâle d'un coup.

« Mais si tu te maries avec Doyle, Alex ne sera peut-être pas d'accord pour que je reste avec vous, tu comprends… »

Camille sourit à l'enfant.

« Je te garantis que tu ne me quitteras pas. Et si ton père ne veut pas, eh bien, on trouvera une solution… Tu te souviens, je t'ai dit un jour que je ne te laisserai pas… Si tu veux toujours rester avec moi, eh bien, je te refais cette promesse… »

Charlotte se jeta dans les bras de Camille et l'étreignit à lui couper le souffle.

« Tu sais bien que je veux rester avec toi. Lui, il est mauvais. Il a voulu nous faire du mal. »

Là-dessus, la petite fit demi-tour, le chien sur ses talons. Camille rejeta ses cheveux en arrière et appuya un moment la main contre son front. Bien sûr, Charlotte, avec sa divination d'enfant, avait très bien senti les choses. Si Alex reprenait l'enfant ? Seigneur, comment annoncer à Alex qu'elle voulait refaire sa vie, épouser Doyle, lui donner Hauteclaire et ne jamais en faire hériter Charlotte pour cause de malédiction ?

« Il faut que je l'appelle, murmura Camille. Il faut que je lui révèle le secret d'Hauteclaire. S'il lui reste un peu de regret du mal qu'il m'a fait, à moi et à sa fille, il acceptera. Le problème le plus épineux reste Charlotte, se dit Camille pour la millième fois au moins. Eh bien, c'est simple, il faut que je me lance. C'est une question de vie ou de mort pour moi de toute façon, je n'ai pas le choix. Je vais lui téléphoner, lui demander de ses nouvelles… Et qui est cette splendide femme avec laquelle on le voit sur toutes les photos des magazines. Si seulement il comptait refaire sa vie… Il renoncerait à Charlotte plus facilement. Tout serait si simple ! Oh, mon Dieu, aidez-moi ! »

Elle implorait rarement l'aide du Ciel. Cependant, à présent, elle se demanda si seule une intervention divine n'était pas en mesure de la sauver. On lui avait toujours appris que le bien est plus fort que le mal…

***

La pluie commença à tomber.

Camille avait donné rendez-vous à Doyle à Hauteclaire.

Elle avait appelé Alex aussi. À sa grande surprise, il lui apprit qu'il était revenu la semaine passée et qu'il était chez sa mère depuis deux jours, elle n'allait pas bien. Il lui promit de passer tout à l'heure. Elle soupira profondément. Mon Dieu, elle aurait déjà voulu qu'il fût là et que tout fût réglé. Comment faire pour Charlotte ? Accepterait-il de la lui laisser et de garder son droit de visite ? Pouvait-elle essayer de rester à Hauteclaire, d'y vivre avec Doyle ? Fallait-il partir et laisser cet endroit ?

La maison semblait calme et silencieuse. Elle avait repris son visage blanc et impassible, tant et si bien que la jeune femme en aurait douté d'avoir vécu les derniers événements… Camille savait que dès que la propriété appartiendrait à Doyle, il n'y aurait plus de bruits dans le grenier, ni de pas suspects, envolée la sensation d'être épiée. Les meubles resteraient sagement à leur place, le chien et le chat ne dresseraient plus l'oreille en direction de bruits inaudibles pour les humains. Aucune apparition ne viendrait plus troubler les habitants de cette maison. Elle, elle reprendrait son travail d'écriture pour les enfants et terminerait enfin son premier roman. Elle ne se sentirait plus lasse et sombre.

Délivrée.

Le maléfice serait levé dès que Doyle, un homme, posséderait Hauteclaire. Hauteclaire, dont il serait le nouveau propriétaire, redeviendrait une maison comme les autres. Pour de longues années.

Camille jeta un œil à l'horloge. Doyle ne serait pas là avant une demi-heure. Elle avait le temps d'aller faire un tour. Il y avait si longtemps qu'elle n'avait pas vu les chevaux et la pouliche… Camille chaussa ses bottes sur le perron et se dirigea à grands pas vers les prés. Dès qu'ils la virent, ils arrivèrent au grand galop, la pouliche en tête. Camille sourit, oubliant un instant ses tourments, leur donna des friandises, les caressa longuement puis termina sa promenade en se rendant sur la rive de la Théols bordée par les branches du saule majestueux. Elle caressa des doigts la mousse qui recouvrait la statue de la belle Aphrodite de pierre en contemplant rêveusement la rivière aux eaux impénétrables. Hélène… Camille aurait aimé qu'elle reposât en paix et non pas au cœur d'un trou de la rivière. Son regard scrutait la Théols comme si elle pouvait l'apercevoir. Elle ne vit rien d'autre que des herbes aquatiques et des branches mortes emportées par le courant.

« Elle s'rait ben mieux en terre bénie, n'est-ce pas ? dit Anselme qui l'avait rejointe sans bruit. Vous savez, on ne la retrouvera jamais. »

Il regarda avec tristesse l'endroit où les eaux étaient vertes et bleues et si profondes qu'on ne pouvait en sonder le fond.

Camille hocha la tête. Anselme était un peu rassuré depuis que la jeune femme lui avait appris qu'elle ne serait bientôt plus la propriétaire d'Hauteclaire.

« Une bonne idée. Mais à votre place, j'aurais pris une torche et j'aurais fichu le feu à cette satanée maison. Alors, quand il ne serait resté que des cendres de cette bouche de l'enfer, moi, j'aurais eu la paix. »

Elle aimait le rebouteux pour sa franchise.

« Rentrons, Anselme. J'ai un peu froid.

— Je vous rejoins tout à l'heure, je n'ai pas trouvé les herbes que je suis venu chercher… »

Il la salua et elle regagna le chemin menant à la maison. Elle accéléra le pas et retrouva avec plaisir l'abri de la cuisine d'Hauteclaire. Titan, après sa course, s'affala dans son panier. Mais, il se remit debout aussi vite qu'il s'était couché et se mit à grogner, poils hérissés, en regardant fixement la porte de la cuisine. Camille sentit un vertige la saisir. Cela n'allait pas *recommencer* ?

« Je ne te dérange pas j'espère, ma chérie ? Attrape ce chien avant qu'il ne me saute dessus, veux-tu ? Lui et moi, on a des vieux comptes à régler... »

Alex, magnifique dans un imperméable long et souple, la dévisageait avec aux lèvres ce sourire particulier qui avait hanté nombre de ses nuits depuis leur séparation.

***

Camille crut que son cœur n'allait jamais se calmer. Pourtant, elle saisit le chien par le collier, le caressa pour l'apaiser et demanda à Alexandre par où il était passé.

« Mais par la porte d'entrée, que tu laisses ouverte, ce qui n'est guère prudent de nos jours. J'ai laissé ma voiture derrière la maison, tu ne m'as pas entendu ? Tu ne t'attendais pas à me voir si tôt, je pense ? »

Camille lui tourna le dos, posa son manteau sur le dossier d'une chaise pour se donner une contenance, éluda la question.

« À vrai dire non. Alors, comment se porte ta mère au fait ? Et comment cela va-t-il pour toi en Amérique ?

— Un succès ! J'y retourne dès que j'aurai réglé certaines affaires ici en France. Et puis il me restait quelques toiles à prendre chez ma mère... Quant à maman, oh, elle n'est pas en forme, mais elle n'est pas si mal que cela. Elle se fait surtout beaucoup de films... »

Camille eut peur qu'Alex ne lui demandât de séjourner à la maison, comme il en avait été question lors de leur séparation. Le ton un peu strident et inquiet de sa voix fit lever les sourcils d'Alex. Il la rassura bien vite lorsqu'elle le questionna.

« Peindre ici ? Même pas. Je n'en ai plus envie. C'est curieux, en revenant tout à l'heure, en retrouvant cette maison et le domaine, rien. D'habitude, je ressentais un choc presque physique en revoyant la propriété… Aujourd'hui, c'est comme si j'étais délivré d'un charme, incroyable, non ? »

Camille eut un petit sourire qu'Alex ignora, poursuivant sur sa lancée.

« Du reste j'ai ouvert une galerie à New York avec une jeune artiste, Séréna… C'est nous, à présent, qui allons exposer les œuvres des autres et construire leur carrière…

« Délivré d'Hauteclaire… pensa la jeune femme et il en avait perdu jusqu'au goût de peindre ! Heureusement qu'il avait trouvé une reconversion à son talent de peintre, la galerie… Et cette Séréna, nota-t-elle mentalement très vite, était-ce la fille sur les photos à ses côtés ? » Elle frotta nerveusement ses mains l'une contre l'autre. Elle s'en fichait, après tout.

Il prit un sourire amusé en l'observant, jouant avec elle comme un chat l'aurait fait avec une souris.

« Voyons, détends-toi. Je suis juste venu pour parler… C'est toi qui me l'as demandé au téléphone, souviens-t'en. Alors je suis venu… Que puis-je pour toi ? »

Elle le regarda. Elle remarqua des rides au coin de la bouche. Son si beau regard ne recelait plus l'étincelle de la folie géniale d'autrefois. Le bleu en paraissait tranquille. Le profil parfait d'idole païenne se défaisait un peu déjà. C'était un autre homme, presque un étranger. Elle inspira un grand coup, se lança :

« À moi de parler alors ? Eh bien, écoute... Doyle et moi, c'est très sérieux. Il veut m'épouser. Et puis, je ne veux plus être propriétaire d'Hauteclaire, tu comprends ? Je voudrais encore y habiter, mais il ne *faut* plus qu'elle m'appartienne, ni à moi, ni à Charlotte, ni à aucune femme, *jamais*. Écoute, cela va être très long à t'expliquer, mais tu avais raison, cette maison est maudite. Un jour, tu m'as dit que je te supplierai de partir d'ici, c'est chose faite. Je pense avoir trouvé le secret de ce domaine... »

Et à mots choisis, elle lui conta les récents événements et ses découvertes, jusqu'à la destruction de la plaque et la trouvaille de la chevalière, qui avait sûrement été un cadeau fait au poète par sa belle.

Les yeux d'Alex avaient étincelé un court instant quand elle avait évoqué son mariage avec Doyle, mais il avait baissé rapidement les paupières sur son regard étincelant ; finalement il sourit faussement.

« Incroyable...

— La seule façon de me protéger est d'épouser Doyle si je dois continuer de vivre ici, ou que tu reprennes la propriété de cette maison et surtout que plus tard, tu n'en fasses pas cadeau à Charlotte. J'aimerais aussi que tu me laisses Charlotte... J'ai pensé qu'elle pourrait aller te voir de temps à autre en Amérique dès qu'elle le souhaitera. Elle est si bien ici, avec ses animaux et ses copines... »

Quand Camille se tut, Alex releva le nez, il avait les yeux brillants et un air admiratif. Il n'évoqua pas Doyle, ni Charlotte. Il dit juste :

« Tu as donc trouvé le secret d'Hauteclaire... »

Subitement, Alex avait perdu son air bienveillant. Elle remarqua qu'il avait, en un instant, changé d'expression. Le portable de Camille se mit à sonner. C'était Doyle. Alex le lui arracha des mains et le fourra dans sa poche. Elle compris qu'Alex n'avait rien pardonné, rien oublié, mais avait simplement attendu. C'était un prédateur. Un fou.

« Alors, tu savais, articula Camille péniblement, presque incrédule encore. Tu savais. Je n'ai pas écouté Fran qui m'avait bien dit de toujours me méfier de toi ; cet homme généreux, trop, qui me donnait sa maison et disparaissait de ma vie en un coup de baguette magique... Tu savais ! Et tu comptais bien que je sois la nouvelle victime de la maison dans un moment... Oui, tu voulais me tuer par le biais d'Hauteclaire...

— Eh oui, je savais. Oh, je ne savais pas qu'il y avait une boîte avec une chevalière derrière cette plaque de cheminée, mais j'avais moi aussi fait des recherches sur Hauteclaire à la mort de ma chère Esther... J'ai remonté comme toi le fil du temps et j'ai trouvé ce qui arrivait aux femmes ici... c'est vrai. Selon la logique de cette plaque de cheminée et des nombres premiers. Voilà, ma chérie... maintenant tu veux que je te laisse Charlotte, que je reprenne la maison ou que tu la donnes avec ma bénédiction à celui que tu comptes épouser, celui avec lequel tu m'as trompé, en toute simplicité ? Tu as peur pour toi – et tu as raison, tu sais – car Hauteclaire te tuera aussi, comme les autres... Eh oui, ma chérie, mon éternel amour, je me suis servi d'une maison tueuse de femmes pour éliminer celles qui voulaient me quitter ou me tromper, comme toi, ricana Alex. Et si durant le laps de temps qui t'est encore imparti avant qu'Hauteclaire ne t'exécute, tu racontes cette affaire à n'importe qui, ou même que tu la portes devant un tribunal, on te mettra à l'asile. Comment prouveras-tu que j'ai utilisé cette maison pour tuer ? Ton scénario de propriété qui tue les femmes héritières selon une vieille malédiction lancée par un poète dans une logique de nombres premiers... tu vas bien faire rire ! Ce n'est pas la trame de ton prochain bouquin plutôt ?

— Comment as-tu découvert le secret d'Hauteclaire ? reprit Camille, les traits tendus, serrant les poings dans ses poches.

— Tu es curieuse, hein ? C'est plus fort que toi, même si c'est ta peau qui est en jeu ? Eh bien, il y a longtemps, à la mort d'Esther, après avoir observé le comportement de mon père, sa chance d'inventer quelque chose, lui qui n'avait jamais fait d'étincelles et puis cette langueur étrange qui avait saisi ma sœur lorsqu'elle avait hérité de la maison… Les manifestations aussi… enfin, le tout, tu connais. J'ai beaucoup cherché. J'ai trouvé. Comme toi. J'ai trouvé un jour la logique de tueuse de cette demeure, oui… »

Alex poursuivit :

« Je t'ai aimée follement, Camille. Hélène aussi. Mais toi, plus que toutes. Je ne voulais pas que vous me quittiez. »

Alex fixait Camille et soupira.

« Les femmes, on ne peut pas vous faire confiance. Esther voulait quitter Hauteclaire et monter à Paris pour devenir artiste. Elle était aussi douée en peinture qu'en violon… J'ai compris à sa mort. Trop tard, car elle, je ne l'aurais pas laissé mourir…

— Oh, oui, répliqua Camille doucement, elle peignait. D'ailleurs ce sont ses toiles que tu as présentées à ton exposition. Ta mère m'avait parlé de sa signature, une petite fleur de lys sur le côté gauche du tableau, indétectable ou presque pour qui ne savait pas. Tu t'es souvent arrangé pour masquer cette signature. Oui, elle t'était utile… Pauvre Esther.

— Oh, soupira Alex, j'ai encore un bon stock de ses peintures. De quoi voir venir tranquillement. Mais j'ai peint aussi, beaucoup, tu sais, grâce à cette maison. Elle m'a donné ce don. Mais tu as raison, oui, les œuvres de ma première exposition, celles que tu as découvertes dans l'atelier du haut, venaient presque toutes de ma sœur… J'ai toujours préféré sa peinture à la mienne…

— Tes allées et venues la nuit, j'avais remarqué, comme le cadenas toujours brillant et neuf de la grange et tes journées entières à l'extérieur de la maison… J'y ai cru, j'avoue… Pas longtemps, car j'avais repéré la petite fleur de lys. J'ai eu un doute tout de suite avec le portrait d'Hélène que tu m'as donné pour mon anniversaire… »

Le regard d'Alex se voila.

« C'était une œuvre qu'avait commencée Esther, elle n'a jamais connu Hélène. C'est moi qui l'ai réellement terminée pour toi…

— Esther est morte tuée par la maison. Et Hélène alors ?

— Oh, Hélène… elle était si jeune. Je t'ai déjà raconté. Nous nous sommes mariés en secret en dépit de ses parents. Elle est tombée enceinte de Charlotte avant notre mariage. Elle était si immature. Elle a accouché de Charlotte puis s'est rendu compte qu'elle ne supportait pas la vie à Hauteclaire, à la campagne, elle voulait reprendre ses études, revoir Paris, du monde, vivre sa jeunesse. Je la comprends. Mais je l'aimais, je ne voulais pas la voir s'en aller…

— Alors, tu lui as donné la maison…

— Oui. Elle est rapidement tombée malade, en dépression.

— Cela ne te peinait pas pour Charlotte, ta fille ? Lui enlever sa mère ? »

Il prit un air sombre.

« Je l'ai confiée très rapidement à la sœur de ma mère, Anna, qui l'a élevée un moment, avant que je ne la reprenne. »

Il approuva légèrement de la tête.

« Et moi, verdict de culpabilité parce que tu m'as retrouvée avec le médecin un soir ? Voilà ton cadeau, Hauteclaire, pour me donner la mort ? Tu n'as pas réussi à me tuer toi-même donc tu m'as donné la maison ? »

Alex soupira encore.

« Mais oui, que voulais-tu que je fasse ? L'ennui, c'est qu'Hauteclaire n'a pas fini son travail... Tu as trouvé le secret. Alors je suis venu finir ce qui a été commencé... »

Il sortit de sa poche un pistolet dont le petit œil noir fixa immédiatement Camille. Elle sentit son cœur s'emballer.

« Sérieusement ? Tu comptes me tuer de cette façon-là ? On ne croira pas au suicide, tu sais. Et Doyle va arriver. Ne sois pas ridicule...

— Bien sûr que je ne vais pas tirer. Mais un accident est si vite arrivé. Tu vas tomber mortellement. Que préfères-tu, la cave, les escaliers de l'étage ? La grange ? Choisis, mais vite...

— Ce ne sera pas la peine, monsieur Alex ! dit Anselme. Je suis là. »

Anselme avait poussé la porte d'entrée de la cuisine derrière laquelle il s'était arrêté, écoutant le bruit des voix d'abord, puis toute la conversation. Aussitôt Alex visa Camille. Celle-ci entendit le hurlement du vieux qui se jetait devant elle et la détonation. Puis plus rien.

36

Le diable a su obtenir de Dieu quelques concessions. Chaque millième cierge allumé en l'église est la propriété de Satan. Le malheureux fidèle auquel le mauvais sort offre ce cierge maudit, que rien ne distingue des autres et qui croit appuyer un vœu en brûlant un cierge normal, vit ses dernières heures de vivant. Elles sont réglées à la durée de la mèche et s'achèvent avec la consumation de cette dernière. Après, c'est l'Enfer.

« N'est-ce pas que c'est superbe, dit Doyle modestement. Mon pays est le plus beau du monde… »

Il tenait Camille par la main, assis dans l'herbe verte d'un pré où paissaient des moutons et quelques poneys. Au loin, on voyait le ciel lumineux éclairer les ruines d'un château fort perché sur une colline escarpée. Ils s'étaient installés en Irlande depuis un an, juste après leur mariage.

« Tu ne m'as pas raconté l'histoire de la fée Banshee… » dit Charlotte en revenant vers eux, essoufflée par sa course à travers la campagne irlandaise, Titan invariablement sur ses talons.

« À la veillée, promis. »

Doyle avait emmené Camille en Irlande après l'arrestation d'Alex et la mort d'Anselme. Doyle était arrivé trop tard, juste au moment où Alexandre d'Estruval tirait sur Camille.

« Je pense à lui tout le temps, tu sais, Doyle. Anselme. Je lui dois la vie. Il s'est sacrifié pour moi…

— C'était un cœur noble. Pense à lui positivement. Car tu connaissais ses convictions. Il n'est pas mort. Quelque chose de lui survit quelque part. Il a accompli sa mission sur terre. Il a soigné des gens et t'a sauvée. Il en sera récompensé… »

Camille se mit à pleurer silencieusement. Des larmes douces, comme une pluie apaisante sur un sol aride.

« Nous serons heureux, ici, je crois, murmura-t-il. Tu n'aurais pas pu continuer à vivre à Hauteclaire avec tous ces souvenirs, madame Gray. »

Elle baissa les yeux. Il faisait bon, ici, dans ce petit village irlandais, la vie avait l'air si paisible, sans heurts, banale.

« Ne t'inquiète pas, tu ne risques plus rien maintenant. On a détruit la plaque, tu as jeté cette chevalière à la mer durant la traversée vers l'Irlande, nous sommes mariés et… murmura Doyle, j'ai écouté Anselme. Charlotte et toi n'avez plus rien à craindre de cette maison. Je suis retourné là-bas, tu sais, il y a quelques mois, pour vendre mon affaire de médecin et mettre tes meubles et tes objets au garde-meubles… »

Doyle repensa aux paroles du vieil Anselme mourant dans ses bras, les dernières :

« Purifiez cet endroit du mal, brûlez-le…

— Je lui ai obéi, Camille, je voulais te le dire… »

C'était le soir. Doyle avait jeté les bidons d'essence loin de lui. Il en avait déversé partout. Dans le salon, les chambres, la cuisine, sur les murs. Il avait ensuite sorti son vieux briquet. Il avait cru, au moment de mettre le feu, entendre des sanglots s'envoler par-dessus l'if toujours verdoyant, les rosiers morts, la chanson sans fin de la Théols. La chaleur intense sur son visage l'avait bientôt fait reculer. Les plus proches voisins avaient cru que l'aube s'était levée avant l'heure tant le ciel avait longtemps rougeoyé dans l'incendie. Doyle avait entendu craquer et gémir la charpente d'Hauteclaire comme un grand navire qui lutte vainement avant de sombrer. Soudain le toit et le premier étage s'étaient effondrés dans une grande explosion de braises lancées vers le ciel. Il ne restait rien ou presque de la maison. Des cendres avaient volé partout comme des papillons noirs. Lorsque les pompiers étaient arrivés, il était trop tard pour sauver Hauteclaire.

FIN

Épilogue

Elle revêtait la malédiction comme un manteau, elle entre au fond d'elle comme de l'eau et comme de l'huile dans ses os, qu'elle lui soit un vêtement qui l'enveloppe...

Inspiré du Psaume imprécatoire, 109.

Camille sursauta quand une petite main se glissa dans la sienne et la réveilla.

« Charlotte ! Mais quelle heure est-il ? Je viens de faire un terrible cauchemar. Hauteclaire brûlait et... »

La petite fille lui sourit.

« Anselme t'attend. Il voudrait te voir pour les juments. Et puis il a lu ton livre et il n'est pas content que tu le fasses mourir... »

Camille se leva du fauteuil où elle s'était endormie après son voyage à Paris et la séance de dédicaces consacrée à son premier roman pour adultes, un vrai succès. C'était vraiment différent de ce qu'elle avait fait et connu jusqu'à présent avec les recueils pour enfants. Elle ouvrit la fenêtre d'Hauteclaire. Dehors la rivière coulait doucement. Les rosiers embaumaient. Les juments broutaient dans les prés avec leur poulain de l'année. La réalité était bien là, bien là ; Hauteclaire, Charlotte, mais sans poète, ni malédiction.

« Hum, madame l'écrivaine peut-elle descendre parmi nous et venir dîner ? J'ai préparé de bonnes choses… À propos, je voulais te demander… je suis un peu jaloux. Pas comme le Alex de ton livre, bien sûr, pas à ce point-là, mais dis-moi, qui est en réalité ce fantastique Doyle avec qui tu me trompes ? Mais où vas-tu chercher des histoires pareilles ? »

Camille éclata de rire en contemplant le visage aimé de son mari, son profil de dieu grec.

« Mais je ne sais pas, Alex… Cela vient comme ça. Tu n'es pas un peintre célèbre non plus, mais un financier, Charlotte est ma fille et pas celle de ta première femme… D'ailleurs tu n'as pas de première femme, à part moi… Tout ça, c'est une histoire ! »

Elle lui sourit et le suivit au salon. Dehors, il faisait beau. Jamais Camille ne s'était sentie aussi bien qu'à Hauteclaire, la maison de sa famille depuis une éternité, belle, blanche, si paisible sous le ciel impassible et finalement, peut-être vide.

Dominique Delplace

Dominique Delplace est enseignante de Français et autrice de nouvelles primées (Prix Pégase, etc.). *Hauteclaire* est son premier roman.

Couverture :
© Silas Manhood / Trevillion Images

Ligne graphique : Séverine Morizet

Conception graphique de la couverture : IGS-CP à L'Isle-d'Espagnac (16)

Studio Fabrication : Flora Bellanger

Responsable Développement : Vesna Veljkovic

Chef de projet : Chloé de Jerphanion

Composition : IGS-CP à L'Isle-d'Espagnac (16)

Impression :

CPI
BRODARD & TAUPIN

pour le compte des Éditions

NOUVEAUX AUTEURS

Dépôt légal : mai 2023 – N° d'impression : 3052073

Depuis 2009, Prisma Media met en place une politique d'achat écoresponsable.
Ainsi, une majorité du papier de nos magazines est certifié (gestion durable des forêts).
La fabrication des livres des Éditions Prisma s'inscrit également dans cette démarche.

Cet ouvrage a été imprimé en France sur un papier composé de fibres naturelles, recyclables, et fabriqué à partir de bois provenant de forêts plantées et cultivées pour la fabrication de pâte à papier.

FSC www.fsc.org
MIXTE
Papier | Pour une gestion forestière responsable
FSC® C108412